어서 오세요 실력지상주의교실에   키누가사 쇼고 지음
토모세 슌사쿠 일러스트
조민정 옮김

"호호호,
하긴 그럴지도.
너 참 재미있는
말을 하네."

"나도 나름 교사거든?
혹시 뭔가 정보를
들었다고 해도 절대로
남한테 알려주거나
하지 않아."

호시노미야 치에
B반 담임으로, D반 담인
사에와는 같은 학교 출신
인 친구.

이치노세 호나미

B반의 발랄 미소녀. 반 친구들의 신뢰도 두꺼워서, B반을 통솔하고 있다.

"놀라게 한 것 같네. 미안하다, 너무 기분 내빠하지 말아줘."

칸자키 류지

B반 중에서도 제일 높은 지적 능력과 운동신경을 지녔다. 말투는 냉정하고 무덤덤한 편이지만, 뜨거운 구석도 가진 남자.

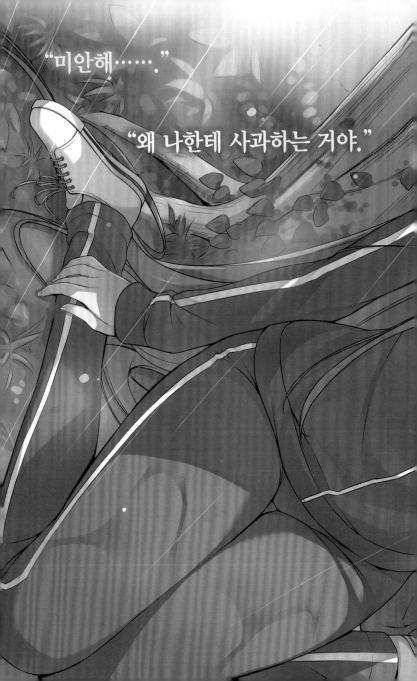

"사과할게…….
더는 나, 너한테 억지로 강요하지 않아…….
나 혼자 힘으로, A반에 올라가 보일 거야.
그러니까, 그냥 지켜봐주기만 해도 되니까……."

차바시라 사에

카루이자와 케이

사쿠라 아이리

쿠시다키쿄

호리키타스즈네

아야노코지키요타카

3

어서 오세요
실력
지상주의
교실에

어서 오세요 실력지상주의교실에

어서 오세요
실력지상주의 교실에
3

키누가사 쇼고 지음 | 토모세 슌사쿠 일러스트 | 조민정 옮김

S NOVEL

c o n t e n t s

○차바시라 사에의 독백

그리스 신화에는 인간적이고, 증오와 질투를 담은 이야기가 많다.

혹시 '이카로스의 날개'에 대해 들어본 적 있는가? 간략한 줄거리는 이렇다.

일찍이 그리스에 다이달로스라는 위대한 발명가가 있었다. 다이달로스는 미노스 왕의 명령으로 괴물 미노타우로스를 가둘 미궁을 만들었다. 그런데 훗날 다이달로스는 미노스 왕의 버림을 받아 아들 이카로스와 함께 탑에 갇히고 만다.

다이달로스와 그 아들은 유폐된 탑에서 탈출하기 위해 새의 깃털을 모아 커다란 날개를 만들기 시작했다. 큰 깃털은 실로 엮고, 작은 깃털은 밀랍으로 붙였다. 이윽고 날개가 완성되어 자유를 찾아 날아오르려 할 때, 아버지 다이달로스는 아들에게 이런 충고를 한다.

'너무 높이 날면 날개를 붙인 밀랍이 태양 빛에 녹아내리고 만다. 그러니 조심하여라'라고.

충고를 받은 이카로스는 아버지와 함께 탑에서 뛰어내렸다.

그리고 자유를 얻었다. 하지만 자유란 때로는 이성을 잃게 만드는 위험한 것.

바로 눈앞에 펼쳐진 자유에 이카로스는 의기양양해졌다.

그것은 어쩌면 필연이었을지도 모른다. 속박당해 고통으로 가득했던 상황의 타파.

자유에 홀린 그는 아버지의 충고를 까맣게 잊고 높이, 더 높이 날아오르고 만 것이다.

손으로 만든 천사의 가짜 날개는 햇빛을 빚자 눈 깜짝할 사이에 밀랍이 녹기 시작했다.

결국 가짜 날개는 전부 녹아 없어졌고, 이카로스는 드넓은 바다에 빠져 죽고 말았다.

과연 이카로스는 자유를 얻기 위해 하늘로 날아오른 용감한 존재였을까.

아니면 자신의 능력을 과신해 태양까지도 닿을 수 있다고 믿은 거만한 자였을까.

그 답은 아버지 다이달로스만 아는지도 모른다.

나는 한 소년을 앞에 두고 왜 그런지 이카로스의 날개를 떠올리고 말았다. 이런저런 상황을 비추어보면 그것과 가장 비슷하다는 생각을 지울 수 없었기 때문이다. 하지만 근본적으로 틀린 생각이었다고 곧 통감하게 된다. 왜냐하면 이 소년은 이카로스와 같은 용기도, 거만함도 가지고 있지 않았기 때문이다.

나는 벼랑 끝에 내몰려 있었다. 그래서 그럴 수밖에 없었다.

소년을 화나게 하는 것 말고는 다른 방법이 없었기 때문이다.

눈앞에서 조용히 분노를 드러내는 소년에게 태연한 척 행동할 수밖에 없었다.

한번 던진 주사위는 도로 거둘 수 없다. 이 도박은 이미 시작되고 말았으니까.

이름	야마우치 하루키
반	1학년 D반
학적번호	S01T004706
동아리	무소속
생일	5월 30일

평가	
학력	E+
지성	D−
판단력	D+
신체능력	C−
협조성	C−

면접관 코멘트

면접 시의 질의응답과 조사보고서 내용에 차이가 있어 알아본 결과, 자신을 크게 포장하려는 경향이 있음을 알 수 있었다. 또 학력과 운동능력에서도 특별히 뛰어난 면을 찾아볼 수 없다. 다만, 사회에 나가면 과장어법이 때때로 일정 효과를 부르는 경우도 있는 만큼, 앞으로 자리를 가릴 줄 아는 능력을 갖추길 기대한다.

담임 메모

교사에게 거짓말을 하는 버릇이 있으니, 확실히 지도해 개선시키고자 한다.

○천국과 지옥의 경계선

일 년 내내 여름인 바다. 넓게 펼쳐진 푸른 하늘. 맑은 공기. 살랑거리는 바닷바람이 부드럽게 몸을 감싸, 한여름의 불볕더위도 그리 뜨겁게 느껴지지 않는 태평양 한복판. 이곳은 그야말로 해상낙원.

"우와아아아! 최고다아아아아아앗!!"

초호화 여객선의 갑판 위에서 두 팔을 활짝 펼친, 같은 반 이케 칸지의 함성이 귓가에 울렸다.

평소 같으면 어딘가에서 시끄럽다는 불평이 날아들었을 테지만, 오늘만은 그런 목소리도 없이 저마다 행복으로 가득한 한때를 만끽하고 있었다. 특등석이라고 할 수 있는 갑판의 명당자리에서 감상하는 경치에는 특별한 뭔가가 있었다.

"경치 좀 봐! 완전 감동적이다앙!"

선내에서 나온 카루이자와 그룹이 환한 미소를 띠며 넓은 바다를 가리켰다.

"정말 굉장해……!"

그 무리에 섞인 여자애 중 하나인 쿠시다 키쿄도 황홀한 듯 숨을 토하며 바다를 바라보았다.

다사다난했던 중간고사와 기말고사를 무사히 넘기고 여름방학을 맞이한 우리를 기다리고 있었던 것은 고도 육성 고등학교가 마련해준 보름간의 초호화 여행. 고급 여객선을 타고 떠나는 크루즈 여행이었다.

"퇴학 안 당해서 다행이다, 켄. 이런 여행, 보통은 절대 불가능하잖아? 기말고사에서도 최하위 성적으로 퇴학 직전까지 갔던 몸으로서 기분이 어때? 응? 어떤 기분이냐니까?"

같은 반 야마우치 하루키가 깐죽거려도 스도 켄은 기분 나빠하기는커녕 여유롭게 웃음을 터뜨렸다. 독불장군 같았던 모습은 사라지고, 이제 반에 완전히 녹아들었다.

"이 몸께서 실력을 발휘하면 그 정도쯤 껌이지. 아슬아슬하게 클리어하는 것도 주인공의 주특기 아니겠냐?"

직전까지 느꼈던 괴로움도 이 여행이 전부 날려버려 준 모양이다.

하긴 일상의 귀찮고 힘든 일도 이 푸른 바다가 전부 깨끗이 씻어내 줄 것만 같았다.

"고삐리일 때 이런 초호화 여행을 할 줄은 꿈에도 생각 못 했다. 그것도 무려 2주간이라고, 2주! 우리 엄마 아빠가 들으면 완전 쫄아서 덜덜 떨걸."

스도의 말처럼 일반인이 보기에는 틀에 벗어난 여행이리라. 정부가 지원하는 이 학교는 학비, 기타 잡비를 낼 필요가 전혀 없다. 당연히 이 여행도 마찬가지. 무척 파격적인 대우다.

게다가 우리가 탄 여객선은 외형은 말할 것도 없고 시설 역시 아주 충실하게 갖춰져 있다. 유명한 일류 레스토랑에서부터 연극을 즐길 수 있는 극장, 고급 스파까지 완비되어 있다.

만약 이것이 개인적인 여행이라면 비수기라도 한 십만 엔은 족히 들리라.

이렇게 사치의 끝을 달리는 여행이 드디어 오늘부터 시작되었다. 예정대로라면 첫 일주일은 무인도에 있는 펜션에서 여름을 만끽하고, 그다음 일주일은 여객선 내에서 숙박하게 된다. 1학년들은 새벽 5시에 일제히 버스를 타고 도쿄만에 도착해, 이 여객선으로 갈아타고 항구에서 출발했다. 여객선 라운지에서 조식을 먹은 학생들은 각자 자유롭게 돌아다녔다.

그리고 고맙게도 이 배의 모든 시설을 무료로 이용할 수 있었다.

늘 포인트가 부족해서 고민했던 우리로서는 가뭄에 단비를 만난 듯한 상황이었다.

갑자기 쿠시다가 나를 쳐다보며 뭔가 골똘히 생각하는 표정을 지었다. 넓은 바다와 푸른 하늘을 배경으로 삼은 쿠시다의 모습이 평소보다 더욱 눈부셔서, 의지와 상관없이 내심장이 마구 쿵쾅거렸다. 설마 쿠시다가 나를──.

"그런데 호리키타는? 같이 있는 거 아니었어?"

일말의 환상조차 내게는 허락되지 않았다. 그녀는 단순히 호리키타를 생각하고 있었던 모양이다.

"글쎄. 난 그 녀석의 보디가드가 아니라서……."

조식 시간 이후로 모습을 본 기억이 없다.

"여행을 막 즐길 애도 아닌 것 같으니, 방에 있는 거 아닐까?"

"그럴지도."

"낮에는 섬의 프라이빗 비치에서 마음껏 수영할 수 있다고 했지? 아, 기대된다."

이 학교는 남쪽에 작은 섬 하나를 소유하고 있는데, 지금 그곳으로 향하는 중이다.

'학생 여러분에게 알립니다. 시간이 되면 지금 꼭 갑판으로 모여주세요. 이제 곧 섬이 나타납니다. 잠시 매우 의미 있는 경치를 감상할 수 있습니다.'

돌연 '기묘'한 선내 방송이 흘러나왔다. 쿠시다와 다른 아이들은 딱히 신경 쓰이지 않는지 얼굴에 기대감만이 가득했다. 학생들이 하나둘씩 나오기 시작했고, 몇 분 후 드디어 섬이 모습을 드러냈다.

이케가 환호성을 질렀다. 지평선 너머로 작은 섬이 시야에 들어왔다.

그 사실을 알아차린 학생들이 일제히 갑판 위에 모여들었다. 군집이 생기면서, 지금까지 명당자리를 차지했던 우리를 밀치는 거친 남학생들이 등장했다.

"야, 걸리적거리니까 저리로 꺼져. 이 불량품들아."

남자애 중 하나가 위협하면서 보란 듯이 내 어깨를 들이받았다. 당황한 나는 갑판 손잡이를 붙잡아 겨우 넘어지는 것을 모면했다. 그 광경을 지켜본 남학생들이 경멸한다는 듯 비웃었다.

"이 자식들이 무슨 짓이야!"

스도가 즉시 거칠게 응대했고, 쿠시다는 걱정스러운 표정으로 내게 다가왔다. 여자의 도움을 받는 남자란 정말 한심한 모습이겠지.

"너희도 우리 학교의 구조를 잘 알 거 아냐? 여기는 실력주의 학교다. D반에 인권 따위 없어. 불량품은 불량품답게 죽은 듯이 찌그러져 있으라고. 이 몸은 A반이시니까."

쫓겨나듯 뱃머리에서 밀려나는 D반. 스도는 불만스러워 보였지만, 그래도 싸움으로 발전시키지 않고 꾹 참는 모습은 조금 철들었다는 증거일까. 아니면 D반이라는 약한 입장을 이해해버렸기 때문일까.

"야, 다들 여기 있었구나. ……음, 무슨 일 있었어?"

모여든 학생들 중에, 한 남학생이 내게 말을 걸었다. 분위기가 험악하다는 것을 알아차린 모양이었는데, 쓸데없는 걱정은 끼치고 싶지 않아 못 들은 척했다. 그 남학생의 이름은 히라타 요스케. D반의 리더. 지금은 내가 속한 조의 조장이기도 하다. 1학기가 끝나는 마지막 날. 여행 기간에 함께 방을 쓸 조를 정했다. 나는 비교적 사이가 좋은 이케, 스도와 함께 이름이 불리지 않을까 기대했지만, 깔끔하게 정원 초과. 혼자 고립될 뻔하던 찰나에 구세주 히라타 님의 등장으로 구원받게 된 것이다.

"어이, 히라타. 너, 카루이자와랑 진도는 어디까지 나갔냐?"

카루이자와의 옆에 가려고 하지 않는 히라타에게 이케가 물었다.

"모처럼 온 여행인데 좀 더 찰싹 달라붙어 있어도 괜찮지 않냐?"

그는 다른 여자애들의 눈이 히라타에게 향하는 것이 싫었는지 농담처럼 돌려 말했다.

"우리한텐 우리 나름의 페이스가 있으니까. 미안, 미야케한테 무슨 일이 있는 것 같아서 가봐야겠어."

전화가 왔는지 히라타는 휴대전화를 누르면서 배 안으로 돌아갔다. 인기인은 늘 바쁜 것이 숙명이다.

"뭐야, 저 녀석. 여행 와서도 반 애들 걱정뿐이냐."

"그런데 카루이자와도 요새 딱히 히라타한테 안 달라붙지 않냐? ……설마 둘이 헤어진 건 아니겠지? 그럼 최악인데…… 쿠시다를 노리는 라이벌이 늘어나잖아!"

하긴 요즈음에는 사귄다는 사실이 갓 밝혀졌을 때처럼 꼭 붙어 다니지는 않는다. 하지만 그렇다고 싸웠다든가 사이가 냉랭해진 느낌도 별로 안 드는데. 사이좋게 이야기하는 모습도 보이곤 하니까.

"결심했어, 하루키. 나…… 이번 여행에서 쿠시다한테 고백할 거다!"

"지, 진짜? 그러다 차이면 대박 어색해질 텐데. 그래도 괜찮겠냐?"

"이건 그냥 내 추측인데 말이지. 쿠시다는 좌우지간 귀엽 잖아? 남자라면 대부분 사귀고 싶어 할 거라고. 하지만 레 벨이 너무 높아서 오히려 고백까지 가지 못할 게 분명해. 그 러니까 의외로 고백 받는 게 익숙하지 않을지도 모른단 말 이지. 내 사랑 고백에 쿠시다의 마음이 흔들릴 가능성도 있 어. 아니, 그것밖에 희망이 없다고."

"그런가…… 너, 단단히 각오했구나?"

"그럼!"

그 말에 평소 같으면 야마우치도 불타올라 대항했을 테지 만, 그런 모습이 전혀 보이지 않았다.

그저 갑판을 두리번거리며 뭔가를 찾는 눈치였다.

"왜 그래?"

"아, 아니야. 아무것도……."

그렇게 말하며 듣는 둥 마는 둥, 결국 야마우치가 쿠시다 이야기에 관심을 보이는 일은 없었다.

"쿠시다. 잠깐 시간 괜찮아……?"

"응? 무슨 일이야?"

근처에서 바다를 구경하던 쿠시다에게 재빨리 접근하는 이케. 누가 봐도 의심스러운 모습이다.

"그게 말이야, 뭐랄까, 우리도 만난 지 거의 4개월이 지났 잖아? 그래서 이제 슬슬, 성 말고 이름으로 불러도 괜찮지 않 을까 싶어서. 성만 부르면 너무 거리감이 느껴지는 것 같아."

"그러고 보니 야마우치랑 다른 남자애들은 언제부턴가 서로 이름으로 부르고 있지?"

"안…… 될까? 키, 키쿄라고 부르면?"

그렇게 조심스레 묻는 이케에게 쿠시다는 거리낌 없이 환한 미소를 지었다.

"당연히 좋아. 그럼 나도 너, 칸지라고 부르면 되지?"

"우오오오오!! 키쿄오오오오!"

이케가 영화 '플래툰'의 포스터 장면을 방불케 하는 포즈로 하늘을 올려다보며 포효했다.

그 모습이 우스꽝스러웠는지 쿠시다가 키득거렸다.

"이름이라…… 그러고 보니 호리키타는 이름이 뭐였더라. 응?"

스도가 당연하다는 듯 나를 보며 물었다.

"토미코야. 호리키타 토미코."

"토미코라…… 귀여운 이름이군. 역시 내 예상대로였어. 느낌이 통했다."

"아, 아니다. 스즈네였다."

"이 자식아, 틀리지 말라고. ……스즈네? 토미코보다 100배는 더 느낌이 팍 오는데?"

결국 호리키타의 이름이 토미코든 샘이든 간에, 자기 마음대로 느낌이 통했다고 하겠지.

"좋았어, 이번 여름방학이 끝나기 전까지 나도 이름으로 부르고 말 테다. 스즈네, 스즈네."

보아하니 남자들은 이번 여행에서 여자애들과 거리를 좁

힐 꿍꿍이인 것 같다.

　한편 나는 남자애 중 그 누구에게도 이름으로 불리지 않고, 나 역시 부르지도 않는다.

　"맞다. 시험 삼아 연습 좀 해보자, 아야노코지. 스즈네라고 부르는 연습 말이야."

　"연습이라니, 무슨 연습을……. 보통은 안 하잖아, 그런 거."

　이름을 부르는 연습이라니 본인을 앞에 두고 하는 것 말고는 무리라고 보는데. 단세포인 스도는 나를 가상의 호리키타로 삼을 작정인지, 진지한 눈빛을 보냈다.

　이성을 바라보는 눈빛이어서 몹시 기분 나쁘다. 그렇게 봐서 그런지 숨도 거칠어진 것 같다.

　"호리키타, 잠깐 괜찮냐? 할 이야기가 좀 있는데……."

　"난 호리키타가 아닌데."

　속이 울렁거려서 곧바로 부정하며 얼굴을 돌렸다.

　"이 바보 자식아! 연습이라잖아. 누군 뭐 하고 싶어서 이러는 줄 아나. 그래도 연습은 필요하다고! 농구도 연습을 안 하면 실력이 늘지 않는단 말이다. 둘 다 숏이 중요하다고."

　누가 그런 멋진 말을 했나 싶은 이야기 따위는 별로 듣고 싶지 않은데……. 별수 없어서 꾹 참고 응한다.

　"호리키타. 이대로 계속 서먹서먹하게 지내는 거 이상하지 않냐? 우리도 안 지 꽤 되잖아. 다른 애들은 거의 다 서로 편하게 이름을 부르는 것 같은데. 우리도 슬슬 그러는 게 어때?"

"…………."

나도 모르게 스도의 머리를 때리고 싶어졌지만, 정신적으로 성숙한 내가 참는다.

"무슨 말이라도 좀 해라. 연습이 안 되잖냐."

"아니…… 무슨 말? 나더러 뭘 말하라는 거야?"

"호리키타가 대답할 것 같은 말, 안 지 오래된 너는 잘 알 거 아니야?"

나도 안 지 4개월밖에 안 되는데, 그런 걸 알 리가 없지 않은가. 그래도 스도는 가상 호리키타를 연기하라면서 억지를 부렸다. 반쯤 협박하듯 주먹을 움켜쥔다.

"한 걸음 어른이 된 내가 호리키타 대역을 해주지. 사양 말고 연습해."

나 대신 이케가 자청하고 나섰다. 스도는 약간 수상쩍어하면서도 입을 열었다.

"호리키타…… 이제 슬슬 편하게 이름으로 부르고 싶은데, 괜찮냐?"

"뭐라고오? 스도는 하나도 안 멋있는뎅? 돈도 영 없어 보이고, 딱히 내 스타일도 아니고? 그런 느낌이니까 미안, 미안. 케켁?!"

비슷하기는커녕, 전혀 다른 여고생 갸루를 연기한 이케는 스도에게 초크슬리퍼를 당하고는 갑판 위를 구르며 고통스러워했다.

항상 기운이 넘친다니까, 이 녀석들. 가만히 지켜보는 것만으로도 피로가 쌓이는 느낌이다. 즐거워 보이기는 하지만.

잠시 후 주위가 왁자지껄 소란스러워졌다.

섬을 육안으로 또렷이 확인할 수 있게 되자 순식간에 거리가 가까워져서 학생들의 열기와 흥분도 고조되었다. 그렇게 바로 섬에 닿을 줄 알았는데, 배는 무슨 이유인지 몰라도 부두를 그대로 지나쳐 섬 주위를 선회하기 시작했다. 나라에서 빌려 관리하는 섬의 면적은 약 0.5㎢, 최고 표고 230m. 일본 전체로 보면 아주 작은 크기지만, 여객선에 탄 우리 백수십여 명의 눈에는 과분할 만큼 큰 섬이었다.

아무래도 섬을 한 바퀴 두르면서 전체적인 모습을 보여주려나 보다.

섬 주위를 선회하는 배는 속도를 늦추지 않고, 높은 물보라를 일으키며 부자연스러운 고속 항행을 했다.

"정말 신비로운 광경이야……! 감동적이다아. 아야노코지도 그렇게 생각하지 않아?"

"으, 으응. 그러네."

나는 무인도를 감상하며 눈을 반짝이는 쿠시다를 보자 가슴이 두근거렸다.

역시 쿠시다는 귀엽다. 어린애 같은 행동도 미소도 지켜주고 싶어지는 존재다.

'이제 곧 우리 학교가 소유한 고도에 상륙할 예정입니다. 학생 여러분은 30분 후 전원 체육복으로 갈아입고 소정의 가방과 짐을 꼼꼼히 챙긴 후, 두고 내리지 않도록 잘 가지고 갑판 위에 집합하기 바랍니다. 그 밖의 개인 소지품은 전부 방에 두고 오도록 하세요. 또 얼마간 화장실에 가지 못할 가능성이 있으니 미리 다녀오기 바랍니다.'

선내 방송이 흘러나왔다. 아무래도 프라이빗 비치에 다 와 가는 듯 보였다.

이케 무리가 우쭐거리며 옷을 갈아입으러 들어가려고 해서 나도 재빨리 내가 배정받은 방으로 향했다.

그리고 체육 수업 때 입는 체육복으로 갈아입고 갑판으로 나와 배가 섬에 닿기를 기다렸다. 섬이 눈앞으로 서서히 다가오면서 1학년의 텐션도 최고조에 달했다.

"그럼 지금부터 A반부터 순서대로 내린다. 참고로 휴대전화는 금지야. 담임선생님께 맡긴 후 하선하도록."

확성기를 쥔 교사의 목소리에 학생들이 순서대로 여객선 계단을 내려갔다.

"아~ 더워. 빨리 좀 내려. 얇은 옷이라도 땀이 나서 못 참겠단 말이야."

정박한 배의 갑판은 쏟아지는 햇빛을 피할만한 곳이 한 군데도 없었다. 불만이 터져 나오는 것도 무리가 아니었다.

D반이 더위를 견디며 배에서 내리려고 대기하고 있을 때 드디어 호리키타가 합류했다. 그냥 봐서는 여느 때와 다름없는 모습이었지만 아주 살짝 변화, 위화감 같은 것이 느껴졌다. 평소 꼼꼼한 성격인 호리키타는 겉모습도 신경 쓰는 편이다. 그런데 지금은 검은 머리칼이 헝클어져 있는데도,

미처 거기까지 생각이 미치지 못하는 것처럼 보였다.

조금 추운지 무의식중에 팔을 문지르며 섬에 내리기를 기다리고 있다.

"지금까지 뭐했어?"

"그냥 방에서 책을 읽고 있었을 뿐이야. 《누구를 위하여 종은 울리나》. 넌 잘 모르겠지만."

어이, 어니스트 헤밍웨이의 대표작 말이야? 의심할 여지 없는 명작이지.

전부터 생각한 건데, 호리키타 녀석의 독서 취향은 최고다……. 다만 이런 초호화 여행 중에도 독서를 우선시하는 것은 좀 생각해볼 문제 같지만.

뭐, 이번 경우는 정말 독서 때문에 방에 틀어박혀 있었는지 의심스러운 부분이다.

본인이 아무 말도 하지 않는데 이쪽에서 파고드는 것은 촌스러워 보이니 그냥 잊어버리자.

"뒷내용이 궁금하지만 사적인 소지품이 금지라니까 어쩔 수 없지."

호리키타가 아쉽다는 듯 중얼거렸다. 지금부터 해변에 발을 내디딜 사람이 할 소리는 아닌데.

하선은 생각한 것보다도 시간이 걸렸다. 교사들이 배에서 내린 학생의 양 겨드랑이를 붙잡고 일일이 짐 검사에 들어간 것이 원인인 듯했다.

"근데 말이야. 묘하게 신중하달까 경계하는 것 같지 않아? 휴대전화를 몰수하는 건 시험 때도 안 했는데. 다른 개인 소지품을 금지하는 것도 그렇고."

"그건 그래. 그냥 바다에서 노는 게 전부라면 이렇게까지 할 필요가 없다는 생각도 드네."

그러고 보니 선미 부분에 헬리콥터가 한 대 있었다. 그것도 부자연스럽다면 부자연스럽다.

뭐, 다소 마음에 걸리는 것은 사실이지만 지나친 생각일지도 모른다.

해변에 휴대전화를 가지고 가면 누군가 휴대전화를 물에 빠트리고 마는 상황이 얼마든지 일어날 수 있다. 또 쓸데없이 개인 소지품을 가지고 내리면 그 쓰레기 때문에 해변이 오염될 수도 있고 말이다.

갑자기 누가 아프면 헬리콥터가 출동하는 것도 충분히 있을 법한 이야기인가.

드디어 우리 차례가 되어 엄중한 짐 검사를 받은 후 트랩을 내려갔다.

여기가 천국과 지옥의 경계선이었다는 사실을, 그때는 미처 알지 못했다.

1

담소를 나누며 느릿느릿 내려온 우리를 향해 담임의 엄한 목소리가 날아들었다.

"지금부터 D반의 점호를 실시한다. 이름을 부르면 똑바로 대답하도록."

그와 동시에 정렬하라는 지시가 내려졌고, 보드를 한손에 든 각 반 담임들이 일제히 출석 확인을 시작했다.

차바시라 선생님은 학생들과 똑같은 체육복을 입고 있어서, 여름방학이라기보다는 꼭 합숙 같은 분위기를 풍겼다. 그래도 학생들에게서 긴장의 빛은 찾아볼 수 없었다.

"아~ 정말, 빨리 자유 시간이 됐으면 좋겠다. 눈앞에 바다가 펼쳐져 있는데."

바로 뒤에서 이케가 귀찮다는 듯이 중얼거렸다. 다들 모래사장을 달리고 싶어 안달이 났겠지.

잠시 뒤에 키 큰 교사가 앞으로 나오더니 준비된 흰색 단상 위로 올라갔다. 영어가 담당 과목인 A반 담임, 강직하기로 소문난 마시마 선생님이었다. 프로레슬러 같은 체격이어서 언뜻 보기에는 몸을 잘 쓰는 쪽 같지만, 머리가 상당히 좋아 예전에는 다른 교과목을 가르친 적도 있다고 한다.

"오늘 이 장소에 무사히 도착할 수 있었던 것을 일단 기쁘게 생각한다. 하지만 한편으로는 한 명이긴 하나 병결로 참가하지 못한 학생이 있어서 참으로 안타깝다."

"있었네, 아파서 여행 못 온 녀석이. 불쌍해라."

교사들 귀에 들리지 않을 만큼 작은 목소리로 이케가 말했다. 하지만 그 말이 맞긴 하다.

어중간한 여행이라면 모를까, 이렇게 호화롭다면 이야기

가 다르다. 나중에 친구한테 들으면 얼마나 배가 아플까. 몸 상태가 조금 안 좋은 정도였다면 무리해서라도 참가하는 편이 나았을 텐데.

그나저나 여행인데 선생님들의 표정이 왠지 험악하다. 학생들에게는 방학이어도, 감독 책임자는 업무일 수밖에 없어서 그런가?

아니—— 아무래도 그게 전부가 아닌 느낌이다.

마시마 선생님이 아무 말 없이 학생들을 응시하는 가운데, 작업복을 입은 어른들이 조금 멀리서 특설 텐트를 설치하는 모습이 보였다. 긴 책상 위에 컴퓨터 등도 놓여 있다.

바다의 잔잔한 파도와는 어울리지 않는 도회적인 소리에, 학생들도 곤혹스러운 빛을 드러내기 시작했다. 공기가 변하기만을 기다렸다는 듯 마시마 선생님의 입에서 냉혹한 한마디가 나왔다.

"그럼 지금부터—— 올해 첫 특별시험을 시행하겠다."

"네? 특별시험이라뇨? 그게 무슨 소리죠?"

이 당연한 의문은 내 뒤의 이케뿐 아니라 거의 모든 반에서 거의 동시에 일어났다.

바로 직전까지, 아니 지금도 여전히 단순한 여행이라고 생각하는 학생들을 덮친 불의의 습격.

학교 측이 베풀어준 여름방학 바캉스. 그런 것은 역시 환상이었다는 소리다.

긴장과 이완의 차이가 극과 극을 달린다.

"기간은 지금부터 일주일. 그러니까 8월 7일 정오에 종료한다. 앞으로 일주일 동안 이 무인도에서 집단생활을 하는 것이 시험이다. 또한, 이 특별시험은 실재하는 기업 연수를 참고로 만든 실천적이고 현실적인 것이라는 사실을 미리 밝혀두마."

"무인도에서 생활하라니…… 배가 아니라 이 섬에서 숙박하라는 말이에요?"

B반인가 C반 부근에서 당연한 질문이 마시마 선생님에게 날아갔다.

"그렇다. 시험 중의 승선은 정당한 이유를 제외하고는 인정되지 않아. 이 섬에서 생활하려면 잠잘 곳에서부터 식사 준비까지, 모든 것을 너희 스스로 생각해야 할 거다. 시험 시작 시점에서 각 반에 텐트 두 개, 손전등 두 개, 성냥 한 통이 지급된다. 그리고 선크림은 무제한이고, 칫솔은 일인당 하나씩 배포한다. 특례로 여학생의 경우에 한해 여성용품은 무제한으로 허가한다. 각자 담임선생님에게 신청하도록. 이상이다."

이상이라는 말은 그 이외의 것은 일체 배포하지 않는다는 의미인가?

"네에엣?! 설마 진짜 무인도 서바이벌 같은 느낌?! 그런 터무니없는 이야기는 듣도 보도 못했는데요! 만화도 아니고! 고작 텐트 두 개에서 반 전원이 어떻게 자요! 그리고 밥 같은 건 어쩌라고요! 말도 안 돼요!"

모두의 귀에 들릴 만큼 큰 목소리로 이케가 요란하게 항의했다. 무인도에서 자급자족 생활을 해야 하는 전개. 야생동물을 잡고 강가에서 몸을 씻고, 나뭇가지로 잠자리를 만든다. 그야말로 영화, 소설에나 나오는 이야기다. 설마 그것이 학교 시험이 될 줄 누가 예상했겠는가.

하지만 마시마 선생님의 입에서 사실 농담이었다고 정정하는 말은 결국 나오지 않았다.

아니, 오히려 이케의 말에 진심으로 어이없어 하는 것처럼 보이기도 했다.

"말이 안 된다고 하는데, 그건 네가 짧고 얕은 인생을 보냈기 때문이야. 실제로 무인도에서 연수하는 기업이 존재한다. 그것도 누구나 알만한 대기업이 입사시험으로 실행한단 말이지."

"거──짓말, 그, 그건, 그러니까, 특별한 경우 아닌가요? ……무인도는 지나친 비약이라고요. 절대로 말이 안 돼요! 비현실적이에요!"

"보기 흉하니 1절만 해. 지금 마시마 선생님이 말씀하신 건 극히 일부에 불과해. 세상에는 다양한 기업이 존재한다. 독특한 연수뿐만이 아니라 사무실에 의자가 없는 직장도 있고, 주사위를 굴려서 나온 수만큼 월급을 정하는 회사도 있어. 세상은 네가 아는 것보다 훨씬 넓고 깊단다."

이케의 폭주를 가만히 지켜볼 수 없었는지, 차바시라 선생님이 나무라는 투로 계속 말을 이었다.

"그러니까 현실과 비현실을 구분하지 못 하는 건 바로 너라는 소리야."

그래도 학생들 대부분은 받아들이기 힘든지 불만 가득한 표정이었다.

"지금 너희들은 이런 생각을 하겠지. 이 시험에 무슨 의미가 있는가 하고 말이야. 혹은 지금도 정말 실재하는 연수가 맞는지 의심스러워하는 녀석도 있을지 모른다. 하지만 고작 그 정도 그릇밖에 안 되는 학생은 미래를 기대할 수 없어. 도대체 이 이야기의 어느 부분에 너희가 '있을 수 없다', '바보 같다'고 비판할 근거가 있지? 너희는 그냥 학생일 뿐, 아직 아무것도 아니다. 말하자면 무가치한 존재나 마찬가지야. 그런 인간이 일류기업의 방식을 비판해? 우스꽝스러운 이야기야. 너희가 일례로 든 기업보다 격 높은 회사를 경영하는 사장이었다면 그걸 부정할 권리가 있을지도 모른다. 하지만 그렇지도 않은 인간이 부정할 수 있을 만한 근거 따위는 존재하지 않아."

과연 우리는 이야기의 단편만 듣고 허무맹랑하다느니 비현실적이라느니 마음대로 판단을 내리고 있다.

하지만 마시마 선생님이 한 말처럼 부정할 수 있는 근거는 어디에도 없다.

자신이 이해 가능한 범주에서 벗어났다고 '이상하다', '말도 안 된다'는 식으로 미리 멋대로 단정 짓는 것에 불과하다. 이해한 쪽 사람들은 그 모습을 익살스럽다고 말하겠지.

"하지만 선생님. 지금은 여름방학이에요. 그리고 우리는 여행이라는 명목으로 이곳까지 따라왔고요. 기업 연수는 이렇게 감쪽같이 속이고 뒤통수치는 짓은 안 할 거라고 생각하는데요."

불만을 느낀 다른 반 학생이 그런 식으로 반박했다.

"그렇군. 그 점에 관해서는 틀린 인식이 아니야. 불평불만이 나오는 것도 납득 가능하다."

이케와는 달리 논리적인 반론을 펼치는 학생에게 마시마 선생님은 일부 인정한다고 발언했다. 현 상태에 불만을 토로하는 학생과, 이곳에 오기까지의 과정에 불만을 느끼는 학생은 착안점이 다르다.

"하지만 안심해도 좋아. 이게 가혹한 생활을 강요하는 시험이라면 비판이 나오는 것도 무리가 아니겠지만, 특별시험이라고 너무 깊이 생각할 필요는 없어. 지금부터 일주일간 너희들은 바다에서 수영해도 좋고 바비큐를 해도 돼. 때로는 캠프파이어라도 해서 친구들끼리 담소를 나누는 것도 나쁘지 않겠지. 이 특별훈련의 테마는 '자유'다."

"네? 뭐라고요? 자유가 테마라니……? 바비큐도 가능하다니…… 으으음? 그걸 시험이라고 할 수 있어요? 머리가 복잡해졌어요……."

시험인데 노는 것은 자유. 상반된 개념이 혼재되어 학생들은 의문만 늘어났다.

"이 무인도에서 실행할 특별시험의 대전제로, 우선 각 반에 시험 전용 포인트를 300씩 지급한다. 이 포인트를 잘 활용하면 일주일간의 특별시험을 여행 온 것처럼 즐길 수 있어. 그러기 위한 매뉴얼도 준비되어 있다."

마시마 선생님은 다른 교사에게서 수십 페이지 정도 두께인 책자를 받아들었다.

"이 매뉴얼에는 포인트로 구할 수 있는 물품 리스트가 전부 나와 있다. 생활필수품인 음료수와 음식 재료는 말할 것도 없고, 바비큐가 하고 싶으면 바비큐 용품이랑 음식도 준비되어 있어. 바다를 만끽할 놀이 도구도 무수하다."

학생들의 험악했던 표정이 점점 풀렸다.

"그럼―― 그 300포인트로 원하는 걸 뭐든 받을 수 있다는 말씀이에요?"

"그렇다. 모든 걸 포인트로 구할 수 있어. 물론 계획적으로 쓸 필요는 있겠지만, 계획만 탄탄하게 세운다면 무리 없이 일주일을 보낼 수 있게 설정되어 있다."

정말 포인트만으로 일주일을 살 수 있다면 그것은 시험이라기보다 바캉스, 순수한 여름방학에 가까운 형태가 될지도 모른다.

"하, 하지만 선생님. 역시 시험이라고 하니까 어려운 뭔가가 있을 것 같은데요?"

"아니야, 어려운 건 아무것도 없다. 2학기 이후에 악영향을 미치지도 않고. 그건 보장하마."

"그럼 정말로 일주일간 놀기만 하면 된다는 거예요?"

"그렇다. 전부 너희 자유야. 물론 집단생활을 해야 하니 최소한의 규칙은 존재하지만, 지키는 건 하나도 어렵지 않아."

그렇다면 정말로 위험 요소가 없다는 것일까? 만약 정말 사실이라면 이것을 시험이라고 말하는 의미를 묻고 싶은데…….

단순히 여름방학을 이용한, 여행을 통한 학년 교류의 일환이라는 것일까?

이리저리 머리를 굴려 봐도 학교의 진의는 파악할 수 없었지만, 다음 마시마 선생님의 한 마디에 이 시험의 전모가 드러나게 되었다.

"특별시험의 종료 시에 각 반에 남은 포인트, 그 전부를 반 포인트에 가산해서 여름방학이 끝날 때 반영된다."

그 말과 함께 바람이 한여름의 해변을 휘저어, 한바탕 모래 먼지가 일었다.

마시마 선생님이 내뱉은 한마디는 틀림없이 오늘 우리가 받은 가장 큰 충격이리라.

필기시험처럼 학력만을 바탕으로 산출했던 지금까지의 시험에서는 기초학력이 높은 학생이 모인 상위 반이 필연적으로 유리했다. 그때마다 D반은 반 포인트를 잃고 괴로운 입장에 내몰렸다. 하지만 이번 규칙은 그 성질이 완전히 다르다. A~D반 사이에 핸디캡이 별로 느껴지지 않는 구조다.

"일주일만 참으면…… 다음 달부터 우리 용돈이 확 늘어난다는 거지?!"

그래, 이것은 학력이 아니라 '인내심'을 겨루는 싸움이다. 가까운 곳에 있는 욕구를 거부하면서 계속 참으면 상위 반에 가까이 갈 수 있을지도 모른다는 이야기다. 이케의 발언도 꿈이 아니다.

"매뉴얼은 각 반에 한 권씩 배부된다. 분실했을 때는 재발행도 가능하지만 포인트가 드니 소중히 보관하도록. 그리고 이번 여행 결석자는 A반 학생이다. 특별시험 규칙에서는 아프거나 기타 등등의 이유로 중도 탈락된 학생이 있는 반에 마이너스 30포인트의 페널티가 부과돼. 고로 A반은 270포인트에서 출발한다."

A반이라고 해도 인정사정없는 페널티를 받았다. A반 학생들은 동요하는 모습을 보이지 않았지만, 다른 반 학생들은 30포인트가 좁혀졌다는 사실에 놀라는 반응이었다.

마시마 선생님의 이야기가 끝남과 동시에 해산이 선언되었다. 확성기를 쥔 다른 교사가 각 반 담임에게 보충 설명을 들으라고 통보해서, 우리는 차바시라 선생님의 앞으로 향했다. 네 개의 반이 조금씩 거리를 띄우고 각각 모였다.

"다음 달부터 3만, 다음 달부터 3만, 다음 달부터 3만…… 반드시 해내겠어!"

이케를 비롯한 남자애들이 두 주먹을 불끈 쥐어 보였다. 여자애들도 잔뜩 상기된 표정으로 무엇을 살지 상의하기 시작했다.

반 포인트를 대량으로 늘리는 것은 D반의 간절한 염원

이다.

사치로부터 눈을 감고 딱 일주일만 보내면 된다. 아주 간단한 이야기다.

"지금부터 너희 전원에게 손목시계를 나눠주겠다. 일주일 후 시험 종료 시까지 풀지 말고 계속 차고 있도록. 허가 없이 손목시계를 풀 경우 페널티가 부과된다. 이 손목시계는 시간 확인뿐 아니라 체온, 맥박, 사람의 움직임을 감지하는 센서, GPS 기능도 갖춰져 있어. 또 만일에 대비해서 학교 측에 비상사태를 알리기 위한 수단도 탑재되어 있지. 긴급 시에는 망설이지 말고 그 버튼을 눌러라."

업자로 보이는 사람이 차바시라 선생님 옆에 상자를 쌓았다. D반에 지급될 텐트와 손목시계 등이 들어 있겠지. 우리는 상자를 열고 손목시계를 차라는 지시를 받았다.

"비상사태라니, 설마 곰이라도 나오는 건 아니겠죠?"

"아무리 그래도 이건 시험이야. 결과를 좌우할 가능성이 있는 질문에는 대답할 수 없다."

"윽…… 그런 식으로 말씀하시니까 무섭잖아요."

"위험한 동물은 없을 거라고 봐. 만약 동물의 습격으로 학생이 다치기라도 하면 큰 문제니까. 단순히 우리의 건강관리를 목적으로 한 게 아닐까? 우리를 무인도에 내버려두는 이상 학교 측도 안전성을 확보해야만 할 테니."

히라타의 말처럼 손목시계는 학교 측의 철저한 안전 관리 중 하나겠지. 섬 안을 자유로이 활보하게 되면 교사의 눈만으로는 학생들의 상태를 다 파악할 수가 없다. 그렇다고 교내처럼 카메라를 완비하는 것도 곤란하다. 그래서 손목시계로 학생들의 상태를 감시하고 돌발 상황에 대응할 생각이리라.

여객선에서 본 헬리콥터는 그 비상사태에 띄울 것인지도 모른다.

손목시계가 전부 배부되자, 저마다 편한 대로 왼쪽 혹은 오른쪽 손목에 시계를 찼다.

"그런데 이대로 바다 같은 데 들어가도 괜찮아요?"

"문제없어. 완전히 방수가 되니까. 그리고 만일 고장 났을 경우에는 곧바로 시험 관리자가 찾아와서 다른 시계로 교환해줄 거야."

학교 측에서 이 특별시험을 그저 겉치레나 호기심 때문에 시작하지는 않았으리라. 다양한 상황을 상정한 후에 실시하는 것이겠지. 그러니 빈틈 따위는 있을 리 없다.

"차바시라 선생님. 오늘부터 일주일간 이 섬에서 지내야 하는데, 그럼 포인트를 안 쓰는 이상 모든 것을 저희가 알아서 구해야 한다는 뜻인가요?"

"그래. 학교는 일체 관여하지 않아. 음식도 물도, 너희가 알아서 준비해. 부족한 텐트도 마찬가지야. 해결 방법을 생각해내는 것도 다 시험이다. 내 알 바 아니야."

그 말에 남자보다 여자가 더 당혹스러워했다. 잠자리가 확보되지 않는 것이 불안하리라.

"괜찮다니까. 물고기도 적당히 잡고, 숲에서 과일을 찾아 먹으면 되잖아. 텐트는 잎이랑 나뭇가지 같은 걸로 만들고. 최악의 경우, 컨디션이 무너지더라도 우리 힘내자."

300포인트를 그대로 유지할 생각인 이케는 불안 따위 없는지 태연하게 말했다.

하지만 혼자 생활하는 거라면 몰라도 반은 30명 이상으로 구성되어 있다.

필요한 것을 반의 전체 인원수만큼 구하기가 말처럼 그리 쉽지는 않을 터다.

"안타깝지만 이케, 반드시 네 계획대로 될 거라는 보장은 없다. 배포된 매뉴얼을 펼쳐봐."

히라타가 차바시라 선생님의 지시에 따라 매뉴얼을 펼쳤다.

"마지막 페이지에 마이너스 조정 항목이 실려 있지. 우선 그 부분을 읽어. 이 특별시험을 상징하는 아주 중요한 정보니까. 그걸 잘 활용할지 아니면 그대로 썩힐지는 너희가 하기 나름이다."

마지막 페이지에는 '이하에 해당하는 사항에는 정해진 페널티가 부과된다'는 문구가 있었다.

'눈에 띄게 컨디션이 나쁘거나 큰 부상을 입어 시험 진행이 어렵다고 판단되는 자는 마이너스 30포인트. 또한 그자는 중도 탈락 처리가 된다', '환경오염 행위가 발각된 경우. 마이너스 20포인트', '매일 오전 8시, 오후 8시에 실시하는 점호 때 자리에 없는 경우. 일인당 마이너스 5포인트'. 그리고 제일 엄중한 벌은 '다른 반에 폭력 행위, 약탈 행위, 기물 파손 등을 가할 경우 그자가 소속된 반은 곧바로 실격 처리되고, 대상자의 프라이빗 포인트를 전부 몰수한다'라는 총 네 가지 사항이 기재되어 있었다. A반도 이 규칙에 따라 페널티를 받은 것이다. 네 번째 방해 행위는 지극히 당연한 페널티고, 나머지 세 가지는 학생 개개인이 도가 지나치는 행위를 하지 않게 하기 위함이 분명했다. 아침저녁으로 점호가 있으니 밤새도록 노숙하는 것도 불가능하고, 아무 데서나 되는대로 노상 방뇨하는 야만적인 행위도 막을 수 있다. 다시 말해, 안이한 인내심 대회에 대한 제지. 소중한 아이들을 맡은 학교로서, 그 누구도 피해갈 수 없는 필수 규칙이라고 할 수 있었다.

"네가 무모하게 행동하는 건 네 마음이지만, 그렇게 해서 만약 학생 열 명의 몸 상태가 나빠지게 되면 그동안의 인내와 노력이 한순간에 물거품이 되어버린다. 한 번 탈락 판단이 내려지면 두 번 다시 시험에 복귀할 수 없어. 그러니 강행하려면 그걸 각오해야 할 거야, 이케."

꾹 참고 버티는 방법이 빨리도 막혀버리자, 그렇게 하려고 마음먹었던 일부 학생이 동요했다.

1포인트도 쓰지 않는다는 전략은 이것으로 반쯤 무리가 되어버렸지만, 다른 반이 전력으로 서바이벌에 도전할 가능성 역시 거의 사라졌다고 봐야겠지. 그리고 동시에 이 시험은 놀아서도 단순히 운에 맡겨서도, 그냥 참아서도 안 된다는 사실이 부각된 것 아닌가.

과연 효율적으로 포인트를 사용하고 절약하면서 일주일을 잘 보낼 수 있을까.

아니면——. 좌우지간 글자 그대로 '특별시험'의 형태가 조금씩 모습을 드러냈다.

"말하자면 어느 정도의 포인트 사용은 피할 수 없다는 거네?"

이야기의 흐름을 잠자코 듣고 있던 시노하라라는 여자애가 그렇게 말했다.

"처음부터 타협하는 방식은 반대야. 할 수 있는 데까지 참아봐야 한다고."

"네 마음은 잘 알겠지만 그러다가 몸이라도 상하면 큰일이야."

"히라타도 참, 기 빠지는 소리 좀 하지 마. 일단은 참아야 하는 시험이잖아?"

규칙을 알면 알수록 각자 생각하는 부분이 달라지겠지. 의견 차이가 생길 것이다.

그나저나 매뉴얼에 나온 구매 가능한 아이템의 폭이 너무 넓다.

텐트랑 조리기구 등 서바이벌에 꼭 필요한 도구, 디지털 카메라와 무전기 등의 기기, 파라솔, 튜브, 바비큐 세트, 폭죽 등 오락용품. 생활하는 데 빼놓을 수 없는 음식 재료에서부터 물까지. 거의 모든 것을 포인트로 준비할 수 있게 설정해놓았다. 포인트를 사용하고 싶을 때는 그때마다 담임에게 말하면 되는데, 누구나 신청 가능하다고 한다.

"차바시라 선생님, 대답하실 수 있는 범위에 있는 거면 가르쳐주세요. 가령 300포인트를 전부 사용해버린 나음에 탈락자가 나오면 어떻게 되는 거죠?"

설명을 일단 전부 받아들인 호리키타가 손을 들어 차바시라 선생님에게 질문했다.

"그 경우, 그냥 탈락자가 늘어난 것뿐이다. 포인트는 0에서 변하지 않아."

"그럼, 이 시험에서 마이너스로 떨어질 일은 없다는 거군요?"

차바시라 선생님이 고개를 끄덕였다. 마시마 선생님도 시험에 의한 악영향은 없다고 했었다. 그 점은 사실인 모양이다. 손목시계로 빈번하게 시간을 확인하면서 차바시라 선생님이 이야기를 이었다.

"지급될 텐트는 하나에 8명이 잘 수 있는 크기야. 중량은 15킬로그램에 가까우니 옮길 때 주의해라. 또 지급품의 파손, 분실에 관해 학교 측은 일절 도와주지 않는다. 새 텐트가 필요한 경우에는 포인트를 소비해야 하니 기억해둬."

"저도 질문 있어요, 선생님. 점호는 어디서 하나요?"

"각 반 담임은 시험 종료까지 자기 반 학생들과 함께 행동하기로 되어 있다. 너희끼리 베이스캠프를 정한 후에 보고 해라. 거기에 거점을 꾸릴 거고, 점호도 그곳에서 이루어질 테니까. 그리고 베이스캠프는 한번 정하고 나면 정당한 이유 없이 변경할 수 없으니 신중하게 고민하도록. 이건 다른 반도 같은 조건이다. 예외는 없어."

감독 책임도 포함하여 차바시라 선생님이 D반과 함께 일주일을 보낸다는 소리인가. 물론 전혀 도와주지 않겠지.

"선생님, 말씀 중에 죄송한데요. 아까 주스를 마셔서 그런지 화장실이 급해요. 화장실이 어디죠?"

스도가 초조한 표정으로 주위를 두리번거렸다. 공지는 듣지 않고 있던 모양이다.

"화장실? 마침 그 설명을 하려던 참이야. 화장실에 갈 땐 이걸 사용해."

차바시라 선생님이 쌓인 상자 중 하나를 두드렸다. 그리고 고무테이프를 떼어낸 다음 접힌 종이상자를 꺼냈다.

"네? 그게 뭔데요."

"간이화장실. 반마다 하나씩 지급되는 거야. 소중하게 다루도록."

그 설명에 제일 당황한 사람은 스도가 아니라 반 여자애들이었다.

"설마 저희도 그걸 써요?!"

특히 놀라 소리를 지른 여자애는 카루이자와가 아니라 시노하라였다.

카루이자와 무리라기보다, 그녀는 그녀대로 일정 지지를

모으는 존재감 있는 여자애였다.

"남녀가 다 같이 쓰는 거다. 하지만 안심해. 옷을 갈아입을 때도 사용할 수 있는 원터치 텐트가 붙어 있어. 다른 사람 눈에 보이는 일은 없겠지."

"그런 문제가 아니라요! 조, 종이상자라니! 그런 거 절대 못 쓴다고요!"

"종이 재질이라고 해도 이건 잘 만들어진 아주 우수한 제품으로, 재난 시에도 쓰이는 거야. 지금부터 어떻게 사용하는지 보여줄 테니 잘 보고 기억하도록."

여자애들의 야유를 한 귀로 흘리며 차바시라 선생님이 익숙한 손놀림으로 간이화장실을 조립했다.

그리고 파란 비닐봉지를 세팅한 다음 하얀 시트 같은 것을 그 안에 넣었다.

"이건 급수 폴리마 시트라고 부르는데, 오물을 덮어 굳게 하는 거야. 이걸로 오물을 보이지 않게 하면 동시에 악취가 억제된다. 다 쓴 후에는 또 시트를 겹쳐. 이걸 반복하면 비닐봉지 한 장당 5회 전후로 사용이 가능하다. 이 비닐과 시트만큼은 원칙적으로 무제한 제공돼. 그러니 도저히 못 견디겠다면 볼일을 볼 때마다 교환해도 상관없다."

그 설명에 여자애들은 할 말을 잃고 가만히 듣기만 했다. 지금이 재난 상황이라면 아무 불평도 말할 수 없다. 남자가 어떻고, 여자가 어떻고, 종이상자가 어쩌고저쩌고 말할 상황이 아니니까.

하지만 지금 이곳을 재난지라고 생각하고 행동하라는 것은 정말 무리가 있다.

"무리인 게 뻔해요! 절대 못 한다고요!"

시노하라를 시작으로 거의 모든 여자애가 일제히 거부했다.

그 모습을 가만히 지켜보던 이케가 불쾌한 투로 말했다.

"화장실 정도는 그냥 참아. 난리 피울 일도 아니잖아, 시노하라."

"웃기지 말아줄래? 남자애들은 딱히 상관없겠지만, 종이상자 화장실이라니, 절대 무리야!"

"결정은 너희가 하는 거야. 나는 뭐라 말할 수 없어. 하지만 바다와 강은 물론이고 숲속에서 적당히 용변을 해결하는 건 인정되지 않는다. 그 점을 잊지 말도록."

그것만 충고하고, 선생님은 무덤덤하게 다음 이야기로 넘어가려고 했다.

"조, 종이상자 따위 절대 못 쓴다니까요! 그리고 남자애들도 근처에 있을 거 아녜요? 기분 나빠요!"

여전히 받아들이지 못한 시노하라는 남자, 특히 이케를 향해 대놓고 화를 드러내기 시작했다.

"뭐야. 변태 취급받는 거, 받아들일 수 없는데?"

"사실이 그렇잖아. 너희들 완전 변태같이 보이거든?"

"뭐라고? 우와, 엄청 상처 되는 말이다, 그거! 나 같은 신사한테."

"놀고 있네. 신사라니, 어디가? 대놓고 변태 후보구만."

이케와 시노하라가 서로 불꽃을 튀겼다.

"어쨌든 난 무리니까."

말도 안 된다며 시노하라와 여자애들 대다수는 철저하게 받아들이지 않으려는 모습이었다.

"그럼 어쩔 건데? 일주일 동안 화장실을 참을 수 있냐? 그거야말로 절대 무리잖아."

"그건……."

그러한 이케와 시노하라의 말싸움을 남 일 보듯 구경하던 선생님이 갑자기 언짢은 표정으로 우리의 뒤쪽을 쳐다보았다.

"야호~."

긴장감이라고는 없는 목소리가 등 뒤에서 들려왔다.

목소리의 주인공은 목표물을 포착하고 달려오더니 와락, 뒤에서 껴안았다.

"……이게 무슨 짓이지?"

"그야 스킨십인데? 뭐하고 있나~ 궁금해서."

B반 담임인 호시노미야 선생님이 그렇게 말하며 차바시라 선생님의 팔뚝을 주물럭거렸다.

"사에의 머리카락은 언제 만져도 찰랑거린다니까?!"

"너 학교 규칙을 제대로 이해하고 있는 거 맞아? 다른 반 정보를 몰래 엿듣는 건 언어도단이야."

"나도 나름 교사거든? 혹시 뭔가 정보를 들었다고 해도 절대로 남한테 알려주거나 하지 않아. 그냥 뭔가 운명 같다고

할까. 우리가 함께 이 섬에 왔다는 게 믿어지지가 않아서. 넌 안 그래?"

운명? 호시노미야 선생님의 의미심장한 말을 차바시라 선생님은 한 귀로 흘렸다.

"시끄러워. 얼른 B반으로 돌아가시지."

"앗. 아야노코지 아니야? 오랜만이네~."

호시노미야 선생님은 원래 양호실 담당이어서 수업시간에서 보는 다른 선생님과 달리 별로 만날 기회가 없다. 나는 가볍게 고개 숙여 인사했다.

"여름은 사랑의 계절. 좋아하는 아이한테 고백할 거라면 이런 예쁜 바다 앞이 효과적일지도 모른단다~?"

"바다는 아름답지만, 우리 반에 그런 여유는 없어서요."

나는 가볍게 대꾸하며 넘겼다. 다들 힐끔거리니까 더는 엮이지 않았으면 좋겠다.

"좀 더 편하게 하라니까."

"너, 계속 이러면 문제 행동으로 위에 보고한다? 그리고 더는 시간이 없어."

"치. 그렇게 째려볼 것까진……. 알았어, 알았다고오. 그럼 난 이만~."

호시노미야 선생님은 슬픈 표정으로 차바시라 선생님에게서 멀어졌다. 그렇게 호시노미야 선생님이 B반으로 돌아가자마자 차바시라 선생님은 기다렸다는 듯 다시 이야기를 꺼냈다.

"그럼 지금부터 추가 규칙을 설명하겠다."

"추, 추가 규칙? 아직 뭐가 더 남았어요……?"

"지금부터 너희는 이 섬을 자유로이 다닐 수 있는데, 섬 안에는 스팟이 몇 군데 설치되어 있어. 스팟에는 점유권이라는 것이 존재해서, 점유한 반만 사용할 수 있는 권리가 주어지지. 어떻게 활용할지는 점유권을 가진 반의 자유다. 다만 점유권은 효력이 8시간밖에 되지 않아서, 그 후에 자동으로 권리가 사라진다. 8시간마다 다른 반이 점유권을 가질 권리가 발생한다는 뜻이야. 그리고 스팟을 하나 점유할 때마다 보너스로 1포인트를 얻을 수 있어. 다만 이 1포인트는 잠정적인 것이어서 시험 중에 사용할 수 없다. 시험 종료 시에만 정산되고, 가산되는 구조야. 학교는 너희를 항상 감시하고 있으니, 이 규칙에서 부정을 저지를 여지는 없다. 그 점을 주의하도록."

"아, 아, 그럼, 그거 엄청 중요한 거잖아요! 포인트까지 달려 있다니 완전 탐난다고요! 우리가 전부 다 차지해버리자!"

당장 찾으러 가자고, 이케가 눈을 번뜩이며 야마우치를 꼬드기기 시작했다.

매뉴얼에도 그 사실이 상세히 설명되어 있었는데, 스팟 주위에는 반드시 점유권을 표시하는 장치가 준비되어 있는 듯했다. 섬에 스팟이 몇 군데나 있는지는 불명확하지만, 아주 큰 요소라고 할 수 있으리라. 그런데――.

"초조한 마음은 알겠지만, 이 규칙에는 커다란 리스크가 있다. 그걸 고려한 후에 이용할지 말지 검토해야겠지. 그 리스크까지 포함해서 전부 매뉴얼에 나와 있어."

차바시라 선생님의 말처럼 매뉴얼에는 특수 규칙을 더욱 명확하게 하기 위해서인지, 조목별로 추가 규칙이 명시되어 있었다.

하나. 스팟을 점유하려면 전용 키 카드가 필요하다.

하나. 한 곳을 점유할 때마다 1포인트를 얻을 수 있다. 점유한 스팟은 자유롭게 사용 가능하다.

하나. 다른 반이 점유한 스팟을 허가 없이 사용한 경우 50포인트의 페널티가 부과된다.

하나. 키 카드의 사용은 리더가 된 사람에 한정한다.

하나. 정당한 이유 없이는 리더를 바꿀 수 없다.

대략적인 규칙은 이 정도였다. 나머지는 차바시라 선생님이 직접 해준 설명도 있었지만, 8시간마다 점유권이 초기화된다는 것이나 점유되어 있지 않다면 몇 곳이든 동시에 확보할 수 있다는 것, 계속해서 같은 반이 확보해도 상관없다는 것 등이 적혀 있다.

가령 스팟을 세 군데, 8시간마다 되풀이해서 점유하는 데 성공했을 경우 시합 종료 시에는 50포인트 이상 얻을 수 있다. 그렇지만 거기에는 큰 리스크가 따른다.

규칙이 이게 다라면 그냥 빠른 사람이 이기는 시험이다.

강제로 계속해서 스팟을 점거하고 있기만 하면 되는 구조로 보이니까. 하지만 그것은 불가능하다. 이유는 마지막에 적힌 규칙에 있다.

7일째인 마지막 날, 점호 시점에 다른 반의 리더가 누구인지 알아맞힐 권리가 주어진다. 그때 다른 반 리더를 맞추면, 맞춘 반 하나당 50포인트를 얻을 수 있다. 그리고 반대로 들킨 반은 50포인트를 내야 한다. 쉽사리 스팟 점유에 나섰다가는 리더가 발각되어 포인트를 대량 실점할 가능성도 있다는 이야기다. 엄청난 하이 리스크 하이 리턴인 셈이다.

다만 리더를 맞추는 권리도 아무렇게나 행사할 수 있는 것은 아닌 듯해서, 만약 엉뚱한 사람을 리더로 학교 측에 보고한 경우 판단 오류라는 명목으로 마이너스 50포인트를 받게 된다. 덧붙여 리더가 누구인지 들통 난 반은 그때까지 모은 보너스 포인트도 전부 잃게 된다. 어지간한 확신이 없으면 점유 전쟁에 참가하기 망설여지는 규칙이었다.

"예외 없이 리더는 반드시 한 사람으로 정한다. 하지만 점유 전쟁에 참가하고 말고는 자유야. 욕구를 드러내지 않으면 리더라는 것도 알려지지 않고 끝나겠지. 리더가 정해지면 나에게 보고해. 그때 리더의 이름을 새긴 키 카드를 지급해줄 테니까. 제한 시간은 오늘 점호까지. 그때까지 정해지지 않았을 경우에는 내가 마음대로 정한다. 이상이야."

요컨대 카드를 훔쳐보기만 해도 리더의 정체가 백일하에 드러나 버린다는 건가. 차바시라 선생님의 설명은 이것으로 끝났는지, 주사위는 던져졌고 학생들에게 책임이 넘어왔다. 히라타가 곧바로 행동을 개시했다.

"리더를 누구로 할지는 아직 시간이 있으니 찬찬히 생각하자. 일단은 베이스캠프를 어디에 삼을지 정해야 해. 이대로 해변에 진을 칠지, 숲속으로 들어갈지…… 스팟은 그다음에 생각해야 하지 않을까?"

매뉴얼에는 간단한 섬 지도가 첨부되어 있었다. 섬의 크기와 모양만 그려져 있을 뿐, 숲의 면적이나 경사 등은 전혀 나와 있지 않았다. 아니, 아예 백지라는 표현이 맞겠다.

"스스로 필요한 부분을 채워 넣어라, 는 식으로 느껴지는데."

보란 듯이 볼펜이 딸린 것도 그 사실을 뒷받침한다.

"선생님들도 많이 있는 배 근처가 좋지 않을까?"

"아니, 꼭 그렇다고도 할 수 없어. 스팟의 존재도 그렇고, 여기에는 아무것도 없으니까."

물도 없고 다른 마실 거리도 없다. 이곳에 거점을 마련하면 그런 자원을 얻을 장소에서 제일 먼 위치가 될 수밖에 없다. 덤으로 한낮에는 강렬한 햇빛이 직격으로 쏟아지는 혹독한 환경이다. 그렇다고 숲으로 너무 깊이 들어가는 것도 리스크가 있겠지만.

"그건 그렇고 일단 화장실부터 좀. 나, 더는 못 참겠다."

스도가 차바시라 선생님이 조립한 간이 화장실을 잡아서 들었다.

그리고 원터치 텐트를 조립해 조금 떨어진 장소에 설치한 후 서둘러 안으로 들어갔다.

시노하라와 다른 여자애들이 그 모습을 보면서 죽어도 못한다고 서로 몸을 기댔다.

차바시라 선생님은 한 걸음 뒤로 물러났다. 더는 관여하지 않을 테니 알아서 하라는 뜻이겠지.

"저기 히라타? 화장실 문제도 빨리 정하는 게 좋지 않을까?"

다른 학생들도 그렇고, 조만간 화장실은 반드시 필요해지리라. 여학생들의 의견도 일리가 있다.

"정하자고 해도 말이지, 저걸 쓰면서 그냥 견디는 수밖에 없지 않냐?"

"아니, 방법이 아예 없는 건 아니야."

매뉴얼로 시선을 떨궜던 히라타가 그렇게 말하며 고개를 들었다.

"매뉴얼에 보면 가설(假設) 화장실도 포인트로 사서 설치할 수 있다고 되어 있거든."

그 말에 시노하라 무리가 일제히 모여 매뉴얼을 들여다보았다.

가설 화장실의 기능은 더할 나위 없어 보였는데, 참고 사진을 보니 가정에서 화장실로 써도 거의 손색이 없었고 물도 흘러나왔다. 이거라면 여자애들도 충분히 받아들이리라. 하지만 문제는 가설 화장실 한 대당 20포인트가 필요하다는 부분이려나. 싼지 비싼지 판단하기 어렵군.

"그거 완전 필요해! 아니, 사실은 그것도 싫지만…… 그거 없으면 안 돼!"

시노하라의 발언을 시작으로, 많은 여자애가 찬성했다. 여자에게 화장실의 존재란 식량과 물조차 이길지도 모르겠다. 그것만큼은 양보할 수 없다는 의지가 전해진다.

"자, 잠깐만, 너희! 20포인트인데?! 고작 화장실에!"

민감하게 반응하며 반대한 것은 포인트를 절약하고 싶어서 안달이 난 이케. 그리고 종이상자 화장실로 참을 수 있는 일부 남자들이었다. 쓸데없는 지출은 최대한 막고 싶다는 생각이리라.

"화장실쯤 아무렴 어때. 하나 받았으니까! 응? 포인트는 부득이한 경우에만 써야 한다고. 지금은 절약해야 하잖아!"

"네가 정하지 말아줄래? 의견을 정리하는 사람은 히라타니까. 그렇지, 히라타?"

시노하라는 이케의 말을 무시하고, 히라타에게 가설 화장실을 사자고 부탁했다.

"하긴…… 적어도 여자애들은 제대로 된 화장실이 있는 편이……."

"네가 의견을 정리하는 건 자유인데 말이야, 뭐든지 마음대로 정해도 되는 건 아니라고."

화장실 구입에 찬성하려는 히라타의 모습에 이케가 당황하며 막아섰다.

"아, 짜증 나. 카루이자와도 뭐라고 말 좀 해. 가설 화장실이 필요하다고."

　동의를 구하려고, 여학생의 대표 격인 카루이자와를 부르는 시노하라.

　"그래? 아, 그야 불편하긴 하겠지만. 반 포인트도 필요하니까. 그냥 참아도 될 것 같은데?"

　예상 외로, 앞장서서 불평할 줄 알았던 카루이자와가 간이 화장실 사용에 찬성했다.

　"최소한 필요한 물품은 학교에서 준비해준다고 하니, 난 참을래. 목욕도 강이 있으니까 거길 이용하면 어떻게든 되지 않을까?"

　"그런…… 카루이자와!"

　카루이자와가 그렇게 말해버리니, 고집 센 시노하라도 정면에서 거스를 방법이 없다.

　다수의 여자애가 카루이자와의 편에 서 있는 이상, 발언력은 아무래도 한정적일 수밖에 없기 때문이다.

　그런 이케와 시노하라의 싸움에 돌연 유키무라가 참전했다.

　"여자들이 가설 화장실을 원하는 기분은 모르는 바도 아니야. 하지만 그렇다고 우리 남자들의 포인트이기도 한 걸 마음대로 쓰려는 건 받아들일 수 없어. 만약 가설 화장실을 갖고 싶으면 적어도 과반수의 표를 모은 후에 주장해라."

　그는 안경을 치켜 올리며 시노하라를 향해 거칠게 말했다.

　"나는…… 여자로서 당연한 요구를 하고 있을 뿐이야. 남자들은 아무래도 상관없잖아."

"당연한 요구? 남자는 상관없다고? 도무지 이해가 안 되네. 그건 그냥 차별 아닌가?"

"차별이라니…… 아, 머리 아파. 히라타, 저런 말은 무시하고. 응?"

화장실만큼은 절대로 양보할 수 없는지, 시노하라가 혼자 필사적으로 물고 늘어졌다.

"이 시험은 다른 반과의 포인트 차를 줄일 수 있는 하늘이 내린 기회라고. 가설 화장실 따위에 소중한 포인트를 쓸 수는 없어. 난 언제까지고 D반에 머무를 생각이 없으니까. 시노하라같이 개개인이 원하는 걸 다 들어줘서는 이야기가 진행이 안 되잖아. 그러니까 지금 여기서 방침을 확실히 정했으면 해."

"뭐? 그 말은 내가 아무 생각도 없다는 뜻이야?"

"본능이 시키는 대로 움직이기만 하는 건 원숭이도 할 수 있는 일이야. 여자들이란 이렇게 감정적으로 움직여서 싫다니까."

"……뭐라고? 포인트를 다 쓰자는 것도 아니잖아. 최소한으로 필요한 게 있다고 주장하는 거야. 논리적으로 말하고 있는데, 난?"

"둘 다 진정해. 유키무라가 하고 싶은 말이 뭔지도 알겠는데, 그렇게 싸우자는 식으로 말하니까 해결이 안 되는 거 아닐까? 좀 더 냉정하게——."

"냉정? 그럼 무슨 일이 있어도 자기들 멋대로 포인트를 쓸 수 없게 할 거지?"

"그건……."

잔뜩 흥분한 두 사람 사이에 낀 히라타는 어쩔 줄 몰라 하면서도, 곤혹스러운 표정을 최대한 들키지 않으려고 노력하며 이야기를 정리하는 데 필사적이었다.

"통솔이 안 되는 D반이니, 앞길이 막막하네. 게다가 평화주의자 히라타는 뭐 하나 제대로 결정하지도 못하고."

살짝 떨어져 상황을 지켜보는 내 옆에서 호리키타가 조금도 진전이 없는 현실을 깨닫고 다소 무거운 한숨을 지었다.

"이번 시험. 생각보다 훨씬 복잡하고 난해한 과제인 것 같아……."

드물게도 호리키타는 혼란스러워한다고 할까, 곤혹스러운 표정을 지었다.

"포인트를 대량으로 획득할 기회고, 호리키타 너한테는 참는 것도 식은 죽 먹기 아니야?"

옆에서 보이는 호리키타의 표정은 복잡 혹은 약간 분해 보였다.

"글쎄. 지금 단계에서 간단하다고 말할 수 있을 만큼 낙관적이지는 않아. 나도 다른 애들이랑 똑같아. 이런 데서 생활해본 적이 없어서 아무것도 계산이 안 돼. 겉으로는 단순해 보이는 시험도, 서 있는 위치 하나로 크게 변한다는 걸 실감하는 중이야. 모두가 공통적으로 포인트를 절약하고 싶은 마음은 있는데 잘 정리되지 않지. 기분 나쁜 시험이야."

포인트를 쓰자는 파, 포인트를 쓰지 말자는 파. 그리고 적절히 쓰자는 파.

간단히 나누는 것만으로도 세 무리로 분류된다. 게다가 거기서도 다시 세분화된 차이가 생긴다. 요컨대 실질적으로 학생의 수만큼 생각하는 전략 패턴이 있다는 소리다.

30명이 넘는 반에서 그 사실과 마주하기란 그리 쉽지 않으리라.

두께가 두툼한 매뉴얼은 페이지의 수만큼 자유가 허용됨과 동시에 반이 하나로 똘똘 뭉치기 힘들다는 것을 나타내주는 듯 보였다. 살짝 멀리서 차바시라 선생님이 남녀의 대립을 어디까지나 싸늘한 시선으로 쳐다보고 있었다. 학생들을 굳이 평가할 것까지도 없이, 어차피 D반은 불량품 집단이고 덜떨어진 존재다. 속으로 그렇게 생각하지 않을까.

"호리키타는 어떻게 하고 싶어?"

"나도 유키무라처럼 1포인트라도 더 많이 남기고 싶어. 하지만 만족스러운 설비가 없는 상태에서 일주일간 생활할 자신은 없어. 이게 솔직한 내 마음이야. 도전해보려고 생각은 하지만 어디까지 참을 수 있을지……. 넌?"

"너랑 거의 같은 의견이야. 모든 것이 너무 미지수야."

"야, 저기 봐봐. A반과 B반, 이야기가 정리된 것 같지 않아?"

초조해하는 여자애의 목소리에 우리는 일제히 고개를 돌렸다.

몇 분밖에 지나지 않았는데도 각각의 반에서 학생들이 몇 명씩 뭉쳐 숲으로 들어가고 있었다.

아마도 스팟을 찾거나 베이스캠프에 최적인 땅을 물색하려는 것이리라.

우열을 상징하듯, 우리 반과 C반은 아직 정리되지 않은 모습이다.

만족스러운 스타트조차 끊지 못하고 있다.

"……아, 젠장. 태평하게 화장실 이야기 따위 할 때가 아니라니까! 난 포인트를 지키기 위해 무슨 짓이든 할 생각이라고. 베이스캠프로 삼을 땅이랑 스팟을 찾으러 갈 거야. 그러니까 유키무라, 시노하라 무리가 마음대로 포인트 못 쓰게 해라."

"알았어. 나도 그럴 생각이다."

이케와 유키무라는 평소에 그리 사이가 좋다고 할 수 없었지만, 같은 목적의식을 가지고 서로 협력하려는 모양이다.

"잠깐 기다려, 이케. 계획도 없이 무작정 숲으로 들어가는 건 너무 위험해."

"여기서 고민만 한다고 다 해결되냐? 아니잖아."

가고 싶은 마음과 막고 싶은 마음이 서로 충돌했다.

하지만 히라타에게는 이케의 행동을 막도록 설득할 재료가 없다.

"쓸 만한 스팟이라든가 거점을 발견하면 곧바로 돌아올 테니까. 그 후에 다 같이 이동하고 나서 다시 토론하면 되잖아. 간단한 이야기구만."

스도와 야마우치도 스팟을 찾으러 나설 생각인가. 안달 난 이케 곁으로 모여들었다.

"아야노코지도 갈 거냐?"

스도가 눈이 마주친 내게 물었다. 나는 기볍게 고개를 가로저어 거절했다.

"……세 사람 다 절대 단독 행동은 하지 말았으면 좋겠어. 길이라도 잃으면 큰일이니까."

그들의 넘치는 의욕을 꺾지 못한 히라타는 더는 말해봐야 헛수고라는 사실을 깨달은 표정이었다.

"알았다니까 그러네. 그럼 이것저것 많이 찾아올게!"

그나저나 역시 햇빛을 막아줄 것이 없으니 너무 덥다.

이런 곳에서 오랫동안 이야기를 나누었다가는 바싹 말라 버리고 말 것이다.

"적어도 여기에 거점을 세우는 건 힘들겠어……."

반 아이들이 무더위에 점점 소리를 지르기 시작하기도 해서, 히라타 역시 해변을 거점으로 삼기는 무리라는 사실을 깨달은 듯했다. 이것이 만약 단순한 캠프였다면 파라솔이며 그늘막이며 설치하고 바다에서 수영하는 등, 햇빛으로부터 몸을 지킬 수단이 얼마든지 있었겠지만 지금 상황으로는 그것도 어렵다.

"일단 그늘이 있는 곳으로 이동할까? 가면서도 이야기는 얼마든지 나눌 수 있으니까."

히라타가 솔선해서 텐트를 옮기기 위한 준비를 시작했다. 다른 남자애들이 그 뒤를 따랐다.

"그런데…… 저 화장실, 스도가 깨끗하게 쓰고 나왔으려나……?"

여자애 중 하나가 불안한 표정으로 화장실을 가리켰다.

그러고 보니 볼일을 보고 나온 스도는 빈손이었다. 그러면 적어도 저 안에는——.

뜨겁게 내리쬐는 태양, 그대로 방치된 화장실. 텐트 안은 분명 한증막 같겠지.

2

해변에서 이동을 시작해 거대한 숲이 눈앞으로 다가오자, 남자애 중 하나가 겁먹은 듯 숲을 올려다보았다.

"이런 숲에, 정말 들어가도 괜찮을까…… 완전 헤맬 것 같은데……. 안이 하나도 보이지 않아."

그렇기 때문에 규칙에 점호 시간이 짜여 있고, 손목시계에는 비상용 버튼도 달려 있다.

확실하게 연대해서 서로 협력하지 않으면 물 쓰듯 포인트를 마구 토해내야 할 위험이 있다.

"카루이자와, 역시 히라타는 대단해. 힘든 일도 전부 도맡아서 하고."

"후훗, 당연하지. 다른 남자들은 한심하달까, 전부 히라타한테 맡긴다니까."

앞에서 걸어가던 카루이자와 무리가 열심히 텐트를 옮기는 히라타를 존경스러운 눈빛으로 바라보았다.

참고로 나도 짐 옮기는 것을 돕고 있다. 지금 옮기는 것은 간이 화장실을 접은 종이상자다. 이럴 때 아무것도 돕지 않으면 나중에 쓸데없는 일을 맡아야 할지도 모른다는 판단에, 일단 나도 돕고 있다는 인상을 심어주는 것이다.

한편 여자 중에서도 스스로 자처해서 혼자 있는 호리키타는, 조용히 일행의 뒤를 따랐다.

규칙적으로 걸음을 옮기다가도 이따금 멈춰서는 듯한 동작을 보였다가, 다시 금세 원래대로 돌아온다.

나는 살짝 걷는 속도를 낮춰 호리키타의 옆에서 나란히 걷기 시작했다.

"영 내키지 않아?"

"솔직히 말하면 우울해. 이런 건 나랑 안 맞거든. 섬에서 원시적인 생활을 해야 하는 것도 그렇고. 무엇보다 혼자 있지 못한다는 게."

하긴, 협조성 등을 보는 단체행동과 호리키타는 거리가 멀어 보이니. 그런 점을 고치기 위해 반 아이들과 어울리려고 노력하면 될 텐데 하고 생각했지만, 말해봤자 헛수고일 테니 관둔다.

"네가 나한테 말한 게 조금 현실이 됐는지도 모르겠어."

그렇게 말하며 호리키타는 재미없다는 표정을 지었다.

"학력 이외의 능력을 묻는 건지도 모르겠다고 했던 이야기 말이야. 방해만 된다고 내가 단정했던 이케와 스도가 솔선해서 나섰잖아. 그 행동 자체가 올바른지 아닌지는 별개로 하더라도, 어쨌든 난 못 하는 일이니까. 재빨리 행동에 나선 그 애들이라면 뭔가 좋은 재료가 되는 걸 찾아올지도 몰라."

"그럴지도. 그런데 너, 괜찮아?"

"뭐가?"

살짝 노려보는 듯한 눈빛으로 쳐다봐서 나는 아무것도 아니라고 답하고는 눈을 피했다.

그렇게 호리키타와 대화를 나누고 있는데, 등 뒤에서 은근한 시선이 느껴졌다.

뒤돌아보니 제일 뒤에서 걸어오던 사쿠라가 우리를 힐끔힐끔 보고 있었다.

"왜 그래?"

"아니, 아무것도 아니야."

너무 과민했나 싶어 나는 다시 앞을 보았다.

"다른 반은 어떻게 할까? 동향이 좀 신경 쓰이네. A반이랑 B반이 철저하게 포인트를 억제할 작정이라면, 우리도 각오해야 하니까. 이런 시험에서 차이를 더 벌릴 수는 없지."

그 부분에는 비장한 결의를 다졌는지, 앞을 보는 호리키타의 표정이 진지했다.

생활 태도 부분에서 큰 차이가 생겼고 학력 테스트에서도 점점 간격이 벌어지기만 하는 지금 상황에서, 유일하게 대항 가능성이 있는 이번 시험은 A반을 목표로 하는 이상 절대 질 수 없는 싸움일 테지.

"윗반을 노리는 거, 참 힘든 일이군……."

"차바시라 선생님이 했던 말을 그때는 농담이라고 생각했었는데, 너는 정말 윗반에 올라가는 데 관심이 없니?"

차바시라 선생님이 지도실에서 나와 호리키타를 맞닥뜨리게 했던 일을 말하는 건가.

"그게 별로 이상한 일은 아니잖아. 이케 쪽 애들도 딱히 A반을 노리지 않아. 그냥 매달 용돈이 많으면 기쁘고 운 좋게 A반에 올라갈 수 있으면 좋겠다, 그 정도지."

히라타와 카루이자와 무리도 본심은 어느 정도까지 생각하고 있는지 알 수 없다.

"이 학교에 들어오는 학생들은 그 특권을 살리려는 목적으로 입학했다고 생각했는데."

호리키타는 불만스럽다기보다는 이상하다는 듯 그렇게 중얼거렸다. 원래라면 입학한 시점에서 진학할 학교나 취직자리가 보장되어야 할 터였으니 말이다. 많은 학생이 기대했던 것은 사실이리라.

"넌 무엇 때문에 이 학교를 선택했어?"

"그거, 너 자신한테도 똑같이 말할 수 있는 건가? 당당하게 특권을 살리기 위해서라고?"

"……그렇구나."

이번에는 노골적으로 불만스럽게 중얼거린 후 날카로운 곁눈질로 나를 쳐다보았다.

나는 호리키타가 자신의 오빠와 같은 학교에 가려고 입학했다고 생각하고, 그렇게 이해하고 있다.

A반에 올라가는 것은 자신을 위해서가 아니라 오빠에게 인정받기 위해서라는 사실도. 그것은 요컨대, 본래 학교의 목적과는 다른 셈이다.

"남의 과거를 멋대로 파고드는 건 썩 기분 좋은 일이 아니다, 라는 걸 보여주는 좋은 예네."

살짝 에둘러 못을 박으려고 했건만, 빨리도 내 진의를 들켜버린 듯하다.

이 녀석은 내 과거, 아니 나라는 인간 자체를 철저하게 분석하고 분해해서 알려고 한다.

그것은 내게 그리 달가운 일이 아니다. 어서 빨리 어떻게든 손을 써두고 싶다.

"너한테 하나만 말해두겠는데, 멋대로 정보를 발설한 건 차바시라 선생님이야. 그 점만큼은 착각하지 말아줄래? 그리고 아직 난 널 인정하지 않았어. 잊지 마."

"괜찮아. 인정받을 생각도 없으니까."

잠시 후 히라타와 그 일행이 걸음을 멈췄다.

"여기라면 햇빛도 차단되고, 주위에 누가 있어 이야기를 훔쳐 들을 염려도 없을 것 같아."

히라타와 아이들은 숲에서 조금 들어간 곳에 자리를 잡고 아까 나눴던 이야기를 재개했다.

남자들 일부는 단결한 듯 모여서 이동 중에 생각했을 의견을 꺼내기 시작했다.

"이케뿐 아니라 우리도 행동에 나서야 하는 것 아니야? 주요 스팟을 다른 반이 확보해버리면 그만큼 필연적으로 포인트 차이가 벌어지고 말잖아."

"응, 맞아. 바로 움직여야 해. 하지만 문제를 방치한 채 뿔뿔이 흩어지는 건 바람직하지 않아. 일단은 화장실 문제부터 해결해야 하지 않을까?"

"그러니까 그건 그냥 지급받은 화장실을 쓰면 끝나는 이야기잖아."

그렇게 말한 유키무라는 반 아이들, 특히 여자 그룹의 따가운 눈총을 받았다.

"이동하면서 생각했는데, 일단 화장실을 하나는 설치해야 하지 않을까 싶어."

히라타가 약간 강한 어조로 유키무라를 비롯한 남자애들에게 말했다. 어미를 강조하는 것을 보아 아까와는 다르게 물러서지 않으려는 의도가 엿보였다.

"멋대로 정하지 마라. 이케 무리도 반대 의견이었잖아."

"화장실 설치는 최소한 써야 할 경비 아냐? 애초에 30명이 넘는 반에 그리 익숙하지도 않은 간이 화장실 하나라니. 그래서 정말로 아무 문제없이 잘 돌아가겠냐고."

"그거야─ 잘만 사용하면……."

"딱 잘라 말해서 비현실적이야. 최악의 경우도 생각해야지. 일인당 3분씩만 잡아도 반 전원이 다 쓰면 90분이 넘어. 이게 정말 성립하겠어?"

"의미 없는 상상이야. 모두가 같은 시기에 화장실을 쓴다는 것부터 말이 안 돼. 학교 측도 현실적이라고 판단했으니까 하나만 줬겠지. 알아서 잘 쓰라는 거 아닐까?"

"난 그렇게 생각하지 않아. 간이 화장실 하나로는 처음부터 무리가 있어. 거기에서 추리해보면 포인트는 무의미하게 억제하는 게 아니라 반대로 어느 정도 쓰는 편이 효율적이라는 걸 가르쳐주기 위한 힌트가 아닐까? 유키무라라면 잘 알 거야. 아마도 다른 반 역시 같은 생각에 도달해서 가설 화장실을 설치하지 않을까 하는 걸."

하긴 이 시험은 어디에 포인트를 쓸지가 승부의 갈림길이라는 생각이 든다. 애초에 지급품이 전부 너무 애매하다. 반인원의 절반만 사용할 수 있는 텐트나 소량의 손전등 등은 꼭 써야 할 곳에는 쓰라는, 포인트를 이용해야 한다는 사실을 암시하는 듯 여겨졌기 때문이다.

"그건 전부 네 억측이잖아……. 그리고 만약 다른 반이 가설 화장실을 설치한다면, 우리가 잘만 참으면 그 20포인트만큼의 차이를 줄일 수 있어. 그거야말로 더 좋은 일 아냐?"

"그건 그래. 하지만 화장실을 참는 게 플러스로 이어질 가능성은 극히 낮다고 난 생각해. 쓸데없는 스트레스가 쌓이거나 불안감이 생길 수도 있고, 위생 면에서도 걱정이고. 그러니까 난 객관적으로 판단해서 적어도 화장실을 하나 이상은 준비해야 한다는 의견이야."

시간을 벌어 냉정해진 히라타는 분명한 결론에 도달한 듯 보였다.

그것이 남자애들의 반론을 사는 행위가 아니며, 최종적으로는 동의를 얻을 수 있다고 확신하면서.

"그럼 여자애들도 안심하고 이 시험에 도전할 수 있을 거야."

특별히 산으로 가는 일 없이 순조롭게 펼쳐진 히라타의 주장에 유키무라도 즉시 부정하지는 못했다.

포인트를 절약하고 싶은 마음은 알지만, 간이 화장실 하나로 버티는 것은 지극히 어렵다. 듣고 보면 당연한 이야기도 그 상황에서는 바로 답이 나오지 않을 만큼, 반 아이들은 한 번에 너무 많은 정보를 받아들이고 있었다. 이윽고 주위의 시선과 침묵에 견디지 못한 유키무라가 한풀 꺾였다.

"······알았어. 그럼 화장실, 설치하면 되잖아."

이케와 같은 반대파였던 유키무라가 꺾임으로써 드디어 화장실 설치가 결정되었다.

시노하라와 그 무리는 물론이고, 카루이자와 그룹 그리고 호리키타마저도 조금 안도한 모습이었다.

"선생님. 가설 화장실을 희망한 경우에 설치 장소를 구체적으로 정할 수 있나요?"

"지형상의 무리가 없다면 어디든 가능하다. 설치한 후에 재이동도 가능하지만, 그때는 어느 정도 시간이 걸릴 거라고 생각하는 게 좋아. 중량이 100킬로그램 이상이니까. 수고가 좀 들지."

히라타는 한 가지 문제가 해결되어 마음이 놓였는지 후유하고 안도의 한숨을 내쉬었다.

"그럼 다음은…… 아까도 의견이 나왔는데, 베이스캠프를 정하려면 우리도 섬을 탐색해야 해. 어디에 자리를 잡느냐에 따라 포인트 소모에도 큰 영향을 미칠 테니까."

초조해서라기보다는 반 아이들의 반발을 막기 위해서인지 히라타가 그렇게 말했다.

그리고 곧 지원자를 물색했지만, 남자 두 명만 손을 들 뿐 생각만큼 인원이 모이지 않았다.

이런 자연 그대로의 숲에 들어가 본 사람은 그리 많지 않겠지. 무리도 아니다.

"이 중에서 서바이벌에 정통한 사람이라든가…… 없어?"

일말의 희망을 걸고 히라타가 물었다.

시시껄렁한 만화를 보면 이럴 때 그래도 한 명 정도는 의지할 만한 인간이 나오는데 말이지.

다시 한 번 반 아이들에게 확인했지만, 아무도 나서려고 하지 않았다.

그러자 지금까지 침묵을 지키고 있던 박사가 스윽 손을 들었다.

"소생, 어린 시절부터 아버님께 서바이벌 기술을 전수받아, 정글에서도 혼자서 헤쳐 나갈 수 있도록 단련되었소. ……라는 설정의 주인공을 동경하고 있다오."

그 순간 거센 비난을 받은 박사는 당황하며 사과했지만, 모두에게 무시당하고 말았다.

"저기, 나라도 괜찮으면 갈게."

아무도 나서려 하지 않는 상황을 바꿔보려고 스스로 지원한 사람은 쿠시다였다. 그 모습에 지금까지 거부하던 남자들의 눈빛이 달라졌다.

시큰둥했던 남자애들이 나도, 나도, 하고 앞다투어 손을 들었다. 쿠시다를 향한 호감이 동기인 남학생도 있는가 하면, 여자가 먼저 나선 상황을 부끄럽게 느낀 남학생도 있었으리라.

내가 뒤늦게 손을 들자, 그와 거의 동시에 히라타가 인원수를 헤아리기 시작했다.

"11명인가. 한 명만 더 지원하면 팀을 네 개로 만들 수 있는데."

"너도 갈래?"

"난 사양할게. 그런데 네가 적극적으로 지원하다니 별일이 다 있구나?"

"뭐라도 맡지 않으면 반에서 붕 뜨니까."

그때…… 옆에서 주뼛주뼛 손이 올라갔다. 히라타가 그 손을 보고 안도한 듯 지명했다.

"고마워, 사쿠라. 이렇게 해서 12명이네. 세 명씩 모두 네

팀으로 나눠서 가자. 지금이 1시 30분 전이니까 성과 유무에 상관없이 3시까지는 이곳으로 일단 돌아와 주길 바란다."

그리고 우리는 각자 마음이 맞는 친구들끼리 팀을 짰다. 여기서도 나는 순식간에 남고 말았다.

"자, 잘 부탁할게, 아야노코지."

나처럼 끝까지 남은 사람은 누구에게도 이름이 불리지 않은 사쿠라, 그리고──.

"실로 상쾌한 태양이야. 나의 몸이 에너지를 원하고 있군."

코엔지 로쿠스케. 이 남자가 설마 탐색조에 이름을 올릴 줄이야.

다행스럽게도 자유인과 얌전한 여자애다. 이 두 사람이라면 별 지장 없이 행동할 수 있으리라.

3

파릇파릇하게 우거진 녹색 잎들은 숲으로 들어갈수록 그 색이 점점 짙어졌다.

직사광선을 피할 수 있다는 점에서 해변보다는 나았지만, 눅눅한 더위는 역시 괴로워서 나는 목에 두른 쿨 스카프를 잡고 펄럭거렸다. ⋯⋯언 발에 오줌 누기구만.

자꾸 덥다고 생각하니까 더 더운 것 같다. 누구랑 대화라도 나눠서 생각을 떨쳐내야겠다.

"코엔지——."

"아아, 아름답구나. 이러한 대자연 속에서 유유자적 거니는 나, 너무 아름다워……! 궁극의 미(美)야!"

안 되겠다……. 녀석과는 만족스러운 대화가 성립하지 않는다. 말 걸 수 있는 상대는 실질직으로 한 사람뿐이었다.

"대단했어."

"……아앗?"

자신에게 말을 걸 줄 몰랐는지 뒤따라 걷던 사쿠라의 몸이 움찔했다.

"한 사람 더 필요하다고 했을 때 손 든 것 말이야. 그거 아무나 할 수 있는 일이 아니야."

"무슨, 내가 뭐 대단해. 정말 전혀……. 지금도 아직, 일이 왜 이렇게 되어버렸지 하고 좀 혼란스러운걸."

사쿠라는 얌전한 성격이라고 할까 남과 대화를 잘 나누지 못하는, 무척 내성적인 여학생이다.

집단으로 움직여야 하는 여행에는 소극적일지도 모른다.

멀리서 말하는 것이 실례라고 생각했는지, 사쿠라는 조심조심 내 옆으로 걸어왔다.

해변에서 숲 쪽, 그러니까 섬의 깊은 곳으로 점점 들어가면서 체력이 급격하게 떨어졌다.

단순히 발 디딜 곳이 나쁘고 불안해서 그럴 뿐 아니라, 땅이 살짝 비탈져 있었기 때문이다.

"그럼 왜 성가신 숲 탐색조에 손을 든 거야?"

"그건…… 사람들이 많은 곳에 있으면 마음이 불편해서……."

"그런 기분도 알 것 같지만, 소수라고 꼭 마음이 편한 것도 아닌데."

지금처럼 누군가와 이야기를 나눠야만 하거나, 어색하게 느껴질 때가 있기 마련이다.

"그렇지만…… 아야노코지가, 그러니까, 손을 들어서……."

사쿠라가 갑자기 퍼뜩 정신이 든 듯 고개를 번쩍 들고는 허둥지둥 손짓 발짓 다해가며 목소리를 높였다.

"아, 아니야! 그게 아니라, 말할 수 있는 사람이 없어서, 그래서, 그러니까, 그런 이유로!"

그렇게나 부정하고 싶었는지, 앞으로 후닥닥 뛰어나가며 아니라고 변명하는 사쿠라.

"야, 야! 위험——."

"꺄악!"

뒷걸음질 치는 바람에 커다란 나무둥치를 보지 못한 사쿠라가 발이 걸려 뒤로 꽈당 넘어졌다. 당황하며 손을 뻗어보았지만 이미 늦었다.

"괜찮아?"

"으윽, 아파……."

다행히 손과 엉덩이부터 착지해서 크게 다치지는 않은 모양이었다.

"숲에서 아무렇게나 걷다간 다칠 수도 있어. 자, 잡아."

"……고, 고마워."

사쿠라는 미안한 표정으로 내게 손을 내밀었다가 자신의 손이 더럽다는 사실을 깨닫고 살짝 움츠러들었다. 나는 그 손을 아무렇지 않게 붙잡아 부드럽게 끌어올렸다.

"미……미안해."

"사과할 일은 아니지."

기왕 잡은 김에 사쿠라의 손에 묻은 흙을 털어주었다.

그나저나 이렇게 숲다운 숲은 살면서 처음 와보는군.

처음에는 어느 정도 방위를 머릿속에 주입하면 괜찮을 거라고 생각했는데 그것은 착각이었다. 일단 애초에 직진해서 걸을 수가 없다. 자연의 장애물은 전진을 허락하지 않아서, 아무리 해도 왼쪽으로 오른쪽으로 진로를 강제 변경해야 했기 때문이다.

이런 상태가 계속되다 보면 어느 순간 지금 자신이 어디를 향하고 있는지조차 잊어버리게 된다. 앞장서서 숲을 헤치고 나아가는 코엔지를 놓치지 않도록 해야 한다.

그런데 사쿠라는 그대로 멈춰 서서 멍하니 자신의 오른쪽 손바닥을 바라보고 있었다.

"사쿠라, 좀 서둘러야 할 것 같아."

"어?! 아, 으, 으응."

내 목소리에 당황하며 달려가는 사쿠라. 또 넘어질 것 같은데…….

"아, 걸음이 빠르네, 코엔지."

코엔지는 여자애의 보폭을 전혀 배려하지 않고 점점 더 숲으로 들어갔다.

낯선 길인데도 개의치 않는 강인한 허리와 다리, 그리고 스태미나에는 솔직히 감탄했지만.

"그런데 저 녀석 설마……."

"왜 그래?"

"아니——."

도대체 어떻게 된 일이지? 이게 우연일까? 아니, 코엔지의 발걸음에는 망설임이 전혀 없다.

그래도 베이스캠프 장소를 찾는 탐색조니까 보통은 곁눈질해가며 걷기 마련이다. 그런데 코엔지는 마치 다른 목적이라도 있는 듯 직선적이다.

무엇보다도 놀란 것은 그 진행 루트다.

어쩌면 코엔지는 그냥 무턱대고 나아가는 것이 아닐지도 모른다.

'자신이 이상으로 삼은 길'을 헤매지 않고 걸어간다.

다만 문제는 사쿠라가 코엔지의 페이스에 따라가는 데 필사적이어서 숨이 가빠지기 시작했다는 것.

"코엔지. 너무 빠른 걸음으로 가는 건 좀 그렇지 않아? 길을 헤맬 텐데."

코엔지와 사쿠라, 양쪽 다 걱정해서 한 말이었는데, 코엔지는 계속 뒷모습을 보이며 머리카락을 쓸어 올렸다.

"나는 완벽한 인간이야. 이 정도 숲에서 길을 잃을 만큼 어리석지 않아. 만약 곤란한 일이 일어난다면 그건 너희가 날 놓쳤을 때겠지. 그때는 그냥 포기하렴."

역시 자신 말고는 흥미가 없다고 단언하는 남자. 이쪽 상황 따위 상관없다는 뜻인가.

"그건 그렇고 평범한 너희에게 묻고 싶은데, 정말 아름답다는 생각이 들지 않아?"

하얀 이를 보이나 했더니, 뻔뻔한 미소를 지은 코엔지가 우리에게 물었다.

"뭐…… 자연의 숲은 신비롭달까, 아름답다고 생각해."

일단 생각한 것을 그대로 전해보았다. 하지만 코엔지는 그런 대답을 기대했던 것이 아니었는지, 실망한 듯 한숨을 푹 내쉬었다.

"무슨 소리를 하는 거야, 너는. 내가 물은 건 그게 아니야. 완벽한 육체미를 가진 나라는 존재 자체가, 이곳에서 아름답게 빛나고 있다는 뜻이지. 모르겠어?"

자칭 완벽한 육체미를 가진 자신을 칭찬해달라는 소리였나. 그렇군, 잘 모르겠는데.

"더워서 머리가 어떻게 됐나 보다…… 너무 신경 쓰지 않아도 돼, 사쿠라."

"으, 으응. 코엔지가 이상하다는 건 처음부터 알고 있었으니까 괜찮아."

그, 그렇다. 그건 사실이지만 의외로 말이 거침없네, 이 아이.

코엔지는 자신의 아름다움을 새삼 실감하고 만족스럽게 멈췄던 발을 다시 움직였다. 우리의 충고나 희망 따위 아무 상관도 없겠지.

"걱정 따윈 필요 없어. 이 숲에서는 어떤 일이 다소 일어나더라도 노 프라블럼이야."

"코엔지, 그게 무슨 뜻이야?"

"여기는 자연적인 숲이라고 할 수 없어. 적어도 해가 떠 있는 동안 길을 잃고 헤맬 확률은 지극히 낮아. 그래서 좀 흥미롭기도 하지만."

의미심장한 말을 남긴 코엔지는 우리에게 흥미를 잃었는지 아까보다 더 빠르게 걷기 시작했다. 사쿠라가 도저히 따라갈 수 없는 페이스다.

"야——."

"저, 저기. 난 괜찮아. 열심히 따라가 볼게."

땀을 흘리며 작은 주먹을 불끈 쥐는 사쿠라.

마음은 이해하지만 그러면 오히려 더 위험할 뿐이다.

최악의 경우 코엔지를 놓칠 각오를 하는 편이 좋을지도 모르겠다.

하지만 사쿠라는 기대 이상으로 힘을 내서 코엔지의 페이스에 맞췄다.

이따금 넘어질 것 같은 자세는 위태로워 보였지만, 나름대로 애써보겠다고 결의를 굳힌 모양이다.

그런 눈물겨운 노력 따위 전혀 개의치 않고, 코엔지는 계속해서 앞으로 나아갔다.

숲을 벗어날 때까지 멈추지 않을 것만 같았는데, 그는 돌연 눈앞에서 걸음을 멈췄다.

그리고 우리를 돌아보며 또 머리카락을 쓸어 올리고는 뻔뻔하게 웃었다.

"평범한 너희에게 질문이 있는데 해도 될까?"

우리가 대답하기도 전에 코엔지는 말을 이었다.

"너희 눈에는 이곳이 어떻게 보이는지 들려줬으면 좋겠는데?"

"응······? 저, 저게 무, 무슨 뜻이야? 아야노코지."

코엔지의 날카로운 눈동자에 사쿠라가 내 등 뒤로 숨으며 물었다.

여기가 어떻게 보이느냐고? 나는 주위를 둘러보았다. 그러자 사쿠라도 덩달아 두리번거렸다. 그러나 어디에도 특이한 광경은 보이지 않는다. 그냥 평범한 숲이다.

일부러 우리에게 확인을 받다니 도대체 왜 그러는 것일까.

"굿. 알았어. 신경 쓸 것 없어. 역시 평범한 인간은 평범한 인간이군그래."

원하는 대답이 돌아오지 않았음을 깨달은 코엔지는 다시 빠른 걸음으로 숲을 걷기 시작했다.

"뭔가······ 이상한 점이, 있었어?"

"아니······."

코엔지의 발언을 진지하게 받아들이면 한도 끝도 없다.

얼마든지 헛소리를 해대는 애니까.

하지만 이곳에 우리 눈에 보이지 않는 뭔가가 있을 가능성도 부정할 수 없다. 어찌 됐든 천천히 탐색할 시간이 없다. 코엔지가 다시 걷기 시작했으니까.

"사쿠라, 손수건 있어?"

"아, 응. 있는데?"

역시 여자애여서 그런지 이런 준비는 철저한 것 같다.

"혹시 괜찮으면 나 좀 빌려줄래? 좀 더러워질지도 모르지만."

"그런 건 전혀 상관없어……."

사쿠라는 싫은 기색 없이 손수건을 내게 건넸다.

나는 감사히 받아 옆에 있는 나무, 쉽사리 부러지지 않게 생긴 나뭇가지에 묶었다.

이렇게 표시해두면 나중에 이곳으로 돌아왔을 때 알아볼 수 있다.

"아, 코엔지를 놓칠 것 같아……. 서두르자, 아야노코지."

사쿠라는 당황했지만, 피로가 쌓였는지 다리가 후들거려 또 넘어질 것만 같았다.

역시 사쿠라의 체력은 이제 한계에 다다랐나. 무리해도 못 따라갈 것 같은데.

"미안, 체력적으로 좀 힘드네. 조금만 천천히 걷고 싶은데 그래도 될까?"

나는 그렇게 말하며 먼저 속도를 늦추었다. 이렇게 하면 사쿠라가 미안해하지 않을 명목이 선다. 내 의도를 꿰뚫어 볼지도 모르지만 별로 상관없다. 어차피 진실을 확인할 방법 따위는 없으니까. 내 목소리가 들렸는지 들리지 않았는지, 얼마 지나지 않아 코엔지의 모습은 아예 보이지 않게 되었다. 앞쪽에서 때때로 풀을 휘젓는 듯한, 땅을 힘차게 밟는 듯한 소리가 들려올 뿐이었다.

"다채로운 재능을 가졌군, 저 애."

명석한 두뇌와 뛰어난 운동신경으로, 숲과 같은 자연을 상대로도 전혀 겁먹지 않고 완벽하게 적응하고 있다.

만약 히라타 같은 성격이었다면 그야말로 완벽한 울트라 초인이었으리라.

"…………."

아까부터 아무 말 없이 내 눈치를 살피는 사쿠라의 눈빛이 마음에 걸린다.

결국 사쿠라는 내게 아무 말도 하지 않았고, 우리는 둘이서 숲속을 탐색하며 걸었다.

"마실 물을 확보할 수 있느냐가 큰데 말이지. 아니면 비바람을 피할 수 있는 장소나."

침묵이 어색해서 가볍게 말을 걸어본다. 알기 쉽고 포인트를 절약할 가능성이 있는 스팟을 확보할 수 있다면 무척 편한 전개가 될 텐데.

"그, 네. 텐트 두 개로는 부족하니까……. 하지만 아무 것도 안 보여."

아무리 걸어도 주위를 살펴봐도, 인공물 같은 것은 전혀 보이지 않았다.

뭐, 걸어 다니고는 있지만 섬의 채 1%도 되지 않는 범위밖에 확인하지 못했다.

고작 이 정도 규모의 탐색으로 쉽사리 찾을 수 있게 할 만큼 그리 호락호락한 학교는 아니겠지.

그 뒤로 몇 분간 길 아닌 길을 걷고 있는데, 갑자기 확 트인 장소가 나왔다.

"여기…… 혹시 길, 아니야?"

"그런 것 같다."

무인도의 숲속에, 사람이 닦은 것으로 보이는 길이 나타났다. 물론 포장된 길은 아니지만, 큰 나무를 잘라 넘어뜨려 정비하고 발로 다진 흔적이 있다. 이것이 학교 측에서 만든 길이라면, 이 앞에 스팟이 있을지도 모른다.

나는 사쿠라와 함께 갑자기 나타난 길 위를 걸었다.

"우와…… 굉장해……!"

잠시 뒤 도착한 장소는, 산 일부에 큰 구멍이 뚫린 동굴 입구였다. 언뜻 천연 동굴처럼 보였지만, 자세히 보니 동굴 안은 확실하게 보강이 된 모습. 어쩌면 구멍 자체도 사람이 뚫었을지도 모른다.

"혹시 저거…… 스팟, 일까?"

"글쎄, 과연?"

동굴은 예부터 사람의 주거 공간으로 훌륭한 기능을 해왔다. 저기가 만약 스팟으로 지정된 장소라면 어딘가에 분명 그 사실을 알려주는 증거가 있을 것이다.

확인이 필요해서 동굴 가까이 접근하려는데, 구멍 안에서 한 남자가 나오는 모습이 보였다. 나는 즉시 사쿠라의 팔을 잡아끌고, 그늘에 숨었다. 사쿠라에게는 미안하지만 상황을 모르는 지금은 우리의 모습을 최대한 숨겨야 한다. 그는 입구에서 움직이지 않고 남서쪽을 향한 채 조용히 머물렀다. 1, 2분 정도 그대로 있었을까.

군더더기 없이 재빠른 스팟 확보다. 망설임 없이 곧장 동굴로 향했던 것 같다.

하지만 그런 것보다도 문제는 남자의 손에 카드처럼 생긴 것이 쥐어져 있다는 점이다.

이윽고 동굴 안에서 남자를 향한 목소리가 들려왔다. 나는 당황하며 얼굴을 숨겼다.

"이 정도 크기의 동굴이면 텐트는 두 개로 충분하겠어, 카츠라기. 그나저나 정말 운이 좋았어. 이렇게 빨리 스팟을 차지할 줄이야."

귀를 쫑긋 세우고, 들려오는 희미한 목소리로 사태 파악에 나섰다.

"운? 넌 지금까지 뭘 본 거야? 여기에 동굴이 있다는 건 상륙 전부터 표시되어 있었어. 찾는 건 필연이었다는 소리야. 그리고 언동에 조심해. 어디서 누가 귀를 쫑긋 세우고 있을지 모르니까. 난 리더로서 감독 책임이 있어. 사소한 실수도 하지 않도록 명심해."

"……미, 미안해. 그런데 상륙 전부터, 라니 그게 무슨 뜻이야……?"

"배가 부두에 닿기 전에 꼭 우회하는 것처럼 섬을 한 바퀴 둘렀잖아. 그건 학생들에게 힌트를 주기 위한 학교 측의 행동이었겠지. 갑판에서 숲을 가로지르는 길이 보였거든. 그럼 남은 건 상륙한 부두에서 길까지 최단 루트로 걸어오기만 하면 되지."

"하, 하지만 단순한 관광이랄까, 경치를 즐기게 하려는 배려였을 가능성도 있지 않아?"

"관광으로 돌았다고 하기에는 속도가 너무 빨랐어. 그리고 방송 내용도 묘했고."

"난 전혀 그런 느낌을 못 받았는데…… 카즈라기는 학교의 의도를 간파했구나. 그래서 여기에 동굴이 있다는 걸 알았고…… 역시 대단해!"

"이제 다른 데 가자, 야히코. 스팟을 차지한 이상 오래 있어 봤자 아무 의미 없어. 다른 데 두 곳 정도 더 배에서 봐둔 길이 있어. 그 근처에도 시설이나 뭔가가 있을 게 틀림없어."

"으, 으응! 그나저나 이렇게 해서 결과를 내면 '사카야나기'도 입을 다물 수밖에 없겠지!"

"내부만 신경 쓰다가는 다른 반한테 약점 잡힐지도 모른다?"

"그렇지만 경계해봤자 B반 정도 아냐? 특히 D반 나부랭이는 불량품 집단이잖아? 포인트 차를 생각해도 그냥 무시하면 될 것 같은데."

배 위에서도 비슷한 이야기였는데, A반의 입장에서 D반은 아웃 오브 안중이다. 길바닥 한쪽 귀퉁이에 굴러다니는 돌멩이나 다름없는 취급이다.

"수다는 여기까지. 가자, 야히코."

두 사람의 말과 발소리가 들리지 않을 때까지 기다린 우리는 혹시 몰라서 2분 정도 더 숨죽인 채 있었다.

"갔나……."

얼굴을 내밀어 확인했지만 그 두 사람은 이제 보이지 않았다.

한숨 돌린 시점에서 나는 손에 느껴지는 따뜻함의 비중이 무거워졌음을 알아차렸다.

너무 당황한 나머지 사쿠라를 끌어안은 채 그대로 누르고 있었던 것이다.

"미안, 사쿠라…… 사쿠라?"

"크윽……?!"

그곳에는 왠지 반쯤 의식을 잃고 축 처진 사쿠라가 있었다.

"괘, 괜찮아?"

"괘괘괘, 괘괘, 괜찮, 아아아……."

사쿠라는 몸에서 김이 피어나올 것만 같이 얼굴이 새빨개져서는 맥없이 그 자리에 주저앉았다.

생각보다 훨씬 세게 억누르고 있었던 건지도 모르겠다.

"후, 후아, 후아…… 주, 죽는 줄 알았어……. 심장이 멈추는 줄."

아무리 그래도 그건 과장이겠지. 사쿠라는 비뚤어진 안경을 고쳐 쓰며 호흡을 가다듬었다.

"아까 그 이인조. 대화 내용으로 봐서 A반인 것 같지?"

그런데 마음에 걸리는 것은 이곳을 내버려두고 그냥 떠났다는 부분이다. 누군가에게 지키게 하지 않으면 스팟을 빼앗길 가능성도 있는데. 사쿠라의 체력이 돌아오기를 기다린 후, 우리는 다시 동굴 입구로 향했다. 그러니까 그 녀석들이 망설임 없이 이곳을 떠났다는 것은…….

동굴 내부에는 모니터가 달린 단말 장치가 벽 안에 설치되어 있었다. 화면에는 A반이라는 글자와 7시간 55분이라는 카운트다운이 표시되고 있었다.

말하자면 이것이 스팟을 소유했다는 증거인가.

이 카운트가 0이 될 때까지 우리는 일절 손댈 수 없다. 강제로 이곳을 사용하는 것도 불가능하다. 그래서 A반의 두 사람이 마음 놓고 이곳을 떠날 수 있었던 것이다. 아니, 문제는 그게 다가 아니다. 다른 반에 점유권을 빼앗기지 않고 계속해서 갱신하는 한, A반은 8시간마다 1포인트씩 계속 획득하게 된다.

병결로 30포인트를 잃었지만, 절반 이상 만회하는 것이 확정이다.

게다가 카츠라기라고 불렸던 남자애는 시설을 몇 개 더

봐둔 듯 보였었다.

그곳이 만약 식량이나 물이 있는 스팟이라면 다른 반과 차이가 더 벌어지게 되겠지.

"섬에 상륙하기 전부터 머리 한쪽 구석에 담아두었다고 그랬지……."

미리 기억해둔 섬의 지형을 이용해서 스팟을 찾기 위한 힌트로 써먹었다. 그렇게 생각하는 방식은 정말 훌륭하다. A반에 있는 만큼 최소한으로 보이는 세계가 다르다는 소리다.

하지만 만약 그렇다면 이해되지 않는 점이 생긴다.

"저, 저기 아야노코지? 혹시 아까 그 사람이…… 리더……?"

그렇다── 이 일은 그들이 치명적인 실수를 범했다는 증거다. 동굴을 확실하게 차지하기 위함이라고 해도, A반은 점유권을 얻기 위해 키 카드를 노출하고 말았다. 자기가 리더라고 우리에게 똑똑히 알린 셈이다. 물론 다른 반 아이가 봤다는 사실은 상상도 못 하겠지만……. 명백한 부주의다.

혹시 몰라 동굴 구석까지 살펴보았지만 역시 누가 숨어 있는 기색은 없었다.

"어어, 어쩌지. 굉장한 비밀을 알아버린 것 같은데……!"

A반에 어마어마한 타격이 될 정보를 들어 흥분한 듯, 사쿠라가 초조하게 말했다.

"나중에 내가 히라타한테 알릴게."

말주변이 없는 사쿠라가 나서서 알릴 필요는 없다고, 나는 그녀를 안심시켰다.

4

상황에 변화가 생기기 시작한 것은 우리가 아무런 성과 없이 히라타가 있는 곳으로 돌아왔을 때였다.

엄청 들뜬 트리오가 히라타 무리에게 뭔가 열심히 이야기하고 있었다.

"강이야, 강! 엄청 깨끗한! 거기에 무슨 장치 같은 게 있었어! 점유인가 뭔가 하는 기계였다고! 여기서 10분도 채 안 걸리니까 당장 다 같이 가자!"

나서서 탐색한 결과, 이케 무리가 스팟을 찾는 데 성공한 모양이었다.

그리고 다른 반에 빼앗기지 않도록 망을 보고 있는 듯했다.

"정말 큰일 했다. 물 자원이 확보되면 우리 상황이 훨씬 나아질 거야."

아무래도 찾은 스팟을 기준으로 해서 베이스캠프를 정할 것 같다.

물론 지형과 환경에 따라 달라지겠지만, 드디어 한 걸음 나아갈 수 있을 듯하다.

"그런데 아직 두 팀이 안 돌아왔으니까, 누가 여기 남아 있지 않으면 곤란한데."

시계는 3시를 조금 지나고 있다. 예정된 시각에 돌아오지 않았다는 것은 숲의 어딘가에서 헤매고 있을 가능성이 충분히 있겠군.

"미안한데, 히라타. 코엔지도 없어. 도중에 놓쳤어."

"아아, 코엔지라면 아까 혼자 돌아와서 바다에 수영하러 갔어."

보아하니 헤매지 않고 숲을 잘 빠져나온 모양이다. 과연 자유인답네.

"놓치다니, 제대로 통솔해서 안 갔니?"

다 함께 강으로 이동하는 도중에 호리키타가 한숨을 푹 내쉬며 지적했다.

"녀석은 내가 제어할 수 있는 인간이 아니야…… 알면서."

이 녀석, 분명 일부러 부채질하는 거지? 나는 코엔지의 빠른 페이스에 휘둘리고 만 일, 녀석이 숲을 잘 아는 듯 보였다는 것까지 말해주었다.

"그렇구나. 성격 말고는 불평할 여지가 없는 능력자네, 그 아이."

"너처럼."

"방금 뭐라고 했어?"

"아, 아무 말도 안 했습니다."

이 반에는 나를 포함해 성격에 문제가 있는 학생이 너무 많다. 히라타도 참 힘들겠다.

"뭐니?"

갑자기 호리키타가 뒤를 돌아보며 날카로운 눈동자로 사

쿠라를 쏘아보았다.

"아앗?!"

"방금 나 봤잖아?"

"아아아, 안 봤는데?!"

사쿠라는 허둥지둥 부정하면서, 재빨리 앞으로 달려가 우리와 거리를 벌렸다.

"애한테 겁 좀 주지 마. 아, 맞다. 호리키타 너는 원래 귀신같이 무섭지?"

"네 멋대로 태클 걸었다가 네 멋대로 납득하지 말아줄래?"

"여기야! 우리가 발견한 스팟! 굉장하지?!"

이케 무리가 발견한 스팟에 도착한 우리들. 동굴 내부에 있던 기계는 벽에 설치되어 있었는데, 이곳은 부자연스럽게 생긴 큰 바위에 장치가 들어가 있었다. 히라타와 아이들은 텐트 등 필수품을 강 근처에 내려놓았다.

"응. 깨끗한 물에 햇빛을 막아주는 그늘. 고른 땅. 여기라면 베이스캠프로 이상적일지도 모르겠어. 정말 굉장한데, 이케?"

"헤헤헤, 그렇지?!"

잔잔하게 흐르는 강은 폭이 10미터 정도로 아주 훌륭했다. 강 주변은 깊은 숲과 자갈로 둘러싸여 있었지만, 이곳은 정비된 듯 확 트여 있었다.

우연히 생긴 입지로는 보이지 않는다. 학교에서 의도적으로 이 공간을 만든 것이리라.

"이 강이 우리 거라고 증명하려면 어떻게 해야 하지?"

강은 폭이 넓었고, 하류가 꽤 멀리까지 이어져 있는 듯 보였다. 그리고 이렇게 봐서는 우리가 서 있는 평지 이외에는 땅의 높낮이 차이가 심한 것 같았다. 여기만큼 좋은 곳은 없지 싶은데, 당연히 안에는 몰래 숨을 공간도 있어 보인다. 알게 모르게 강을 이용하는 것도 가능하겠지. 혹은 단순히 이 공간만 특권으로 주어진 것일까?

나는 주변 상황이 좀 신경 쓰여서, 강가를 걸어 숲 쪽으로 향했다. 무슨 이유 때문인지 호리키타도 따라 왔다.

"학교 측도 그 부분은 파악했겠지. 강을 이용할 수 있는 건 우리뿐인 것 같아."

도중에, 강으로 내려가 이용할 수 있을 것 같은 장소에 나무를 꽂아 세운 간판이 있었다.

강이 스팟으로 지정되었으니, 허가 없는 이용을 금한다는 내용이었다.

주위를 가볍게 둘러본 우리는 히라타가 있는 곳으로 돌아왔다.

"여기를 베이스캠프로 삼는 건 확정하고, 문제는 점유할지 말지야."

"그야 당연히 점유하는 거 아니야?! 점유 안 한다는 선택지가 있단 말이냐?"

"있지. 여기를 점유해서 생기는 메리트는 당연히 강을 독

차지할 수 있다는 데 있어. 또 점유권으로 들어올 포인트 수입도 있고. 하지만 그러려면 8시간에 한 번씩 갱신해야 할 필요가 있어. 그리고 조작을 허가받은 것은 리더로 정해진 사람뿐인데, 그 모습을 다른 반에 들키면 큰일이야. 어디서 누가 눈을 번뜩이며 지켜볼지 알 수 없잖아."

강을 끼고 있다지만 사방팔방이 전부 숲이다. 풀이 우거진 곳에 숨어서 눈을 반짝이고 있다면 그 존재조차 알아차릴 수 없다.

"뭐야, 그럼 안 보이게 지키면 되지. 에워싸는 식으로 말이야."

리스크가 따라다니는 것은 사실이지만, 지금은 이케의 의견이 옳으리라. 이 땅을 베이스캠프로 삼는 이상 점유하지 않을 이유가 없다. 만에 하나 다른 반 학생이 이곳을 점유한다면 강을 사용하는 것이 불가능해진다. 남녀 불문하고 이케의 주장에 찬성을 표시했다. 원래 히라타도 그럴 생각이었겠지만, 그는 중립적인 입장을 고수하며 다수의 의견을 모았다.

확실히 점유권을 얻는 것은 이해득실이 반반이다. 하지만 A반이 동굴을 점유한 것처럼 베이스캠프 장소와 스팟을 겹치게 하면 반 아이들이 하나가 되어 장치를 지킬 수 있다. 고민할 것도 없이 B반, C반 역시 똑같이 하리라. 즉, 최소한으로 짊어져야 할 리스크는 있기 마련인 셈이다.

"응. 그럼 남은 건 누가 리더를 할지야. 그 부분이 제일 중요하니까."

점유하느냐 마느냐보다는 리더 자리에 누구를 앉힐 것인지가 중요한 열쇠가 된다. 여기서 실수하면 파멸로 이어질 수밖에 없다. 모두 다 그 부담스러운 자리를 피하고 싶어 하는 가운데, 쿠시다가 모두 모이라고 밀힌 후 원을 만들어 이야기하자고 소곤소곤 주장했다.

"나도 여러 가지로 생각해봤는데, 히라타나 카루이자와는 싫어도 눈에 띄니까 안 돼. 그리고 리더는 책임감 있는 사람이어야 하잖아? 그 모든 것을 충족하는 사람은 호리키타인 것 같은데 너희 생각은 어때……?"

호리키타는 쿠시다가 자신을 추천할 줄 예상하지 못한 듯했지만, 그래도 표정에 변화는 없었다. 항상 A반을 목표로 행동하는 그녀는 누가 리더를 맡는 것이 리스크가 제일 적은지, 그것이야말로 핵심이라고 생각하겠지. 그녀는 냉정하게 주위 반응을 살폈다.

"쿠시다의 의견에 찬성이야. 사실 나도 처음부터 리더는 호리키타가 맡는 게 좋다고 생각했거든. 호리키타만 괜찮다면 받아들였으면 하는데. 어때?"

시선이 집중되어도 본인은 특별히 거부하지 않는 모습이었다.

"하기 싫은 거 아닌가? 무리해서 억지로 시키지 마. 대신 내가 해도 되니까."

호리키타가 받아들이기 싫어한다고 판단한 스도가 대신

나섰다. 하지만 아이러니하게도 그것이 계기가 되었는지 호리키타는 냉정한 판단을 내렸다.

"알았어. 내가 할게."

다소 귀찮겠지만 스도나 이케가 리더를 맡는 것보다 안심할 수 있으리라. 그 말을 들은 히라타는 곧장 차바시라 선생님에게 가서 호리키타의 이름을 전달했다. 그리고 잠시 후 카드를 받고 돌아와 호리키타에게 건넸다. 물론 누가 훔쳐볼 가능성을 고려해 모두가 태연한 동작으로 장치를 만져서 누가 리더인지 알 수 없게 눈속임을 했다.

"좋았어, 이걸로 목욕이랑 마실 물 문제는 해결됐다! 그렇지?!"

반짝거리는 눈빛으로 이케가 포인트 절약을 외쳤다.

"뭐? 강물을 마시자니, 너 진심이야?"

아무래도 이케는 이 강을 마실 물과 목욕 양쪽에 활용할 생각인 듯하다. 한편 시노하라를 비롯한 여자애들은 그럴 생각이 전혀 없었는지 어이없다는 표정으로 강을 흘긋 쳐다보았다.

"그야 헤엄치거나 하기에는 좋아 보이지만…… 마시는 건 좀, 그렇잖아?"

"뭐야, 아무 상관없는데. 깨끗한 물이라고."

"그러네……. 하긴 마실 수 있을 것 같긴 한데…….."

계속해서 절약을 외치는 이케를 보며 시노하라가 히라타의 소매를 잡아당겼다.

"히라타……. 정말로 괜찮아? 강물을 마시다니, 보통은 안 그러잖아?"

몇몇 여자애가 더 모여들어 불안한 듯 히라타에게 의견을 구했다.

잔잔하게 흐르는 강물을 보면서 여자애들은 고개를 마구 가로저으며 무리라고 항의했다.

"마시는 건 도저히 상상이 안 돼……."

쑥덕거리며 의논하는 모습에 이케가 짜증을 냈다.

"정말 그러냐? 물이 엄청 투명한 게, 꼭 천연수 같구만!"

확실히 혼탁한 물은 아니었지만, 여자애들뿐 아니라 일부 남자애들도 왠지 한 걸음 물러선 위치에서 강을 바라보았다.

"뭐야 다들. 뭐가 불만인데? 모처럼 발견한 강을 유용하게 써먹어야지!"

"그럼 네가 시범으로 마셔봐."

"뭐? ……난 딱히 상관없는데……."

반쯤 강제적인 여자애들의 재촉에 이케는 손으로 강물을 떠서 마셨다.

"캬! 손이 얼얼할 정도로 시원하고 기분 좋다! 맛있어!"

"우와, 진짜 깼다. 무리야, 무리. 그런 걸 마시다니. 우웩."

"뭐라고?! 네가 마시라고 했잖아, 시노하라!"

"어머, 정말 싫어. 내가 제일 싫어하는 타입은 말이야, 바로 너 같은 야만인이얏."

"너 지금 말 다 했냐!"

두 사람은 또다시 서로 노려보며 불꽃을 마구 튀겼다.

"싸울수록 사이가 좋다는 말이 저 두 사람한테도 해당할까?"

"그건…… 아니지 싶다."

화장실 문제에 이어 이번에는 마실 물 문제인가. 강을 찾았다고 해서 만사가 해결되는 것은 아니었다.

"일단 물 문제는 나중에 다시 생각하자. 싸우면 서로 감정만 상할 뿐이니까."

히라타가 지금 상황을 정리하고 싶은지 모두에게 그렇게 말했다.

사태를 그저 뒤로 미루는 것은 문제도 많을 테지만, 그것이 히라타의 의향이라면 특별히 반론도 나오지 않겠지. 그렇게 생각했는데, 의외의 곳에서 이야기의 흐름에 제동을 거는 남자가 있었다.

"시노하라. 그렇게 불평 좀 해대지 마라. 이건 다 함께 힘을 합쳐야 하는 시험이잖아."

우리 반 제일의 문제아 스도였다. 그는 평소답지 않게 냉정한 말투로 시노하라를 타일렀다.

"잠깐, 웃기지 말아줄래? 다 함께 힘을 합치다니, 그 말을 스도 네 입으로 하는 거야?"

배가 아플 정도로 폭소하는 시노하라였는데, 그렇게 비웃는 태도를 취하는 것도 무리는 아니다. 스도는 입학 후로 종

종 문제를 일으켜 반 분위기를 흐렸으니까 말이다. 호리키타와 다른 의미로 협력과는 거리가 먼 위치 관계에 있다.

그 사실은 스도 본인이 제일 잘 아는 것 같았지만, 그래도 태도를 바꾸지 않고 계속 말을 이었다.

"내가 그동안 반에 피해를 줬다는 거 잘 알아. 그래서 이렇게 말하는 거다. 별 시답잖은 일로 반감을 사면 언젠가 그게 자신한테 부메랑이 되어 날아온다고."

"……뭐야 그게. 어차피 스도 너 역시 포인트를 아끼고 싶은 것뿐 아니야?"

"아무도 그런 말 안 했는데. 그리고 칸지, 너도 좀 이성적으로 생각해봐라. 대뜸 강물을 마시라고 하면 보통 저항감을 느끼는 게 당연하지. 나도 그런걸. 야, 그런데 물을 끓이면 살균이 되는 거 아니야? 일단 그렇게 해보는 게 어때?"

"끓이자니…… 무슨 화학 실험도 아니고. 생각나는 대로 막 내뱉지 마."

시노하라는 마음에 안 드는 상대면 누가 됐든 싸울 생각인지 스도에게도 거칠게 나왔다.

또다시 불씨가 번진 싸움에 히라타가 다시 진화에 나섰다.

"일단 해산하자. 아직 시간이 있으니까 급하게 정할 필요는 없어."

그 말에 조금 냉정을 되찾은 시노하라는 입을 다물고 물러났다. 그리고 잠시 후, 히라타는 차바시라 선생님에게 가설 화장실을 신청하러 갔다. 이케는 시노하라의 말과 행동에 화를 주체하지 못하고 그 자리에 남아 분이 가라앉지 않는 듯 입술을 꽉 깨물었다.

"제기랄, 뭐야, 시노하라 녀석. 결국은 열심히 할 생각이 없는 거 아니야?"

이케는 불만스럽게 조약돌 하나를 집어 들더니 강에 물수 제비를 떴다.

다섯 번, 여섯 번. 조약돌은 수면을 힘차게 박차고 건너편 기슭으로 여유롭게 튀어 올라갔다. 우연치고는 굉장히 아름다운 폼이다. 보고 흉내 내도 저렇게 잘하지는 못하리라.

"혹시 의외로 아웃도어 파?"

"응? 아니, 딱히 그런 건 아닌데. 어릴 때부터 가족들이랑 자주 캠핑했었거든. 강물을 마시는 데 저항감이 없어. 물이 깨끗하고 위생적이라는 것 정도는 딱 보면 알 수 있고."

자랑스럽게 말한다기보다는 정말로 당연하다는 듯 말한다.

"그럼 처음에 캠핑 경험이 있다고 나서지 그랬어? 그때 신뢰를 얻었으면 좀 더 쉽게 이동할 수 있었을 텐데."

앞뒤 설명도 없이 자기 마음대로 행동하기만 해서는 능력이 있어도 인정받을 수 없다.

더군다나 시험 점수처럼 알기 쉽게 눈에 보이는 것도 아니니까 말이다.

"보이스카우트를 했다든가 하는 건 자랑거리가 될지 몰라도, 그냥 캠핑 경험이 있다는 건 내세우기 좀 그렇잖아. 그리고 내가 말해봐야 어차피 소용없을 거고."

여자애들에게 거센 비난을 받아 의기소침해진 것 같았다.

평소 여자애에게 어떻게 하면 인기를 얻을까만 궁리하던 이케인 만큼 거기에 불만을 느끼는 것도 당연한가.

다만, 조금만 방식을 바꿨더라면 상황은 얼마든지 달라졌으리라는 생각이다. 이케와 히라타가 협력해서 반을 이끌어주는 형태가 어렴풋이 보이는 것만으로도 아쉬운 생각이 들었다.

그런데…… 하고 이케가 말끝을 살짝 흐리면서 이렇게 덧붙였다.

"다들 이런 캠핑이 처음인가 봐. 누구나 조금씩은 경험이 있을 거라고 생각했는데. 그렇게 생각하면 내가 좀 무리인 말을 했는지도 모르겠다."

그것은 이케가 처음으로 보인 후회, 잘못을 깨달은 순간 같았다.

"미안해. 왠지 생각이 잘 정리가 안 된다. 강에서 수영 좀 하고 올게."

그렇게 말하며 이케는 일어서서 내게 등을 보였다. 그래, 일단은 그러는 편이 좋으리라.

더위 때문에 머리도 둔해지는 것 같고, 이곳을 발견한다고 체력도 꽤 소비했을 것이다.

"아야노코지. 이케 뒤를 따라가줄래?"

"뭐? 왜?"

옆에 있던 호리키타가 이케의 모습이 보이지 않게 됐을 때 내게 말했다.

"이케의 지식이 도움 될 가능성이 있어. 다시 말해 D반에 필요한 존재일지도 모른다는 거야. 아웃도어 지식에다가 숲에서 걷는 방법도 어느 정도 알고 있어. 코엔지의 도움을 못 받는 이상 이케가 어떻게든 반을 이끌어줬으면 해."

"네가 직접 설득해볼 생각은 없어?"

그런 말을 들을 줄은 몰랐는지 호리키타가 어처구니없다는 듯 말했다.

"내가? 저 애를? 설득? 그게 정말 가능하리라고 생각하니?"

당당한 표정으로 못 한다고 어필해도 곤란하다고…… 그게 설령 사실이라고 해도 말이다.

"무리인 걸 아니까 이렇게 부탁하는 거잖아. 믿을 사람은 너뿐이야."

"그건 그렇겠지. 나밖에 부탁할 상대가 없지."

설령 기대치가 최소 1이라고 해도 이케가 종합해서 0이라면 필연적으로 톱이 되는 사람은 나다.

"평소에 남들이 의지하지 않는 아야노코지니까 내심 기쁘겠지?"

잘난 체하듯 팔짱을 끼고 당당하게 부탁하는 것이 이 녀석의 대단한 부분이지만 말이다.

"알았어. 넌지시 말 걸어볼게. 하지만 타이밍은 전적으로 나한테 맡기는 거다."

"……좋아. 하긴 지금 당장 말 거는 게 베스트인지는 잘 모르겠으니까."

내가 승낙했다고 받아들였는지, 호리키타는 더는 아무 말 하지 않고 물러났다.

앞으로 일주일 동안 호리키타는 혼자 있기가 얼마나 힘든 지 싫을 정도로 통감하게 되리라.

녀석은 자신이 우수한 인간이라고 여기고 있지만, 그건 어디까지나 개인에 한한 이야기다.

자신의 성적만을 추구하는 상황이라면 누구에게 의지할 필요 없이 묵묵히 위를 향해 계속 달리면 그만이지만, 좋은 예시인 이번 시험처럼 개인의 힘만으로는 도저히 어떻게 할 수 없는 일도 있다.

아마도 호리키타는 지금 처음으로 자신이 무력하다는 사 실을 뼈저리게 느끼고 있지 않을까.

그게 아니라면 이렇게 빠른 단계에서 내게 부탁할 리가 없다.

친구가 없으면 아무도 가까이 다가오지 않을 테고, 자신이 먼저 말 거는 것도 못 한다. 소통하지 못하면 서로 협력하는 것도 신뢰를 얻는 것도 불가능하다.

학교 내에서는 완벽하게 보이는 재녀(才女)도 이런 상황에 서는 일반 학생 이하가 되고 마는 것이다.

"……학교 측도 그 부분을 계산했겠지."

무엇보다도 그 부분이 호리키타 스즈네라는 소녀의 한계이고, 바닥이 드러나는 점이기도 하다. 이 학교가 만든 규칙을 빠져나가기란 불가능하니까.

5

조금 떨어진 곳에 두 텐트가 나란히 완성되었다.

의논한 결과 시노하라 쪽 여자애들의 승기가 올라가, 결국 텐트 두 개 다 여자애들이 점유하고 말았다.

요컨대 남자들은 지금 완전히 노숙을 강요받은 상태라는 것이다.

반 아이들 대부분은 지금까지 살면서 노숙 따위 해본 적 없으리라.

그나마 다행히 여름이어서 감기에 걸리거나 하지는 않겠지만, 고생은 불 보듯 뻔하다.

손발을 노리는 모기가 수시로 귀찮게 할 것이고 밤이 되면 시야 확보도 어렵다.

발밑의 수풀에는 정체 모를 곤충들이 펄쩍 뛰어다녀 께름칙하다.

도시에서 자란 나로서는 상당한 저항감이 있어서, 흙침대에서 일주일을 보내는 건 도저히 무리였다.

하지만 이케를 비롯해 포인트 소비를 강하게 반대하는 아이들은 행동력이 달랐다. 몇몇 남자애는 풀을 뽑아 시트 대신 깔았고, 나무를 쓰러뜨리자는 식의 대화를 나누기도 했다. 이런저런 시도를 하려는 것은 좋지만, 터무니없는 행동은 하지 않기를 바란다.

여자 텐트 설치를 끝낸 히라타가 이마에 흐르는 땀을 훔치며 다가왔다.

"저, 아야노코지. 혹시 괜찮으면 부탁 좀 들어주지 않을래?"

그런 식의 저자세로, 미안하다는 듯 내게 말을 걸었다.

"곧 어두워지는데 손전등만 가지고 있는 것도 좀 무섭고 말이지. 포인트를 쓰고 안 쓰고는 별개의 문제로, 조명 확보가 필요하다고 생각해. 물론 아야노코지한테 억지로 강요할 수는 없지만."

하긴 밤에 아무런 불빛이 없는 것은 나도 꺼려진다. 화장실에 가기도 힘들 테니까. 그래서 내가 무엇을 하면 되냐고 물으니, 히라타는 잠시 생각한 후 이렇게 답했다.

"이 주변에서 모닥불을 피우는 데 쓸 만한 나뭇가지를 좀 모아와 줄 수 있을까?"

하고많은 남자애 중에 모처럼 내가 부탁을 받았으니 응해 주자.

"그럼 적당히 주워 올게."

"고마워. 아, 하지만 혼자 가면 위험하니까 누구한테 말해서 같이 가는 편이 나을 거야."

그 말대로라고 판단한 나는 파트너를 찾으려고 두리번거

리다가 제자리에 서서 가만히 하늘을 올려다보고 있는 호리키타를 발견했다. 내가 자신을 쳐다보고 있다는 것을 알아차리자 내 쪽으로 다가왔다.

"평소에는 그렇게 비협조적이던 네가 히라타의 부탁은 꽤 잘 들어주는구나?"

"불과 조금 전에 네 부탁도 들어준 걸로 기억하는데. 그리고 히라타에게는 많은 도움을 받고 있잖아. 그리 힘든 일도 아니고. 그냥 나뭇가지만 주워 오면 되는 건데."

일부 학생은 자발적으로 반을 위해 행동하고 있다.

이런 때에 움직이는가 아닌가로 반에서 카스트 제도의 위치가 바뀌는 것이다.

"쟤도 참, 반의 중심에 서 있으면서 너한테 부탁할 수밖에 없다니 한심하네."

"좋든 나쁘든 D반은 히라타와 카루이자와로 성립하니까. 그 이외에 명목상으로나마 반을 통합할 힘을 가진 사람은—— 아예 없지는 않지만 그렇다고 적임자도 아니지."

옆의 호리키타가 마음만 먹으면 반을 통합할 역량과 기량이 있을 것 같지만, 그녀는 도량과 그릇이 치명적일 정도로 부족하다. 본인조차 그 두 항목이 존재하지 않는다고 생각할 만큼.

또 반에 파문을 일으킬 수 있는 사람은 쿠시다였지만, 진두에 설 여유가 없었고 아이들의 다툼을 말리는 데 온 신경이 쏠려 있다고 할까. 지금도 어딘가에서 고군분투하고 있겠지.

"히라타의 보좌 정도쯤 해주는 게 어때? 반을 위해서라기 보다 너 자신을 위해서."

"내가 저 애의 보좌를? 농담하지 마. 차라리 몽구스와 재주를 부리는 게 낫지."

"몽구스와 재주라니……."

아무리 그래도 그 말은 히라타한테 실례 아닌가. 아니, 지나치게 실례다.

"농담이야. 저 애와 몽구스가 얼마나 다른지는 별개의 문제로 치더라도, 이번에 내가 도움 될 일은 아무것도 없어. 명확한 적이나 목표가 있다면 생각해볼 수도 있지만 말이야. 무엇보다도 과연 포인트를 쓰지 않는 게 맞는지, 어느 정도는 사용해야 하는 게 아닌지 아직 답을 못 내렸어."

호리키타는 그 말만 남기고 내게서 조용히 멀어졌다. 그리고 이제 막 완성된 텐트로 들어가 버렸다.

음, 우선 나와 함께 나서줄 친절한 파트너부터 찾아야겠다.

남아 있는 남자애를 찾다 보니 강가에 누워 하늘을 올려다보는 스도가 있었다. 아까는 멋지게 이케를 감싸주기도 했고, 조금은 믿음직한 남자가 되었을지도 모른다.

분명 곤란해하는 친구를 돕기 위해 무거운 허리를 일으켜주리라.

"야, 스도. 지금부터 모닥불 지필 나무를 주우러 갈 건데 같이 갈래?"

"어? 뭐야 그게. 귀찮은 일이라면 패스."

앉으려는 시늉조차 없이 거절했다. 달리 부탁할 상대도 보이지 않아서 계속 매달려보았다.

"귀찮은 일이 전혀 아니고, 주위를 스르륵 둘러본 다음에 나뭇가지를 주워서 모아 오기만 하면 되는데."

"그걸 바로 귀찮은 일이라고 하는 거다. 미안한데 난 바다에 가서 수영 좀 하고 올게."

스도는 몸을 일으켜 옆에 놔두었던 가방을 들고 바다로 가버렸다.

"뭐…… 그렇지."

나는 밑져야 본전이라고 생각하고, 텐트 근처에서 여자애들과 대화를 나누던 야마우치를 꾀어내보기로 했다.

"지금부터 모닥불용 나뭇가지를 주우러 갈 건데 같이 가주지 않을래?"

"으음, 귀찮을 것 같은데……. 아, 맞다. 나는 칸지랑 스팟을 찾아냈잖아? 여러 가지로 신경을 썼더니 피곤하네. 미안하지만 난 패스. 좀 쉬어야겠다."

"그래…… 그렇군."

그렇게까지 말하니 나도 밀어붙일 수가 없다. 이거 곤란한데.

이렇게 되면 이제 내가 말 걸 수 있는 상대는 한없이 제로에 가깝다. 호리키타는 지금 내가 부탁할 수 있는 '상태'가 아니고, 쿠시다는 여자들끼리 팀을 꾸려 어딘가로 가버렸다.

"……결국 나 혼자 가야 하나."

여자들과 즐겁게 잡담을 나누는 야마우치가 나를 쳐다보지도 않고 적당히 응원을 날렸다.

어쩔 수 없이 혼자 숲에 가기로 결심했을 때, 사쿠라가 눈치를 살피며 다가왔다.

"저기…… 나…… 같이 가도, 될, 까?"

근처에서 이야기를 듣고 있었는지 이미 전후 사정을 알고 있는 모습이었다.

"뭐? 그럼 나야 고맙지만. 그런데 괜찮아? 피곤할 텐데. 그냥 쉬어도 돼."

사쿠라는 아까 나와 함께 숲 탐색을 해주었다. 피로가 상당히 쌓였을 테니 더 무리하게 할 수는 없다.

"난 괜찮아. 그리고 여기 남아 있어 봤자, 그게, 그러니까…… 마음이 불편해서."

그렇게 말하며 사쿠라는 반 여자아이들에게서 등을 돌렸다.

나와 비슷한 입장인 사쿠라는 집단생활이 무척 견디기 힘든 모양이었다.

"그럼 가볼까?"

코엔지도 없으니 보폭은 사쿠라에게 맞추면 된다.

"어이!"

둘이서 숲으로 향하려는데 뒤에서 야마우치가 부르는 소

리가 들렸다.

야마우치는 바로 우리가 있는 곳으로 달려왔다.

"역시 나도 도와줄게!"

불과 몇 초 전까지 거절했으면서, 무슨 이유에서인지 태도를 바꾸었다.

"뭐…… 정말?"

"그야, 친구가 힘들어할 때는 당연히 도와야지. 안 그래, 사쿠라?"

"아…… 네, 네에……."

사쿠라는 잔뜩 위축되어 내 등 뒤에 몸을 숨기고 대답했다.

야마우치와는 한 번도 대화를 나눠 본 적 없겠지. 이번 일을 계기로 사쿠라에게 친구가 늘어나면 좋으련만.

6

베이스캠프에서 멀리 벗어나지 않도록, 어디까지나 근처에서 나뭇가지를 모으기로 했다.

우리 세 사람은 캠프장으로부터 그리 떨어지지 않은 곳에서 흩어져 나뭇가지를 주웠다.

"야, 야, 아야노코지. 우리끼리의 비밀로 해줬으면 하는 게 있는데."

나뭇가지 몇 개를 손에 든 야마우치가 가까이 다가오더니 내 목에 팔을 두르고 귓속말했다.

"나…… 실은 사쿠라를 노려보려고."

"뭐?"

"그게, 쿠시다는 레벨이 너무 높잖아? 소통 능력도 뛰어나고. 그래서 이번에 그 높은 목표는 그냥 던져버릴까 해. 그에 비해서 사쿠라는 사람을 내하는 게 서툴다고 해야 하나, 남자에 대해 완전 미숙하잖아. 톡 까놓고 말하면 이번 여행에서 갈 수 있을 데까지 한번 가보려고 하는데. 아마 저런 여자애는 친절하고 배려 넘치는 남자를 연출하기만 하면 바로 넘어오지 싶다. 뭐, 정 안 되면 키스까지만이라도. 아니, 진짜라니까. 이번에는 사쿠라로 오케이야. 아니, 사쿠라가 좋다!"

"이번에는? 그런데 너 지금까지 한 번도 사쿠라한테 관심을 안 보였잖아. 너무 뜬금없는데?"

"아니, 그 부분은 나한테 보는 눈이 없었다고 반성 중이야. 애가 촌스러워서 눈여겨보지 않았었는데, 알고 보니 완전 귀엽고. 아이돌이잖아? 가슴은 뭐, 굳이 말할 것도 없이 최고지. 체육복을 걸쳐도 다 알겠다고. 눈에 띄니까 어쩔 수 없잖아."

야마우치는 으흐흐, 하며 손을 주물럭거리는 동작을 취했다. 갑자기 도움을 자청했던 이유가 여기에 있었군.

내 눈에는 진심이었던 쿠시다를 포기하면서 마치 보험 드는 식으로밖에 안 보인다. 사쿠라가 이런 것을 과연 기뻐할까?

아무쪼록 야마우치가 진심으로 사쿠라를 좋아하게 되는 이벤트가 생기길 기대하자.

"그러니까 응원해줘. 예를 들면 지금부터 나와 사쿠라를 단둘이 있게 해준다거나."

"그게 무슨 응원인지……."

"뭐야. 너, 설마 사쿠라를 노리는 거냐? 저 가슴을 말이냐?!"

어째서 이렇게 단편적으로만 보는 녀석이 많은 것인가.

물론 야마우치의 말을 딱히 부정할 생각은 없다. 큰 가슴은 여성의 매력이고, 거기에 이끌리는 것도 생물학적 설명이 가능하다. 필요하다면 응원 혹은 도와주는 것도 상관없다. 하지만 사쿠라는 쿠시다와 달리 남자와의 대화에 어쨌든 익숙하지 못하다. 야마우치가 단순히 친구 사이를 원하는 것뿐이었다면 이야기는 달라지지만, 이성으로 노리는 남자와 갑자기 단둘이 있게 할 수는 없다. 야마우치가 폭주하기라도 하면 사쿠라는 저항할 힘이 없으니까.

"지금은 포기하지그래. 사쿠라와 좀 더 사이가 좋아지면 그때 나도 도울 테니까. 그리고 어서 돌아가서 모닥불이 잘 되는지도 해보고 싶고. 내 말 알겠지?"

야마우치는 어깨를 푹 떨어뜨렸지만 이내 생각을 고쳤다.

"딱딱하게 굴기는. 뭐, 아무튼 알겠다. 아야노코지한테는 호리키타가 있으니까 별로 걱정도 안 되고."

언제부터 나한테 호리키타가 있게 되었단 말인가.

"자, 나뭇가지 잘 모아라. 나도 저쪽에 가서 주워 올 테니."

야마우치는 그렇게 말하며 자신이 모았던 나뭇가지들을 내게 떠맡겼다. 그 바람에 내 팔 위에서 나뭇가지 몇 개가 땅에 툭툭 떨어졌다. 그건 그렇고, 사쿠라에게 미안한 짓을 한 건지도 모르겠다고 조금 반성했다. 코엔지가 단독으로 먼저 가버린 것이 원인이라고는 해도, 나와 단둘이 오래 있었던 것이 괴로웠을 가능성이 있다. 그걸 말로 표현할 성격도 아니고.

결국 사쿠라는 나와 야마우치를 경계했는지, 거의 아무 말 없이 나뭇가지만 모았다.

"이 정도면 되겠지? 오늘 땔 양으로는 충분한 것 같다."

정말 오늘 하루 실컷 때고도 남을 만큼 많이 모았다. 야마우치의 한마디에 우리는 땔감 모으기 작업을 끝내고 캠프장으로 발걸음을 돌렸다.

"저기 말이야, 사쿠라. 드는 것 좀 도와줄까? 여자가 들기에는 많이 무겁잖아. 그러다가 다칠지도 모른다고."

처음부터 그렇게 말할 계획이었는지, 야마우치가 든 나뭇가지는 내가 든 것의 반밖에 되지 않았다. 친절하고 배려심 많은 남자를 연출할 작정이겠지. 대조적으로 내가 도와주지 않으면 야마우치의 다정함이 더욱 부각되니까, 그런 목적도 있으려나.

"꽤, 괜찮아요…… 아야노코지가 많이 들고 있으니까. 아야노코지를 도와줘요."

"으윽~~~~! 사쿠라는 참 다정하구나! 정말이지, 혼자서 그렇게 많이 들다니 욕심이 과하군, 아야노코지. 자, 반 들어줄 테니까 이리 줘."

야마우치는 그렇게 말하더니 처음에 떠넘겼던 양의 절반만 회수했다. 사쿠라에게 거절당한 상황에서도 다정함을 어필하는 플랜 B 작전인 듯하다. 야마우치는 만족한 듯 의기양양하게 걸음을 뗐다. 그렇게 돌아가고 있는데.

한 소녀가 커다란 나무에 등을 기대어 앉아 있었다. D반 학생은 아니다.

그녀는 우리의 존재를 알아차리자 한 번 스윽 쳐다본 후 곧 흥미 없다는 듯 시선을 돌렸다.

다른 반이니까 내버려두면 될 일이지만, 소녀의 상태가 예사롭지 않다는 것을 금세 알았다. 그 아이의 뺨에 붉게 부풀어 오른 상처. 한눈에 봐도 누군가에게 얻어맞은 상처라는 것을 알 수 있었다. 그것도 꽤 세게. 야마우치가 소녀에게 달려가려고 했을 때, 나는 무심결에 그의 어깨를 붙잡았다.

"뭐야."

"아, 아니…… 미안. 아무것도 아니야."

방금 내가 하려던 말은 아무 쓸데도 없다고, 아슬아슬한 순간에 자제했다.

"너 왜 그래, 괜찮냐?"

야마우치는 다친 여자애를 내버려둘 수 없었는지 나서서 말을 걸었다.

"……날 그냥 내버려둬. 아무 일도 아니니까."

"아무 일도 아니라니…… 전혀 그렇게 안 보이는데. 누구한테 맞았어? 선생님 불러줄까?"

부푼 상태로 보아 상당한 고통이 있으리라는 점을 쉽게 알 수 있었다.

"반에서 다툼이 좀 있었을 뿐이야. 신경 쓸 것 없어."

자조 섞인 미소를 지으며 소녀는 야마우치의 제안을 거절했다. 말투로 봐서는 여장부 같은 느낌이었는데, 분명 기운이 없어 보였다. 다툼이 있었다는 말도 조금 마음에 걸린다.

"……어떻게 할까? 내버려두, 는 건 아무래도 안 되겠지."

여기는 학교 안과 상황이 다르다. 사방이 숲인 정글이다.

앞으로 한두 시간 지나면 해도 지기 시작한다. 그렇게 되면 조난으로 이어질 수도 있다.

"우리는 D반인데. 괜찮으면 베이스캠프로 같이 가자."

야마우치가 우리에게 가벼운 동의를 구해서, 나와 사쿠라는 살짝 고개를 끄덕이며 말을 맞췄다.

"뭐? 무슨 소리야. 그렇게 할 수 있을 리가 없잖아."

"힘든 일이 있을 때는 원래 서로 돕는 거랄까, 당연하달까. 안 그래?"

그 말에도 귀를 기울일 생각이 없는지, 소녀는 시선을 피한 채 입을 꾹 다물었다. 내버려 두면 분명 편하기야 하겠지만, 어지간한 사정이 있지 않다면 여자 혼자 이런 데에 있을 리가 없다.

"난 C반이야. 그러니까 너희의 적이라는 건데, 그 정도는 알 거 아냐?"

도움을 받을 입장이 아니라는 소리겠지.

"하지만…… 그래도 이런 데서 혼자 있게 둘 수 없는걸. 그렇지?"

나도 사쿠라도 고개를 끄덕여 동의했다. 그래도 소녀는 좀처럼 일어나려고 하지 않았다.

같은 학교 학생이면 보통은 서로 돕는 것이 당연하다. 하지만 특별시험에서 그것이 옳은 행동인지 아닌지는 또 다른 문제이기도 하다. 타산적으로 판단한다면 말이지만.

"여자 혼자 두고 돌아갈 수 없다니까 그러네. 그럼 네가 움직일 때까지 우리도 여기에 있으련다."

야마우치는 이 자리에 계속 머물기로 각오를 굳혔다. 그럼 우리도 같이 대기하는 수밖에.

그렇지만 소녀는 일시적인 충동일 뿐 곧 갈 것이라고 판단했는지 상대도 해주지 않았다. 우리 쪽을 쳐다보려고도 하지 않는다.

"그런데 말이야. 숲속은 공기가 눅눅한 것이 사람 기분 나쁘게 더운 것 같다. 사쿠라는 안 더워?"

"나는, 그러니까, 별로…… 괜찮아요."

기다리기만 하면 따분해지기 마련이지만, 야마우치로서는 오히려 바라던 바일지도. 소녀의 고집이 꺾일 때까지 사쿠라와 보내는 시간이 길어진다는 의미이기도 하니까 말이다.

그 후로도 야마우치는 계속 사쿠라와 소녀에게 질문을 던지면서 유의미한 시간을 보냈다.

10분 정도 지나자 소녀는 야마우치의 끈기에 백기를 들고, 어쩔 수 없다는 표정으로 자리에서 일어났다.

"……바보네, 너희. 사람이 너무 좋은 거 아니야? 우리 반에서는 상상도 못 할 일이야."

"위기에 빠진 여자애를 그냥 둘 수 없을 뿐이지."

야마우치가 멋있는 척을 하며 엄지를 들었다. 야마우치에 대한 사쿠라의 호감도가 올라가……고 있으려나?

하지만 정작 중요한 사쿠라는 그런 야마우치의 눈물겨운 노력을 크게 신경 쓰지 않는 모습이었다. 그녀는 숲의 깊숙한 곳이나 하늘을 아무 의미 없이 바라보고 있었다. 원래 남과 관계를 맺는 데 서툰 사쿠라로서는 이런 예측불허의 사태도 썩 바라는 바가 아니리라. 있는 힘껏 관심을 다른 곳에 두려고 노력하면서 어서 시간이 지나가기만을 기다리고 있겠지.

"하지만 정말 그래도 돼? 너희 베이스캠프 장소를 알려줘도. 심지어 안내까지 해준다니."

"뭐? 그러면 무슨 지장 있어?"

야마우치는 소녀가 한 말의 의미를 이해하지 못하고, 우리를 쳐다보며 확인을 받았다.

"말도 안 되는 바보가 실제로 존재했네. 정말 믿어지지가 않는다."

보통 생각은 해도 입 밖으로는 꺼내지 않을 이야기를, 소녀는 망설임 없이 내뱉었다. 야마우치도 황당해했다. 캠프 장소가 알려지면 다른 반이 어떤 식으로 시험을 극복할 계획인지 그 경향과 대책을 파악할 가능성이 있고, D반의 입장에서 보면 스팟의 존재가 발각되고 마는 것이다.

　　불안 요소가 있다면 그 부분이지만, 나는 앉은 자세를 고치고 막힘없이 대답했다.

　　"괜찮아. 별로 아무 문제 될 것 없다고 생각하는데."

　　"그렇지? 그럼 문제는 없는 걸로. 난 야마우치 하루키야. 잘 부탁해!"

　　"뭐, 좋은 녀석들이라는 거겠지만…… 어쨌든 바보네."

　　소녀는 황당해하면서도 우리를 쳐다보지 않고 짧게 대꾸했다.

　　"난…… 이부키."

　　또랑또랑한 목소리로 이부키라고 이름을 밝힌 소녀는 붉게 부풀어 오른 뺨이 아픈지 살짝 어루만졌다. 자기소개를 할 때조차 눈을 마주치려고 하지 않았다. 남의 눈을 보는 것이 서툰가.

　　그것보다도 신경 쓰이는 부분은 소량이지만 이부키의 손톱에 흙이 끼어 있는 것이다. 조금 전까지 이부키가 앉아 있던 장소에는 한 번 흙을 팠던 흔적도 보였다.

　　"이야, 요새 여자애들은 서로 뺨 때리면서 싸우냐……?"

　　"신경 꺼. 다른 반이 무슨 상관?"

그래도 상당히 아플 것 같은 상처를 본 이상 못 본 척할 수도 없는 노릇이다.

이부키는 아픔을 꾹 참고 있는 모양이었지만 이따금 괴로운 표정으로 뺨을 만졌다.

이부키가 귀찮다는 듯이 어깨에 가방을 둘러매는 모습을 본 야마우치는 뭔가 번뜩 생각이 떠올랐는지 눈을 반짝거렸다.

"야, 그래도 가방 정도는 들어줄게. 응? 응?"

사쿠라의 앞에서 어떻게 해서든 남자다운 모습을 보이고 싶은 야마우치는 내게 나뭇가지를 모두 떠넘긴 후 손을 내밀었다. 참으로 신사적이군.

"······됐어. 잠깐, 됐다니까? 그만둬."

가방 정도는 맡겨도 괜찮으련만 이부키는 우리를 믿지 못하는 건지, 아니면 의지하기 싫은 건지 강하게 거부했다. 옥신각신하다가 손에서 놓친 반동으로 가방이 나무에 부딪히고 말았다. 탁, 하는 둔탁한 소리와 함께. 어색한 분위기가 흐르자 야마우치가 당황하며 사과했다.

"미, 미안. 별로 악의는 없었어. 미안하다."

"알아. 다만, 난 아직 네 녀석들을 못 믿겠어. 이해해주겠지?"

그 이상은 아무것도 말하고 싶지 않은지, 이부키는 입을 꾹 다물어버렸다. 야마우치도 포기하고 걷기 시작했다. 가방을 안 들어줄 거면 나무 좀 들어라······ 쿡쿡 찌르는 나뭇가지를 힘들게 안아 든 나는 속으로 그렇게 생각했다.

7

가지를 그러모아 캠프장으로 돌아온 우리. 이부키는 다른 반에 피해를 주고 싶지 않다면서, 멀찍이 떨어진 곳에 앉았다. 곧바로 이곳에 적응하라는 것은 무리인 이야기이고, 결정권이 없는 우리로서도 고마웠다. 눈길이 닿는 곳에 있어 준다면 예측하지 못한 사태에 휘말리는 일도 없을 테니 말이다. 히라타는 안타깝게도 어디 나가고 없었다.

우선 나와 야마우치, 사쿠라는 불을 피울 준비에 들어갔다.

이렇게 모았는데 정작 밤에 제대로 된 모닥불을 피우지 못하면 너무 한심하니까.

"나한테 맡겨줘. 멋지게 성공해 보일 테니."

히라타에게서 성냥을 받아 온 야마우치가 쌓아둔 나뭇가지 앞에 가볍게 쭈그려 앉았다.

그리고 성냥개비를 꺼내 끝을 성냥 갑 마찰 면에 대고 잽싸게 긁었다.

쓱 하고 긁히는 소리는 계속 들려왔지만 성냥에 불은 좀처럼 붙지 않았다.

"젠장, 좀 어렵네……."

옆에서 사쿠라가 지켜보고 있기도 해서 멋진 모습을 보이고 싶었을 텐데, 평소에 해본 적 없는 사람이 하면 좀처럼 잘되지 않는 법이다. 그래도 계속해서 수십 번 긁은 끝에 순간적으로 성냥개비 끝에 불이 붙었다.

"으아앗! 됐다!"

야마우치는 겨우 불이 붙은 성냥개비를 허둥지둥 쌓인 나뭇가지에 던졌다.

하지만…… 어렴풋한 연기가 피어오르기만 하고, 아무리 기다려도 불이 크게 번질 기색이 없었다.

"오잉……?"

"좀 더 차분하게 붙이는 게 어때? 방금 그건 역시 무리로 보였어."

"좋아, 이번에는 천천히 해보지. ……아, 정말, 또 실패다. 이 성냥, 불량 아니야?"

성냥 하나에 불붙이기도 이렇게 힘들어서야, 모닥불은 어느 세월에 피우나.

점점 짜증이 나기 시작한 야마우치의 손에 자연스레 힘이 들어가서 성냥을 마찰 면에 세게 문질렀기 때문에, 가느다란 나무가 어이없이 부러지고 말았다.

한 개, 두 개 사용도 못 하고 명을 다한 성냥개비가 나오기 시작했다.

"계속 실패하면 안 될 것 같은데."

야마우치의 발밑에 세 개째 성냥 잔해가 떨어졌을 때, 차분해질 수 있게 말을 걸었다.

"괜찮아, 괜찮아. 금방 된다니까. 아직 이렇게 많이 남았고."

그는 상자에서 성냥을 한 무더기 꺼내 보였다. 슬쩍 봐도 20개 이상 있는 것 같기는 하지만……

계속 이런 식으로 쓰면 일주일 동안 쓰기에 모자랄 가능성도 있다.

"앗, 붙었다! 이번에야말로!"

드디어 불이 붙은 성냥을 이번에는 천천히 나뭇가지에 갖다 댔다.

불은 확실히 나뭇가지로 옮겨붙으려는 듯 보였지만, 우리가 바라는 전개는 일어나지 않았다. 나무에서 희미한 연기만 조금 더 피어오를 뿐, 불이 크게 번지지는 않았던 것이다.

"도대체 왜 이러는 거야! 내 방법이 틀린 건 아니잖아? 선생님한테 좀 물어보고 올게!"

사쿠라에게 멋진 모습을 보여주고 싶어 안달이 난 야마우치는 차바시라 선생님을 찾아 나섰다.

좀 더 기본적인 것을 생각해야 마땅하지 않을까.

나는 쪼그리고 앉아 불을 붙일 나뭇가지로 손을 가져갔다.

"왜 불이 안 붙는 걸까?"

그러자 내 옆에서 똑같이 쪼그려 앉은 사쿠라가 이상하다는 듯 불에 그슬린 나뭇가지를 보았다.

"나무니까 금방 불이 붙을 줄 알았는데, 불은 상상보다 훨씬 약한 건가 봐."

내 말의 의미를 이해하지 못했는지, 고개를 갸우뚱거리며 눈으로 묻는다.

"드라마나 영화 같은 데 나오는 모닥불은 두꺼운 나무를 쓰는 이미지가 있잖아? 우리도 그런 이미지에 가까운 나뭇가지를 모았고. 그런데 사실은 처음부터 이렇게 두꺼운 나뭇가지에 불을 붙이는 건 어려운 일 아닐까?"

나는 여러 갈래로 뻗은 얇은 나뭇가지 하나를 꺾었다.

"이런 얇은 가지부터 순서대로 불붙이는 느낌으로 말이야. 그리고 여기는 물에 젖어 축축한 나뭇가지도 많잖아."

초보자가 축축한 나뭇가지에 불을 붙이려는 것은 너무 무모한 행동 아닌가. 이래서는 야마우치가 성냥을 몇십 개나 써도 불이 붙지 않을 것이다.

"좀 수고스럽겠지만 다시 숲에 가서 얇고 잘 마른 나뭇가지랑 불이 잘 붙게 생긴 잎을——."

"어이, 너희 그런 데서 뭐하냐?"

여러 가지 시행착오를 겪고 있는데 한바탕 수영하고 온 듯 보이는 이케가 다가왔다.

"지금 모닥불 피우는 예행연습 중이야. 불이 잘 안 붙어서 애먹고 있어."

"모닥불? ……아니, 이렇게 두꺼운 가지에 불이 붙을 리가 없잖아~. 처음에는 더 가느다란 가지가 필요한데? 가지고 온 가지, 다 너무 두꺼워. 게다가 축축한 것도 있네. 이럼 절대 안 붙지. 이리 줘봐."

"아, 하지만 지금 아야노코지가——."

나를 옹호하려는 사쿠라의 말을 막기로 했다.

"그렇구나. 그럼 괜찮으면 방법을 가르쳐줄래? 어떻게 해야 하는지."

"정말이지 어쩔 수가 없군. 내가 간단히 강의를 해주지. 잠깐 기다려. 근처에서 적당한 걸 주워 올 테니까."

이케는 수영복이 들어 있는 가방을 내려놓고 근처 숲에 들어갔다가 곧 돌아왔다.

얇은 가지에서부터 중간 정도 굵기의 나뭇가지까지, 단계별로 다양하게 주운 모습이었다.

게다가 마른 잎도 한 움큼 가지고 왔다.

"적당한 걸 주워 왔어. 이거면 어떻게든 될 거야."

그렇게 말한 이케는 야마우치가 놔두고 간 성냥개비 통을 주워들더니 재빨리 마른 낙엽에 불을 붙였다. 그러자 점차 잎에 불이 붙으면서 작은 나뭇가지로 번졌다. 이케는 불의 상태를 살피며 서서히 나뭇가지를 굵은 것으로 바꾸었다. 순식간에 우리가 흔히 아는 모닥불의 모습으로 변해갔다.

"자, 이렇게 하는 거야."

"굉장하다. 솔직히 감탄했어. 역시 캠핑 경험자는 다르구나."

"이건 기본 중의 기본이야. 모닥불 피우는 방법은. 한 번만 기억하면 누구든지 할 수 있어."

하지만 D반에는 그런 경험이 있는 학생이 거의 없으니 이케의 존재감이 크다.

"아, 젠장, 선생님은 아무것도 안 가르쳐 주── 우왓! 어떻게 불이 피워져 있는 거얏!"

돌아온 야마우치가 활활 불타오르는 모닥불을 보고 경악했다. 그리고 멋진 모습을 보여주지 못한 것이 분했는지 잠시 혼자 투덜거렸다.

나는 모닥불을 이케와 야마우치에게 맡기고 그 자리를 떠났다.

"저, 저기 아야노코지. 그런데…… 너도 방법을 알았는데, 괜찮아? 말 안 해도?"

"그게 정답이라는 확증도 없었고, 그걸 말한다고 무슨 의미가 있는 것도 아니니까. 그것보다도 이케가 자신의 경험이 도움 된다는 걸 스스로 깨닫는 편이 장차 반에 도움이 될 거야."

조금 진부한 대사였지만, 나는 내 생각을 솔직하게 말했다.

사쿠라는 살짝 감동한 눈빛으로 나를 바라보았다. 왠지 쓸데없이 부끄러워지는군.

"미안. 피곤해서 좀 쉬어야겠다. 사쿠라도 오늘 고마웠어."

나는 도망치듯 캠프장에서 살짝 거리를 두었다.

근처에 개인용 텐트를 설치한 차바시라 선생님이 나를 물끄러미 응시했지만, 모르는 척 무시하기로 했다.

8

125

손목시계의 시각이 5시를 지났을 무렵, 쿠시다 조가 돌아왔다. 히라타도 쿠시다와 같이 움직인 듯 보였는데, 중심인물들의 귀환에 반 아이들의 절반 이상이 모여들었다. 식량을 찾아오는 임무였는지, 손에는 먹을거리로 보이는 것이 들려 있었다. 멀리서 확인했을 때는 딸기처럼 빨갛고 작은 열매가 아주 많이 달린 것, 토마토를 축소한 것 같은 열매, 포도나 키위같이 생긴 열매도 있었다.

"이거…… 먹을 수 있으려나? 과일같이 생겨서 따오긴 했는데."

자신 없다는 투로 다른 아이에게 의견을 구했다.

모두 처음 보는 열매뿐이어서 먹으려면 용기가 필요할 것 같다.

"그건 그렇고 목말라…… 배도 고프고."

"나도 목말라……."

저녁이 되었으니 아이들로부터 그런 목소리가 나오는 것도 무리가 아니다. 나도 그중 한 사람이고.

저녁 시간이 가까워질수록 음식과 마실 물 문제가 수면 위로 드러났다.

"오, 이거 들쭉나무잖아. 키쿄가 찾은 거야? 대단하다!"

시끌벅적한 소리에, 모닥불 근처에 있던 이케가 다가와서 과일 하나를 들고 말했다.

"칸지, 이게 뭔지 알아?"

"응. 들쭉나무 과일이야. 옛날에 산에서 캠핑했을 때 먹은 적 있어. 생긴 대로 블루베리 같은 맛이 나지. 그리고 이건 으름덩굴이네. 이것도 달고 맛있어. 이야, 옛날 생각난다!"

별로 멋있게 보이려고 하는 말이 아니리라. 추억의 과일을 발견하고 아이 같은 미소를 짓는 이케의 모습에 모두 감탄한 표정이었다. 그런 이케에게 시노하라도 다른 과일에 대해 질문을 던졌고, 이케는 거리낌 없이 대답해주었다.

"으음…… 왠지 생각보다 느낌이 좋은데."

갈등의 불씨를 무수히 튀겼지만, 아주 사소한 일로 반이 오늘 하루 중 가장 잘 단합하고 있다. 적은 양이라고는 해도 먹을 것을 구했다는 점도 한 가지 요인이겠지.

"모닥불에 성공한 모양이네. 고마워, 아야노코지."

"고맙다는 말은 나 말고 이케한테 해줘."

연기는 죽지 않고 봉화로 바뀌어 그 역할을 다하고 있었다. 이름이 불리자 이케가 다가왔다.

"이 연기를 보면 숲에서 길을 잃어도 캠프지로 돌아올 수 있겠지?"

"아, 그래서 우리도 바로 돌아올 수 있었구나. 다 칸지 덕분이었어!"

그만큼 다른 반에 노출될 위험도 안게 되는 것은 어쩔 수 없는 부분이겠지만.

쿠시다뿐 아니라 다른 아이들도 짐작 가는 부분이 있었는지 감탄한 표정으로 고개를 끄덕였다. 의도치 않게 존경의 눈빛과 주목을 받아 우쭐해할 줄 알았는데, 이케는 쿠시다가 아닌 시노하라에게 향했다.

"……야, 시노하라. 아까는 포인트를 지키기 위해서였지만 내가 말이 너무 심했다. 미안하다."

"가, 갑자기 왜 사과하는 거야."

"생각이 났어. 내가 처음 캠핑했을 때 말이야. 그때 화장실이 정말 형편없었거든. 벌레가 기어 다니는 건 예사였고, 어찌나 더럽던지. 그래서 볼일을 보는 게 너무 싫어서 부모님 보고 빨리 집에 돌아가자고 졸라댔던 내 모습이 불현듯 떠오르더라고. 하물며 넌 여자애니까……."

이케는 스스로 상황을 파악해서 냉정해질 줄 아는, 아주 우수한 인간이었다. 딱히 눈에 띄지 않는 나 따위보다 훨씬 나은 존재. 물론 지금 그 한마디를 쥐어짜내기까지는 적잖은 용기가 필요했으리라. 하지만 그 용기와 사과는 느리지만 서서히 전염되어갔다. 드디어 시노하라도 겸연쩍은 투로 이렇게 말을 이었다.

"나도…… 아까는 미안했어. 강물을 못 마시겠다느니…… 너무 감정적으로 나왔던 것 같아. 뭔가 조금은 노력하지 않으면 포인트를 남길 수 없는 건데."

둘 다 상대방의 눈을 제대로 쳐다보지는 못했지만, 이것으로 화해는 된 듯하다. 어쩌면, 정말 어쩌면 D반은 우리도 모르게 반 포인트를 남기게 될지도 모르겠다. 그런 예감, 조짐을 다른 아이들도 느끼지는 않았을까?

그래서 더욱 히라타는 이번 기회를 놓치지 않겠다고 결심한 표정으로 손을 들어 모두의 주목을 구했다.

"모두에게 꼭 하고 싶은 이야기가 있어. 이번 특별시험은 우리가 다 처음 겪는 것들뿐이야. 그래서 당혹스럽다는 거 잘 알아. 각자 가치관이 다르니까 싸움이 일어나는 것도 당연해. 하지만 당황하지 말고 너무 동요하지도 말고, 서로를 믿으면서 앞으로 나아갔으면 좋겠어."

그렇게 힘주어 말한 후, 차분하면서도 또랑또랑한 목소리로 본격적인 이야기를 시작했다.

"1포인트라도 더 많이 남기고 싶은 마음이야 누구나 똑같다고 생각해. 그래서 나 나름대로 현실미가 느껴져서, 목표가 되는 숫자를 도출해봤거든. 시험 종료 때 120포인트 이상 남길 수 있는지 없는지. 우리 D반은 그 부분이 승부처라는 생각이 들어."

"그러니까, 180포인트나 쓸 셈이야? 쉽게 받아들일 수는 없어, 히라타."

포인트를 절반 넘게 쓰는 쪽으로 계산한 히라타의 발언을 용납하지 못하고 유키무라가 노려보았다.

히라타는 주위에 잘 보이도록 땅 위에 매뉴얼을 펼치고 결론에 도달한 이유를 설명하기 시작했다.

"일단은 내 말을 끝까지 들어줬으면 좋겠어. 가령 모든 식사를 포인트로 커버한다고 가정할 때 제일 지출이 적은 형태를 고르면 영양식과 생수 세트가 돼."

음식과 음료수는 반 단위로 각각 한 끼에 6포인트인데,

세트로 하면 한 끼에 10포인트로 끝낼 수 있다. 하루에 두 끼를 먹는다고 하면 20포인트. 오늘 밤과 시험 종료 날은 한 끼로 끝낼 수 있으니 합계 12식. 총 120포인트. 최종일에 먹지 않고 참는다고 가정하면 110포인트라는 계산이 나온다. 여기에 가설 화장실 20포인트와 남자용 텐트 두 개 20포인트를 합하면 150포인트. 나머지 30포인트는 일주일간 생활하면서 필요한 것을 사는 식으로 해서, 총 180포인트는 쓴다는 생각으로 한 계산이었다.

하나의 근거를 바탕으로 설명하는 히라타의 말에 모두 묵묵히 귀를 기울였다.

"남는 게 120포인트라고 하면 갑자기 너무 적게 느껴지겠지. 하지만 그건 일시적이랄까, 300이라는 숫자를 너무 의식한 것뿐이라고 생각해줬으면 해. 그 이유는 중간고사와 기말고사의 결과를 보면 이해하기 쉬울 거야."

우리는 여름방학 전에 친 필기시험으로 반 포인트가 변동되었다. 그때 제일 우수했던 A반조차 포인트 변동이 100에 못 미쳤던 것이다. 그런 상황을 보면 120포인트는 결코 적은 숫자가 아니라는 사실을 알 수 있다. 게다가 시험 종료 시에는 스팟을 점유했던 횟수에 응하는 보너스 포인트도 들어오니까, 실제로는 더 많이 남을 것이다.

"그리고 방금 그건 내가 생각한 하한 포인트 이야기야. 만약 하루치 식량과 물을 찾아 해결할 수 있다면 그것만으로도 20포인트를 온존할 수 있다는 계산이 되니까. 일주일간

마실 물 고민이 사라진다면 50포인트 이상 달라지지."

가까이에서 흐르는 강을 바라보며 히라타가 말했다. 그걸로 강의 중요성이 한방에 전해졌으리라.

"그렇구나…… 우리가 참으면 그만큼 달라지는구나……."

같은 내용을 이야기하더라도 그 논조와 순서에 따라 전달되는 느낌이 크게 달라진다. 히라타의 말솜씨는 거의 완벽에 가까웠다. 먼저 하한 포인트부터 말한 다음 최종적으로 200포인트에 가까운 수치를 남길 가능성까지 알려준다. 그렇게 해서 무리 없이 반 아이들에게 높은 목표 의식을 심어주는 데 성공했다. 노력하면 많은 포인트를 남길 수 있다, 가 아니라 아주 사소한 노력을 거듭하다 보면 포인트가 점점 불어난다, 이렇게 생각하면 마음도 편해지리라.

"그렇게 하면 되겠네, 히라타. 최소 120포인트는 남길 수 있다. 그리고 참으면 참을수록 추가로 포인트를 벌 수 있다는 거잖아? 한번 해보자고."

가장 큰 대립 후보로 생각했던 이케가 시원시원하게 찬성을 표시했다. 스도와 야마우치도 별수 없다는 표정으로 동조했다. 유키무라는 지금 상황이 기대에 어긋나는 듯 보였지만, 같은 무리인 이케가 히라타의 편을 들어주는 바람에 포기 상태였다.

"아, 그렇지, 히라타. 좀 확인해줬으면 하는 게——."

야마우치가 이부키 이야기를 까먹고 있어서 어쩔 수 없이 내가 입을 열었다. 하지만 반이 분위기를 탄 듯 의논이 끊어지지 않아서 끼어들 틈이 없었다.

"인기인의 숙명이구나…… 조금만 더 있다가 말할까."

나는 멀찌감치 떨어져 이 광경을 구경하는 이부키에게 다가가 가볍게 말을 걸어보기로 했다.

"미안하다. 조금만 더 기다려줘. 너에 대해 의논해볼게."

"별로 무리할 필요 없다니까. 신세를 져서 미안하기도 하고."

자기 자신에게 혐오감을 느껴서인지 이부키는 풀을 거칠게 잡아 뜯었다.

"어차피 난 곧 여기서 쫓겨날 거야. 내 말이 틀려?"

"모르겠어. 히라타는 남보다 배로 착한 애라서."

이부키의 사정을 알면 쫓아낼 것 같지는 않은데.

"아까는 내 소개를 안 했지. 난 아야노코지야."

"나도 다시 한 번 하는 편이 좋나?"

"아니, 됐어. C반의 이부키. 제대로 외워뒀으니까."

다시금 통성명을 하고 얼굴을 마주했지만, 역시 이부키는 눈을 맞추려고 하지 않았다.

"참고로 물어보겠는데, 이 중에서 강물을 마셔도 괜찮다는 녀석 있으면 손들어봐."

이부키와 함께 D반 아이들의 모습을 지켜보니, 다음 의제로 넘어가려고 하고 있었다.

이번에는 강요가 아니라 아이들의 의견을 살피기 위한 이케의 질문이었다. 물론 자신이 솔선해서 손을 든다. 남자의 반에 가까운 수가 동의한다고 손을 들었다. 시노하라는 살짝 망설였는데, 이케가 무리하지 말라고 다정하게 말해주었다.

"나, 나도 노력하고 싶은데…… 좀 무섭, 다고 할까."

"아까 스도가 말했던 물을 끓여서 먹자는 이야기, 난 나쁘지 않다고 생각해. 바로 마시는 게 무서우면 일단 시험 삼아 끓여 먹어보는 것도 괜찮지 않아?"

그거라면, 하고 소수지만 찬성하는 아이들이 추가되었다. 타이밍이 다를 뿐 한 번은 거부당했던 안건이 이번에는 순조롭게 통과되었다. 시노하라도 주뼛거렸지만 손을 들었다.

"잘 마실 수 있을지는 모르겠지만…… 도전해볼게."

"나도 찬성이랄까. 처음 한 모금 마시는 것만 성공하면 분명 괜찮을 거라고 봐."

다음 아이가 계속해서 찬성하기 쉽도록, 쿠시다도 시노하라의 뒤를 이어 손을 들었다. 집단적 심리가 작용한 영향이었을까. 나와 호리키타를 제외한 전원이 손을 드는 예상 밖의 전개가 펼쳐졌다.

시선이 서서히 모이자, 귀찮아서 손을 들지 않았던 우리도 가볍게 손을 들어 답을 대신했다.

다만 전원이 갑자기 강물을 마시기에는 무리가 따른다. 그래서 안전한 물도 준비하고 다 쓴 페트병을 유효하게 사용하자는 제안으로 물 구매를 결정했다.

"부탁할게, 이케. 부디 앞으로 힘을 많이 보태줬으면 좋겠어. 우리 반에서 제대로 된 캠핑 경험이 있는 사람은 너

뿐인 것 같은데…… 도와줄 수 없을까?"

"그, 그야, 뭐 도저히 안 되겠다면 도와주는 것 정도야."

"고마워!"

무뚝뚝한 이케의 대답이 기뻤는지 히라타가 펄쩍 뛰며 좋아했다. 제일 불만을 말할 것 같은 시노하라도 따지지 않았다. 이케는 곧바로 식량에 대한 의견을 구했다.

"일단 오늘은 이제 곧 해도 지니까 부탁할 수밖에 없겠지. 하지만 내일 이후부터는 좀 생각해볼게. 근처에 먹을 만한 게 여러 가지 있는 것 같고, 조사해볼 테니까."

"근처라니 그게 무슨 말이야? 쿠시다랑 애들이 찾은 과일과는 별개로?"

"어어, 이 강. 물고기를 낚아 먹으면 된다는 말이지. 언뜻 봐도 여기에 물고기가 꽤 많이 있는 것 같더만. 그럼 어느 정도는 포인트 지출을 막을 수 있다고 생각해. 낚은 물고기를 모닥불에 구워 먹으면 틀림없이 맛있을 거라고."

"맛이 있을지 없을지는 그렇다고 치고, 물고기를 어떻게 낚을 셈인데?"

"그야 이런 식으로 잠수해서? 해본 적은 없지만."

이케가 수영하는 동작을 취했지만, 잠수해서 물고기를 낚기란 말처럼 그리 쉽지 않으리라.

"맨손으로 물고기를 잡는 건 무리라도, 낚시는 충분히 현실적이야."

히라타가 그렇게 말하며 매뉴얼에 기록된 어느 사항을 손가락으로 가리켰다. 그곳에는 낚싯대라는 글자가 적혀 있었는데, 그것도 종류별로 몇 개씩 대여해주는 모양이었다.

"미끼낚시용 낚싯대는 1포인트, 루어 낚싯대는 2포인트네."

다시 말해서, 의외로 어렵지 않게 본전을 뽑을 수 있을 듯하다. 경우에 따라서는 1포인트만으로 하루 내지 이틀 치의 식사를 해결하는 성과를 얻을지도 모른다. 반대로 물고기를 하나도 못 낚았다고 하더라도 최소한의 지출이니 그리 큰 손해는 아니리라. 반대 의견이 나오지 않자 이케가 상기된 목소리로 말했다.

"그럼 결정됐군. 낚싯대를 사자고. 물론 싼 걸로."

이렇게 해서 내일부터 숲에서 식량을 조달하고 낚시로 물고기를 확보하자는 목표로 정해졌다. 낚시에 성공하거나 채소 등을 구한 후에는 추가로 5포인트를 써서 조리도구 세트를 구매하기로 합의했다.

그리고 20포인트를 써서 샤워실도 하나 설치하기로 했다. 강한 반대 의견이 나올 것이라고 예상했지만, 차가운 물로만 씻으면 컨디션을 해칠 가능성이 높다는 점과 밤중에 한정해 남자들도 쓸 권리를 줬다는 점 그리고 여자 전원이 강물을 마시도록 노력해보겠다고 긍정적인 의견을 표명한 점을 내세워 반대파를 이해시킨 끝에 가결되었다.

"그런데 말이야…… 저 애, C반의 이부키 아니야? 전에 본 적 있는데."

사토라는 여학생이 멀리서 조용히 앉아 있는 이부키를 수상한 눈빛으로 쳐다보았다. 말을 꺼내기 전에 먼저 알아차렸으니 내가 나설 필요도 사라졌다.

"음, 그게 저 반에 문제가 좀 있었던 것 같더라고……."

반에서 혼자 고립된 것 같다고, 조금 당황하며 야마우치가 설명했다.

"그렇군, 그건 올바른 판단이야. 내버려둬서는 안 되지."

"하지만 히라타…… 스파이일지도 모르잖아? 리더를 알아내야 한다는 규칙도 있는데……."

"아, 그런가…… 그런 가능성도 있나……!"

야마우치는 지금 깨달았다며 머리를 감싸 안았다. 가능하면 제일 첫 단계에서 깨달아주길 바랐는데.

"지금 확인하고 올게. 야마우치랑 아야노코지도 괜찮아?"

이부키와 면식이 있는 두 사람을 부른 히라타는 이부키에게로 다가갔다. 사쿠라를 제외한 것은 히라타의 인기남다운 배려겠지. 사쿠라도 남들의 주목을 받지 않아도 된다는 사실에 안도하는 표정이었다.

"시간 좀 내줄래? 이부키. 자세한 이야기를 들려줬으면 좋겠는데."

"역시 방해되지, 난? 도와줘서 고마웠다."

본인은 멋대로 결론을 내리고 재빨리 자리를 뜨려고 했다.

"잠깐 기다려. 무슨 일이 있었는지 이야기해줄 수 없을까……? 도움이 되고 싶어."

히라타가 말끝을 강하게 누르며 이부키를 불러 세웠다. 부풀어 오른 얼굴을 보니 히라타도 단순한 일이 아니라는 것을 깨달았나.

"기다려봤자 달라지지 않는 일도 있잖아. 너희의 시간을 더는 허비하게 만들고 싶지 않아."

"이건 시험이니까 너를 의심하는 애가 있는 건 어쩔 수 없어. 하지만 다친데다가 반으로 돌아갈 수 없는 너를 쫓아내는 짓은 하고 싶지 않아. 야마우치도 그렇게 생각해서 널 여기에 데리고 온 거겠지. 그러니까 사정을 자세히 들려줬으면 좋겠어."

"말한다고 해서 해결되는 문제가 아니야. 그리고 나, 아까 너희가 나눈 이야기도 다 들었어. 더 이상 작전이 새어 나가는 건 싫겠지?"

이부키가 시선을 회피하며 다시 걸음을 옮기려고 했다. 그것을 히라타가 살짝 강제적으로 잡아 돌려서 막았다.

"네가 정말 스파이라면 스스로 쫓겨날 말은 하지 않겠지. 안 그래?"

"이제 됐다니까. 난 그냥 잘 수 있는 곳을 찾을 뿐이야."

역시 C반으로는 돌아가지 못하는 것이다. 이제 곧 해가 저물고 밤이 찾아온다.

"이 숲속에서 여자 혼자 노숙을 하다니, 너무 무모해."

"무모하더라도 그 수밖에 없어. 나를 돕는다고 너희가 얻는 이익은 하나도 없을 텐데."

"이익이고 손해고 그런 건 상관없어. 어려움에 빠진 사람을 내팽개칠 수 없는 것뿐이야. 모두가 그렇게 생각해."

여자가 홀딱 넘어갈 산뜻한 페이스. 히라타는 그 얼굴을 우리에게도 아낌없이 보였다. 저런 식으로 말하면 포로가 된 인간에게 저항할 방법 따위 없다.

이부키는 히라타의 각오를 듣고, 자신도 결심이 선 듯 무거운 입을 열었다.

"반의 어떤 남자애랑 싸웠어. 그 녀석한테 맞고 쫓겨났지. 그게 전부야."

"너무 심했다…… 여자를 때리다니."

나도 예상하지 못한 일이었다. 당연히 여자들끼리 싸우다가 손을 휘두른 것이라고 생각했는데.

"더 자세히 이야기할 생각은 없어. 너희한테 숨어 있을 생각도 없고. 그럼 난 간다."

"잠깐만. 네가 정말로 힘든 상황이라는 걸 알았고, 사정도 이해했어. 조금만 시간을 주지 않을래? 그럼 다른 애들한테도 사정을 말하고 네가 여기 있을 수 있도록 부탁해볼게. 아야노코지, 이부키 옆에 좀 있어줄래? 우리는 애들한테 사정을 설명하고 올 테니."

그렇게 말한 후 두 사람은 나를 남기고 무리로 돌아갔다. 나를 믿어서 남겨둔 것일까, 아니면 야마우치가 더 믿음직스러워서 데리고 간 것일까. 좀 신경 쓰이는 부분이다.

"정말 착해빠졌네, 저 녀석."

"사람은 많든 적든 원래 그런 구석이 있잖아. 너도 비슷하지 않아?"

"전혀……. C반에는 저런 착한 애 거의 없어."

이부키는 그렇게 말하며 다시 앉더니, 무릎을 끌어 앉고 얼굴을 파묻었다.

의논한 결과, 히라타의 설득도 있고 해서 이부키를 받아주기로 결정 났다. 그중에는 강하게 반대를 표명한 학생도 있었지만, 어쨌든 C반은 점호 때마다 포인트를 토해내야 한다. 그것을 기회라고 생각하고 최종적으로는 받아들인 모양이었다. 히라타는 그럴 의사가 전혀 없었겠지만, 다른 학생들은 그렇지 않다. 실리가 있으니까 받아들이기로 했겠지. 하지만 이곳의 점유권 문제는 무척 예민하다. 이부키에게는 제대로 설명한 다음, 부주의하게 장치로 다가가지 않을 것을 약속받았다. 호리키타가 리더라는 사실이 발각되면 크나큰 손실이 생기니 당연한 행동이다.

그런 후에 우리는 차바시라 선생님을 찾아가 오늘 밤 필요한 음식과 물 세트, 남자용 텐트 두 개를 주문했다. 히라타와 이케의 도움도 있어서 텐트는 쉽게 설치되었다. 해 지기 직전에는 모든 준비가 끝나, 학생들은 저마다 자유로이 식사를 시작했다.

"자, 이부키. 이거 먹어."

혼자 멀찍이 떨어져 조용히 앉아 있던 이부키에게 쿠시다가 다가갔다.

그리고 영양식과 생수를 하나 내밀었다.

"뭐야, 이게……. 이걸 왜 나한테?"

"배 많이 고프지?"

"음식은 반 인원수대로 지급되잖아? 여분이 없을 텐데."

"응. 하지만 괜찮아. 우리는 애들끼리 나눠 먹기로 했으니까."

조금 멀리서 쿠시다의 일행 네 명이 이부키 쪽으로 손을 흔들었다. 즉, 삼인분의 음식과 물을 넷이서 나눠 먹고, 남은 영양식 하나는 이부키에게 주겠다는 뜻이다.

"너희들 바보야? 얘나 쟤나 온통 심하게 착해빠진 애들뿐이군."

"사양하지 말고 먹어줘. 그리고 나중에 같이 이야기나 나누자. 텐트에서 기다리고 있을게."

쿠시다는 그렇게 말한 다음 무리로 돌아갔다.

자기가 먹을 양을 줄여가며 다른 반 아이를 돕는 것은 간단해 보이지만 참 어렵다.

모두의 행복을 바라는 쿠시다여서 가능한 선행행위이리라.

"야, 이렇게 보니까 그림이 딱 나오네, 여자애들도."

밥을 먹던 야마우치가 각각의 그룹을 손가락으로 가리켰다.

"카루이자와가 이끄는 여제 팀. 쿠시다의 절친 팀에 시노하라의 거만 팀. 그리고 호리키타와 사쿠라는 혼자."

남자는 비교적 모두 뭉쳐서 밥을 먹는 반면 여자는 저마다 그룹끼리 모여 서로 거리를 두고 있다.

거기에는 벽이랄까, 틈이 분명히 존재하는 것 같아서 마치 서로 다른 반 같았다.

예외가 있다면 쿠시다 무리는 중립인 것처럼 모두와 잘 지낸다는 부분이려나?

"사쿠라가 가여워, 혼자 있다니. 내가 가서 같이 먹어줄까나?"

"그건 그만두는 편이 좋지 않을까? 아마도 무서워하지 싶은데."

"제기랄. 가까워지고 싶은데, 성격이 너무 소극적인 것도 문제군……."

사쿠라의 성격을 봤을 때 야마우치같이 강인한 타입이 접근하기 어려워할 수도 있겠다.

내가 충고했지만 야마우치는 고민되는 듯, 다가가고 싶어서 몸이 근질근질한 모습이었다.

"뭐야, 하루키. 혼자서 미녀 구경이라니, 치사하게. 나도 끼워주라."

기묘한 행동을 반복하는 야마우치의 시선을 본 이케가 착각하고 다가왔다.

"역시 언제 봐도 사쿠라의 가슴은 죽여준다니까. 고등학교 1학년의 가슴 크기가 아니야. 옷이 빵빵한 게 꼭 터질 것 같잖아. 너무 야해. 그 부분만큼은 키쿄보다 더 매력적이야."

이케가 사쿠라의 가슴을 뚫어지게 쳐다봤다. 그러자 야마우치가 이케의 시야를 가로막았다.

"야, 무슨 짓이야."

"네 멋대로 음란한 눈빛으로 사쿠라를 보지 마. 넌 쿠시다가 있잖아."

"그거야 그렇지만. 괜찮지 뭘 그래. 아이돌은 우리 모두의 것이잖아? ……하루키, 너 설마 사쿠라를──."

"그, 그런 거 아니거든. 자, 빨리 먹기나 하자고."

아무래도 야마우치는 사쿠라로 목표 대상이 바뀌었다는 것을 비밀에 부치고 싶은 모양이었다.

이런 캠핑 중의 밤은 어쨌든 시간이 많이 남아서 어쩔 수가 없다. 연애 이야기로 불타오르는 것이 지극히 자연스러운 흐름인가. 그런데 분담해서 음식을 나눠주던 히라타가어떤 사실을 알아차렸다.

"앗? 그런데 코엔지는?"

모두 다 모였다고 생각했는데, 유일하게 코엔지의 모습만찾을 수 없었다.

"코엔지라면 몸 상태가 안 좋다고 호소하면서 배로 돌아갔다. 물론 건강관리를 못 했다는 이유로 이미 너희는 30포인트가 깎인 상태란다. 규칙이니 어쩔 도리 없지. 코엔지는 탈락자가 되어 일주일간 배에서 치료받고 대기할 의무가 있다."

"네에에에에에엣?!!!"

충격의 비명이 일제히 터져 나왔다.

"웃기지 말라고 해, 코엔지 놈! 도대체 무슨 생각인 거야!"

평소 냉정한 편인 유키무라가 소리를 빽 지르며 땅을 찼다.

한없이 자유로운 영혼이라고 생각은 했지만, 설마 제멋대로 시험을 포기할 줄이야. 녀석은 A반에 올라갈 필요성을 느끼지 못하고 있다. 자신이 편해지기 위해 반이 30포인트를 잃는 것쯤 아무렇지도 않겠지.

"젠장! 30포인트나 잃었어! 최악이야!"

남녀 할 것 없이 코엔지의 행동에 격분했지만, 당사자가 이 자리에 없으니 어디 풀 곳도 없다. 코엔지의 하이톤 웃음소리가 모두의 머릿속에 울려 퍼졌다.

이름	히라타 요스케
반	1학년 D반
학적번호	S01T004698
동아리	축구부
생일	9월 1일

평가	
학력	B
지성	B
판단력	B+
신체능력	B
협조성	A-

면접관 코멘트

중학교에서는 반의 중심인물로 학생, 교사들로부터 절대적인 신뢰를 얻은 학생이다. 표면상 문제 행동 등을 일으킨 적도 없는 무척 우수한 학생이지만, 일부 증언으로 당시 뉴스에도 나온 어떤 사건에 연루되었다는 사실이 밝혀졌다. 따라서 A반 배정을 보류, D반으로 한다.

담임 메모

D반의 남녀 모두에게 신뢰받는 중심인물로 활약하고 있다. 경과 관찰을 계속한다.

○움직이기 시작하는 라이벌들

아침에 생각보다 훨씬 빨리 눈이 떠졌다.

다시 잠을 청하려 해봐도 더위 때문에 잠은 오히려 더 달아날 뿐이었다.

등에서 따뜻한 감촉이 느껴져, 그제야 내가 텐트 안에서 하룻밤을 보냈음을 떠올렸다. 그런데 땀 냄새가 조금 지독하다. 텐트는 용도에 따라 메쉬 소재로 바꿀 수 있어서 밤바람을 쐴 수 있어 다행이었지만, 해가 뜨자 기온이 상당히 올라간 상태였다.

나는 다른 아이들이 깨지 않도록 조심조심 텐트를 빠져나와 산처럼 쌓인 짐으로 다가갔다.

남녀가 각각 텐트 앞에 모든 짐을 모아두었다.

텐트를 최대한 넓게 쓰기 위해 짐을 텐트 안에 두지 않기로 했기 때문이다. 주위를 둘러봐 아무도 없음을 확인한 나는 하나만 색깔이 다른 가방을 찾아 가까이 다가갔다.

그것은 어제 우리 베이스캠프에 온 이부키의 가방이었다. 가방은 반마다 색깔이 달라서 알아보기 쉬웠다. 나는 망설임 없이 손을 뻗어 가방을 잡고는 천천히 지퍼를 열었다.

이 장면을 누가 보기라도 한다면 그 순간 변태라는 오명이 널리 퍼지겠지.

가방 안에는 수건, 갈아입을 옷과 속옷 등 기본적으로 남들과 같은 물품들이 들어 있었다. 그런데…….

"디지털카메라……?"

어제 야마우치와 옥신각신했을 때 가방이 나무에 부딪히면서 났던 둔탁한 소리의 정체는 무인도와는 전혀 어울리지 않는 이 아이템이었던 것. 카메라의 바닥면에는 대출용 스티커가 붙어 있었다. 이부키는 왜 이런 것을 가지고 있을까? 이유를 생각해보았다. 만약 내가 이부키라면. 그렇게 가정해서 그림을 그려보니, 몇 가지 가능성이 떠올랐다.

나는 디지털카메라를 꺼내 전원을 켜고 내용을 확인했다. 사용된 흔적이 없었고 아무 사진도 들어 있지 않았다. 대충 물색을 끝낸 나는 짐을 원래 자리에 되돌려 놓고 텐트로 들어갔다.

"안녕, 아야노코지. 화장실 갔다 왔어?"

자고 있었던 히라타가 어느새 깨서 뒤돌아보며 물었다.

내 손이 필요 이상으로 젖은 것을 보고 그렇게 생각했겠지.

"어. 혹시 나 때문에 깬 거야?"

"아니. 아무래도 이런 환경에서는 푹 잘 수가 있어야지. 아야야…… 허리가 쑤신다. 역시 밑에 매트나 뭔가를 안 까니까 몸에 바로 반응이 오네."

하긴 베개도 매트도 없이 밀집된 상태로 자는 것은 불편했지만, 그래도 우리 말고 다른 아이는 아직 색색거리며 자고 있었다. 여기저기 돌아다니느라 많이 피곤했으리라.

"우리가 어제 쓴 포인트는 코엔지의 기권까지 포함해서

총 100포인트 정도야. 모두에게는 최소 120포인트를 남길 수 있다고 말했지만, 실제로 얼마나 남길 수 있을지 의문이네……. 그런 걸 생각하다 보니 잠이 안 와서."

매뉴얼을 꺼내 상황을 확인하는 히라타. 코엔지의 기권이 꽤 타격이 크다.

"힘들겠다. 반을 통솔하는 역할도."

나로서는 도저히 할 수 없는 일이다. 나는 옆에서 매뉴얼을 곁눈질했다. 그러자 히라타가 나도 보기 쉽도록 매뉴얼 위치를 조절해주었다. 이러한 세심한 배려가 고맙다.

"좋아서 하는 일일 뿐이야. 가능한 한 우리 반 모든 애가 행복하게 있을 수 있다면 난 그걸로 만족해. 그런데 그게 생각보다 어려워서. 특별시험 포인트를 얼마나 남기는지에 따라 앞으로의 학교생활이 크게 좌우되잖아. 그렇다고 무리해서 고생하게 하는 것도 틀렸다고 생각하고."

우리 반 모든 애가 행복하게 있을 수 있다면, 이라. 그것이 가능하다면 정말 꿈같은 이야기다.

하지만 불가능에 가까우리라. 이 학교의 시스템이 그것을 말해준다.

"A반을 노리고 싶은 애가 있고, 그냥 D반인 채 있고 싶은 애도 있다면 어떻게 할 거야?"

물어봤자 의미 없다는 사실을 알면서도 나는 무심코 짓궂은 질문을 던지고 말았다.

이 선의로 똘똘 뭉친 히라타의 의견이 궁금했던 것이다.

"어려운 문제지. 윗반을 노린다는 건 그만큼 모두에게 무리를 강요해야 한다는 거니까. ……미안, 바로 대답할 수 없는 질문이야."

몇 번이나 고민한 적이 있는지, 히라타가 살짝 사과하며 희미하게 웃었다.

"아야노코지는 A반을 노리고 싶은 쪽? 아니면 학교생활을 즐기는 걸로 그만인 쪽?"

"어느 쪽이냐고 묻는다면 학교생활 우선이지. 현실적으로 A반에 올라갈 수 있다고는 생각하지 않아."

"그래? 나도 간단하지 않다는 느낌은 들어. 가령 반이 단합해서 A반을 목표로 한다고 해도 우리가 짊어진 첫 한 달의 실패가 무척 크니까."

히라타는 많은 말을 하지는 않았지만 다른 아이들까지 포함해서 이렇게 생각하고 있겠지.

상위 반인 A반이 떨어지지 않는 한 아무리 노력해도 차이는 쉽사리 줄어들지 않는다.

1,000포인트에 가까운 차이를 메꾸기란 정말 힘든 일이다.

이 시험에서 효율적으로 생활해서 얻을 수 있는 포인트는 D반의 상황에서 볼 때 100에서 150. 한 단계 윗반을 쫓아가 역전하는 것조차 하늘의 별 따기다.

"초조해할 필요는 없다고 생각해. 지금은 일단 D반이 단합해서 시험을 극복해야 해. 그러면 천천히 다음 목표가 보일 거야."

그 방법을 취하는 것은 히라타의 자유다. 그리고 많은 아이가 찬성하겠지.

우선은 눈앞의 작은 포인트를 얻기 위해 조금씩 노력해서 반 포인트를 벌어들인다. 다른 반과의 차이를 일단 묵인한다면 그리 나쁜 생각이 아니다. 히라타는 가볍게 양해를 구한 후 아무도 깨지 않도록 조용히 텐트를 빠져나가 화장실로 향했다.

나는 히라타가 나가면서 생긴 공간에 누워 몸을 쭉 폈다. 적어도 A반은 동굴을 차지하고 있고, B반과 C반 역시 어느 스팟을 점유했다고 봐야 할 것이다. 우리가 강을 점유했다고는 해도 그것만으로 우위에 섰다고 말하기는 어렵다.

나는 텐트 안을 스윽 둘러보고 모두 자고 있다는 것을 확인한 후 매뉴얼 속에 있는 다섯 장가량의 백지 중 한 장을 깔끔하게 뜯어냈다. 그리고 볼펜을 빌려 간략한 섬 지도를 베낀 후 살짝 접어 주머니에 넣었다.

잠시 뒤 화장실에서 돌아온 히라타가 텐트 입구에서 안으로 고개만 내밀었다.

"같이 세수하러 안 갈래?"

거기에는 동의한다. 해가 떠서 텐트 안 온도도 점점 올라가고 있다. 우리는 근처 강에 가기로 했다. 그리고 비닐로 싼 짐에서 수건을 꺼냈다. 히라타는 가방을 연 김에 매뉴얼을 넣는지 시간이 조금 걸렸다. 딸각딸각하고 플라스틱이 부딪치는 소리가 났다. 히라타의 가방에는 액세서리가 달려 있었다.

"혹시 그거 카루이자와한테 받은 선물인가?"

"어떻게 알았어? 아니, 그냥 쉽게 짐작이 가는 건가."

하긴 하트 마크가 들어간 액세서리를 보면 짐작하기 그리 어렵지 않다.

강에 도착하니 생각지 못했던 인물이 그곳에 있었다.

"이런 데서 뭐하는 거야?"

B반 칸자키가 D반 베이스캠프의 상황을 살피고 있었다. 그리고 조금 더 멀리서 처음 보는 남학생이 우리를 보고 있었는데, 아마 그도 B반 학생이겠지.

이렇게 이른 시간에 우리가 텐트에서 나올 줄은 몰랐는지 살짝 당황한 표정을 지었지만, 이내 냉정함을 되찾았다.

"하루가 지나 어떻게 됐는지 궁금해서 말이야. 살짝 보려고 와봤어. 좋은 곳을 찾아냈구나."

그는 강가에 서서 베이스캠프를 보며 솔직하게 감탄했다. 특별히 다른 속내가 담긴 발언은 아닌 듯하다.

"그러고 보니 너는…… B반 칸자키, 였지?"

히라타는 칸자키를 본 적 있는지 이름까지 확실히 기억하고 있었다.

"놀라게 한 것 같네. 미안하다, 너무 기분 나빠하지 말아줘."

그렇게 사과한 칸자키는 우리에게서 등을 돌려 걸어가기 시작했다.

"칸자키. B반은 베이스캠프가 어디야?"

알려줄지 모르겠지만, 시험 삼아 물어보았다. 그러자 칸자키가 싫은 기색 하나 없이 뒤돌아보며 이렇게 답했다.

"여기서 길을 따라 바닷가로 돌아가다 보면 도중에 꺾인 큰 나무가 있잖아. 거기에서 남서쪽으로 숲에 좀 들어가면 B반이 있는 캠프지가 있어. 큰 나무가 있는 데서 들어가면 헤맬 일은 없을 거야. 필요하면 와도 상관없다고 말 좀 전해줘."

그는 그 말을 남기고 돌아갔다. 옆에 있던 히라타가 이상하다는 표정으로 나를 쳐다보았다.

"친구였구나? 그런데 전해주라니, 그게 무슨 뜻이야?"

"글쎄, 무슨 의미려나?"

칸자키, 이치노세와 호리키타는 지난번 스도의 누명 사건으로 일단 협력 관계가 되었다. 그쪽은 아직도 같은 편이라고 생각해줄지 모르겠지만.

"포인트를 어떻게 소화했는지 보려고 D반을 정찰하러 온 건가?"

살짝 난처한 표정을 지은 것만 봐도 목적 중 하나였음은 틀림없다.

화장실, 샤워실, 텐트 등 그 수만 봐도 확실한 소비 포인트를 확인할 수 있다. 하지만 칸자키 일행이 알고 싶었던 것은 그것이 전부가 아니리라. 우리 반의 리더가 누구인지 알고 싶었을 것이다. 스팟의 점유권은 8시간마다 소멸된다.

즉 역산해서 갱신 타이밍을 노리는 것도 가능하다. 하지만 당연히 우리도 그것을 이미 가정하고 있다.

그래서 어제 두 번째 갱신 시간을 일부러 늦춰 8시가 조금 지난 뒤에 점유권이 소멸하도록 조정해두었다. 이렇게 하면 점호 직후에 다 함께 모여 위장하면서 갱신할 수 있다.

정찰 당한 것에 불만은 하나도 없는지 강에서 세수하는 히라타.

고르자면 불안 쪽이 큰 듯하다. 히라타는 수건으로 얼굴을 닦으며 중얼거렸다.

"우리 작전이 틀린 건 아닐까……. 다른 반에 못 이기더라도 적어도 단결해서 시험을 통과하고 싶은데. 그러니까 리더의 정체가 들통 나지 않으면 좋겠어."

물에 젖은 머리카락이 반짝반짝 빛났다. 싱그러움이 넘치는 이 미남은 고민이 끝도 없나 보다.

"그렇게 걱정할 필요는 없지 않을까? 좀 더 편하게 마음먹는 게 좋아."

"고마워. 그렇게 말해주니 순수하게 기쁘다."

얼굴을 다 씻은 나는, 손으로 강물을 떠서 입으로 가져갔다. 숲의 살인 더위 속에 있어도 강물은 시원하고 맛있었다.

강물은 지하수가 솟아올라 강으로 유입된 것으로, 잘 따뜻해지지도 잘 식지도 않는 성질이 있으며 상류에서 흘러오기 때문에 수온이 잘 올라가지 않는다.

거점으로 이곳을 점유한 것은 굉장한 행운이 아닌가.

"우선 우리의 잠자리 환경을 제대로 정비해야 할 것 같아. 여기는 땅이 딱딱하니까 매트 같은 쿠션 대신이 될 게 없으면 일주일을 버티기 정말 힘들어. 다들 일어나면 의견을 모아서 행동으로 옮겨볼게. 다 같이 힘을 모아 노력해야지."

1

아침 점호를 마친 우리는 자유행동에 들어갔다. 물론 히라타는 믿을 만한 반 친구들에게 지시를 내리고, 포인트 절약을 위한 작전도 개시했다. 한편 그다지 도울 생각이 없는 학생, 나나 호리키타같이 혼자 있기를 좋아하는 인간은 각자 좋을 대로 움직이기 시작했다.

"뭐야, 네 녀석들은!"

갑자기 이케의 화난 목소리가 캠프지에 울려 퍼졌다. 나는 상황을 파악하려고 목소리가 들린 방향으로 쳐다보았다. 그러자 그곳에 두 남학생이 히죽거리며 서 있었다.

순간 몹시 불쾌한 표정을 지은 이부키는 텐트 그늘에 숨었다.

"코미야와 콘도인가……."

중얼거린 이부키와 마찬가지로 나 역시 그 이인조는 낯이 익었다. C반 남자애들이다.

"이야~ 상당히 검소하게 지내는구만, D반은. 역시 불량품 반이야."

두 사람은 손에 쥔 포테이토칩을 볼이 미어터지도록 입에 넣고는 더위를 가시게 하려는 듯 페트병을 들어 단숨에 들이켰다. 그것도 단순한 물이 아니라 탄산 주스 같았다.

"아주 여유로운 생활을 보내고 있는 것 같네. C반 애들은."

"……너 류엔이라고 알아?"

"C반 애잖아. 소문은 여러 번 들었어. 꽤 대범한 녀석이라고 하던데."

"꽤 정도가 아니야. 하는 일, 이루어내는 일이 터무니없는 녀석이지."

마치 부모의 원수 이야기라도 하는 것처럼 이부키는 짜증스럽게 말했다.

"저 두 사람은 그 류엔이라는 녀석이랑 한패야. 똘마니라고 해도 되지만."

예전에 스도와 싸웠을 때도 저 두 사람이었던 것을 생각하면 이곳에 우연히 나타났다기보다는 류엔이 뒤에서 움직이고 있을 가능성이 있다는 이야기인가.

"아침에는 뭐 먹었냐? 풀? 아니면 벌레? 자, 이 과자라도 먹어라."

그들은 포테이토칩 한 개를 꺼내더니, 바싹 다가온 이케의 발밑으로 휙 던졌다.

부추기는 듯한 행동에, 절약하는 식사를 계속하는 D반이 발끈하지 않을 리 없다.

"류엔이 이 말 전하래. 여름방학을 만끽하고 싶으면 지금 당장 해변으로 오라고 말이야. 사양하지 말고 오는 게 좋을 거야. 이 바보 같은 생활이 싫어질 정도로 꿈같은 시간을 공유하게 해줄 테니까."

두 사람은 바로 돌아갈 줄 알았더니 한참을 가지 않고 얄밉게도 계속 간식을 먹었다.

이케가 이따금 참지 못하고 달려들 것 같았지만, 전혀 개의치 않았다. 아니 오히려 때때로 도발적인 행동을 거듭하며 반감을 사고 있었다.

그러한 C반의 도발은 10분 이상 이어졌지만, 히라타 무리가 모여들기 시작하자 이제 빠질 때라고 판단했는지 C반의 캠프지로 보이는 방향으로 돌아갔다.

"나를 찾으러 온 건 아니었나 보군."

"응. 단순히 짓궂게 굴 목적이었던 것 같아."

기이한 행동이기는 했지만, C반이 포인트를 써서 과자와 주스 등 기호품에 손을 댄다는 정보만큼은 얻을 수 있었다.

1포인트라도 더 많이 남기고 싶은 것이 당연한 이 특별시험에서 도대체 어쩌려는 속셈일까.

"아까 그 녀석들, 꿈같은 시간을 공유하게 해준다고 말했는데 뭐 짚이는 부분 없어?"

"……어쩌면 내가 상상하는 최악의 상황으로 움직일지도."

이부키는 더 이상 아무 말도 하지 않고 어제와 똑같이 살짝 떨어진 나무 둥치로 향했다.

상상하는 최악의 상황, 이라고? 일단 호리키타의 귀에 들어가게 하는 편이 좋겠다.

"호리키타, 있어?"

호리키타는 아침을 먹자마자 텐트로 돌아갔기 때문에 모습을 찾아볼 수 없었다.

나는 여자 텐트 앞에서 호리키타를 불렀다.

얼마간 대답이 없었지만, 텐트가 미세하게 흔들리면서 이불이 스치는 소리가 들려왔다.

그리고 그 소리가 멈추자 호리키타가 천천히 텐트 밖으로 나왔다.

"아까 말하는 거 들렸어?"

"응. C반이 싸구려 도발을 한 걸 말하는 거라면 들었어."

"조금 신경 쓰여서 상황을 좀 보고 올까 하는데, 너도 같이 갈래?"

"……네가 나서서 행동하다니 놀랄 일도 다 있구나. 몸 상태는 괜찮아?"

그 질문은 내가 그대로 되돌려 주고 싶은 대사다.

"어차피 일주일간 한가하잖아. 오늘 특별히 할 것도 없고, 시간 때울 겸."

"난 별로 안 움직이고 싶은데. 리더가 된 이상 섣불리 눈에 띄면 잘못해서 지명 당할 가능성도 있으니까."

"적당히 리더를 지명했다가 우연히 맞추는 리스크를 말하는 거지?"

누가 리더인지 확신이 없어도 수상한 학생을 리더로 보고 하면 정답의 가능성은 충분히 있다. 눈에 띄면 띌수록 그 수상한 인물 리스트에 이름이 계속 오르게 된다.

"기분은 알겠지만 안에 틀어박혀 있다고 해서 상황이 달라지는 건 아니잖아. 너는 류엔이 눈여겨보고 있고 이치노세도 널 주목하고 있어. 학생회장의 여동생이라는 사실을 아는 애들도 있겠지. 요컨대 네가 어떻게 하든 타깃 중 하나라는 말이야."

어쨌든 맞춰도 틀려도 50포인트인 한, 확정적인 증거가 없으면 모험을 하기 힘들다. 지명을 하려면 상당한 조건이 필요하다.

"……그러네. 깊이 고민한다고 해서 어느 쪽이 옳다고 말할 수는 없겠지. 좋아, 나도 다른 반이 어떻게 하고 있는지 궁금하기도 하고. 같이 가보자."

마음과는 반대로 발걸음이 무거운 호리키타와 함께, C반이 기다리는 해변으로 향했다.

2

숲을 빠져나가기 직전 수풀에서 관찰한 해변에는 C반 학생들이 대거 모여 있었다.

나와 호리키타가 본 C반의 상황은 상상을 훨씬 뛰어넘었다.

"거짓말이지……. 이런 게…… 정말 가능해?"

그 광경을 눈으로 직접 보면서도 믿어지지 않는지 호리키타가 몇 번이나 말도 안 되는 일이라고 말했다.

그건 나도 마찬가지였다. 전혀 예상하지 못한 패턴이었기 때문이다. 가설 화장실, 샤워실이 설치되어 있는 것은 당연했고, 햇빛을 막아주는 천막과 바비큐 세트, 의자와 파라솔. 과자에 음료수까지. 오락에 필요한 거의 모든 설비가 갖춰져 있었다. 고기 굽는 연기와 웃음소리. 앞바다에는 수상바이크가 물살을 갈랐고, 바다를 만끽하는 학생들이 소리지르며 즐거워하고 있었다.

눈에 보이는 범위만 어림잡아 계산해도 150포인트는 족히 나간 것 같다.

"무슨 속셈이지, C반은? 포인트를 절약할 생각이 전혀 없다는 건가?"

이 모습을 보면 그런 생각밖에 들지 않으리라. 그야말로 돈을 뿌리는 차원을 넘어섰다.

"확인하러 가보자. C반이 무슨 생각으로 이런 짓을 하는지."

우리는 수풀에서 해변으로 나와 모래를 밟았다.

남학생 하나가 우리를 발견하고 옆에 있던 남자에게 알렸다. 상대는 비치 의자에 몸을 맡기고 있어서 얼굴이 잘 보이지 않았다.

남자는 곧바로 우리 쪽으로 달려왔다.

"저기, 류엔이 오라는데……."

패기가 없다고 할까, 어딘지 겁에 질린 표정으로 말을 전달하는 남학생.

"꼭 왕 같네. 반 아이들을 종 부리듯 하고 있어. 우리는 그 왕에게 환영받는 것 같지만. 어떻게 할래?"

"그건 호리키타 네가 정할 일이야."

"좋아. 무슨 생각인지 궁금하니까. 한번 가보자."

우리는 남학생의 말에 대답하고 뒤를 따라갔다.

바다가 가까워지자 고소한 고기 굽는 냄새가 솔솔 풍겨와 코를 찔렀다.

"……말도 안 되는 짓을 하고 있어."

바캉스를 조금 즐기는 차원이 아니라는 것을 다시 한 번 실감했다.

우리는 이러한 호화로운 생활을 지시한 것으로 보이는 남자에게 다가갔다.

"오우. 누가 몰래 기웃거리나 했더니 너였군. 나한테 무슨 볼일이지?"

"꽤나 기세등등하네. 아주 호화롭게 지내는 모양이구나."

수영복 차림으로 비치 의자에 누워 일광욕을 즐기던 류엔이 하얀 이를 드러냈다.

"보다시피 우리는 여름 바캉스라는 걸 즐기는 중이지."

그는 팔을 벌려 보란 듯이 해변에서 오락을 만끽하고 있는 아이들을 가리켰다

"이건 시험이야. 그게 무슨 의민지 알고는 있니? 규칙 자

체를 이해하지 못한 건 아닌가 싶어서 어이가 없는데……."

한 번은 경계했던 상대인 만큼 그 무능해 보이는 모습에 호리키타는 기뻐하기는커녕 오히려 낙담한 모습이었다.

"호오? 놀랄 노자네. 적군인 나에게 귀한 소금을 보내는 격?"

"윗사람이 무능하면 아랫사람들이 고생하잖아. 그게 불만일 뿐이야."

류엔은 그저 웃으며 무전기 옆에 둔 물병을 손에 들었다.

"얼마나 쓴 거야? 이 정도의 오락을 즐기는 데."

"글쎄, 얼마나 들었으려나. 자잘한 계산 따위는 안 해봐서 말이야."

류엔은 숨기지 않고 그렇게 대답했다.

"쳇. 벌써 미지근해졌네. 야, 이시자키. 시원하게 보관한 물 가져와."

그는 마치 도발하듯 절반 정도 남은 물을 모래에 휙 던져 버렸다. 근처에서 비치발리볼을 즐기던 이시자키가 허둥지둥 물을 가지러 텐트로 들어갔다.

텐트 안에는 식량과 물이 든 것으로 보이는 상자가 아무렇게나 쌓여 있었다. 상자 옆에 있는 아이스박스를 들여다보는 이시자키.

"보다시피 우린 여름 바캉스를 즐기고 있을 뿐이야. 즉, 이 시험 중에 너희의 적이 될 리가 없다는 소리지. 알잖아?"

이해할 수 없는 행동에 호리키타는 두통이 오는지 이마를

짚으며 미간을 찌푸렸다.

"적이고 뭐고 말하기 이전의 문제야. 경계해서 여기까지 온 내가 바보였어."

"바보는 어느 쪽일까? 정말 나일까? 아니면 너희일까?"

류엔은 모욕적으로 받아들이기는커녕 그것을 그대로 호리키타에게 되돌려주었다.

"이런 젠장 맞게 더운 무인도에서 서바이벌을 하라고? 농담하지 말라그래. 100이고 200이고 자잘한 반 포인트를 얻기 위해서 너희 밑바닥 D반은 배고픔, 더위, 공허함을 견디다니. 상상만 해도 배꼽 빠진다."

모래사장을 달려 땀범벅이 된 이시자키가 새 물을 가지고 왔다. 그리고 차가워 보이는 페트병을 류엔에게 내밀었다. 하지만 받아든 순간 류엔은 페트병을 이시자키의 몸에 던졌다.

"시원하게 보관한 물을 가져오라고 말했을 텐데. 이건 아직 미지근하잖아."

"윽…… 하, 하지만."

"뭐?"

류엔의 날카로운 눈동자는 마치 뱀 같았다. 이시자키는 몸이 잔뜩 굳어 페트병을 주워들고는 다시 텐트로 달려갔다.

"……이번에는 참고 고민하고 서로 협력하는 시험이야. 너한테는 처음부터 무리인 것 같네. 만족스러운 계획조차 못 세웠으니까."

이렇게 포인트를 펑펑 쓰는데 일주일을 견딜 리가 없다. 조만간 지옥 같은 생활이 찾아오리라. 천막, 파라솔, 비치 의자 따위는 그때가 되면 성가신 존재밖에 되지 않을 것이다.

"협력? 웃기지 마. 인간이란 쉽게 배신해. 거짓말을 하지. 신뢰관계 따위 애초에 성립하지 않아. 믿을 수 있는 건 오로지 자신뿐이야. 정찰이 끝났다면 돌아가라. 뭐, 네가 바란다면 환영해줄 수도 있어. 고기를 먹든가 수상스키를 즐기든가 좋을 대로 놀다 가. 아니면 나와 다른 놀이를 해도 돼. 전용 텐트 정도쯤 준비할 수 있는데."

"전에 선전포고했던 사람이라고는 도저히 생각할 수 없는 대답이네."

"난 노력을 제일 싫어하거든. 인내? 절약? 다 웃기는 소리야."

이시자키가 다시 돌아와 이번에야말로, 하는 표정으로 페트병을 내밀었다.

그것을 받아든 류엔은 뚜껑을 열고 물을 벌컥벌컥 들이켰다.

"이게 내 방식이야. 그 이상도 이하도 존재하지 않아."

"그래. 그럼 좋을 대로 해. 우리한텐 잘된 일이니까."

호리키타는 머릿속으로 재빨리 생각을 바꾸었다. 이번에는 C반을 적에서 제외해도 문제없겠다고.

"다른 반 상황을 보려고 땀까지 흘려가며 돌아다니다니, 고생이 많군."

발걸음을 돌리려는 호리키타였지만, 한 걸음 떼다가 다시 멈췄다.

　"용건이 하나 더 있었어. 넌 당연히 이부키를 알고 있겠지?"

　"아아. 우리 반인데, 그게 왜?"

　"얼굴이 부었던데. 어떻게 된 일이야? 누가 한 짓이지?"

　거의 범인이라고 확신하면서도 굳이 말을 돌려 확인하는 호리키타.

　"푸핫. 기세 좋게 뛰쳐나가더니 뭐야, 결국 다른 반에 도움을 요청한 건가? 한심한 여자애네."

　어이없다는 듯 코웃음 치며 류엔이 다시 의자에 누웠다.

　"세상에는 도저히 손 쓸 수 없는 바보가 있는 법이야. 지배자의 명령을 듣지 않는 수하는 필요 없어. 내가 반 포인트를 마음대로 쓰기로 결론 내린 이상, 그건 결정 사항인 거야. 거기에 반기를 들어봤자 아무 소용없다고."

　"……그러니까 이부키는 포인트를 쓰는 방법 때문에 너랑 충돌한 거네."

　"뭐, 쉽게 말하면 그렇지. 가벼운 처벌을 내린 거야."

　그는 그렇게 말하며 손으로 뺨을 때리는 동작을 취했다. 역시 뺨을 때린 사람은 류엔이었다는 소리인가.

　"또 한 명 내 말을 거역한 남자애가 있어서 둘 다 추방해버렸지. 죽었다는 보고는 못 들었으니까 어딘가에서 풀이랑 곤충이라도 먹으면서 살아남아 있지 않을까."

같은 반 친구를 향한 발언이라고는 도저히 생각할 수 없었다. 하지만 이걸로 한 가지는 수긍이 간다.

이부키가 점호 때 자리를 비워도 C반에는 아무런 영향이 없는 것이다. 그래서 반 아이들은 걱정도 하지 않고 찾으려고 나서지도 않는다. 호리키타도 뒤이어 그 사실을 알아차렸다.

"너…… 첫날에 포인트를 다 써버렸지?"

그렇다. 이 시험 중에는 받은 300포인트를 다 써도 마이너스가 존재하지 않는다.

누가 어디서 무엇을 하든, 영향을 받지 않는 셈이다.

"바로 그거야. 우리는 모든 포인트를 다 썼어. 이부키가 어찌 되든 포인트를 잃을 염려가 없다는 거지. 그게 얼마나 큰 자유를 주는지 알아?"

"……설마 0포인트라는 것을 역이용할 줄이야."

마이너스 요소를 지운 0포인트 작전. 예상 밖의 전략이지만 그래도 높은 성적을 남길 수 있을 리 없다. 포인트가 없으면 필연적으로 C반은 최하위 확정이다. 가령 모든 반의 리더를 알아맞히는 아슬아슬한 기예를 달성한다고 해도 최대 150포인트까지밖에 늘릴 수 없다.

"이부키가 너희 쪽에 있다면 얼른 쫓아내는 편이 좋을 거야. 어설픈 동정심으로 도와준다면 한 사람분의 식량, 물, 잠자리까지 쓸데없이 준비해야 할 테니까. 어차피 못 견디고 이곳으로 돌아오겠지. 무릎 꿇고 빌면 용서해줄 생각이야. 관대한 마음으로."

한 번 뜻을 거스르고 나가도 언젠가는 자신의 지배 하로 돌아온다. 그런 확신을 가진 듯 보였다. 실제로 이부키 혼자서 일주일간 무인도에서 생활하기란 무척 힘들겠지.

"단락적인 사고방식이네. 지금은 포인트의 은혜를 받고 있으니까 행복할 뿐이야. 흥청망청 논 다음에는 어떻게 할 셈인데? 그 후에 식량을 모으려고 해봤자 고생만 할걸."

"큭큭큭. 글쎄, 과연 어떻게 되려나? 결국 평범한 인간들은 단순한 생각밖에 못하는군. 주어진 포인트를 지키려고만 발버둥 치지. 리더가 누군지 찾거나 스팟 같은 걸 필사적으로 차지하고, 땀범벅으로 숲속을 뛰어다니고. 진짜 시시하다니까."

사실을 지적당해도 당황한 기색 없이 류엔은 그렇게 말하며 웃을 뿐이었다.

"됐어, 이제 돌아가자, 아야노코지. 여기에 더 있어 봤자 기분만 나빠질 것 같아."

"또 보자고, 스즈네."

"어디서 알아본 건지는 모르겠지만, 함부로 남의 이름 부르지 말아줄래?"

어느 정도 조사가 끝났는지 류엔은 호리키타의 이름을 제대로 기억하고 있었다.

"너같이 기 센 여자는 싫지 않아. 언젠가 내 앞에서 굴복하게 만들어주지. 그때는 최고의 기분을 맛보게 해주겠어."

류엔은 오른손을 자신의 가랑이 사이로 가져가더니 수영복 위에 대고 더듬으며 도발했다.

모멸에 찬 눈빛으로 류엔을 내려다본 호리키타는 뒤돌아 걷기 시작했다.

나는 자리를 뜨기 직전에, 부두에 정박한 여객선을 슬쩍 쳐다보았다. 바다에서 수영하는 학생들과 해변에서 비치발리볼, 깃발 잡기 놀이, 바비큐를 즐기는 학생들이 보였다.

그리고 바닷가에 설치된, 식량을 비축해둔 텐트도 눈에 들어왔다.

……아무래도 류엔은 학교의 규칙을 철저하게 조롱할 셈인 듯하다.

"논외네, C반은. 완벽히 자멸해준 덕분에 우리한테 도움이 되겠어."

"그렇군. 저 녀석들이 포인트를 전부 써버린 건 사실이니까."

가령 보이지 않는 부분에서 절약하고 있다고 해도 기껏해야 몇십 포인트.

이부키와 또 다른 한 아이가 점호 시간에 없는 것만으로도 날아가 버릴 포인트다.

"나중에 곤란해지면 어떻게 나오는지 볼만하겠어."

"아쉽지만 이 시험에서 C반이 곤란해질 일은 없을 거야."

"곤란해질 일이 없다니, 어째서? 포인트 없는 시험을 끝까지 견디지 못할 텐데."

"그래도 괜찮을걸, 류엔은 원래 그게 목적이니까. 주어진 300포인트라는 자금으로 일주일 바캉스를 즐기는 건 도저히 불가능해. 식사를 검소하게 하거나 오락을 포기하지 않으면 성립하지 않지. 학교 측은 그런 식으로 규칙을 만들었어."

그건 나도 알고 있어, 하고 호리키타가 고개를 끄덕였다.

"그래서 우리는 절약해야 할 부분을 절약해서 일주일을 견디고 있잖아."

"응. 하지만 류엔은 다르다는 거지. 녀석은 처음부터 일주일로 보고 있지 않아."

"일주일로, 보고 있지 않다니……?"

"만약 시험이 오늘까지라면? 그럼 완벽한 바캉스가 성립한다고 생각하지 않아?"

"그건…… 그렇지만. 중요한 그다음은? 가진 게 0인데……."

"쉽게 말해서 코엔지처럼 하겠지."

"뭐……?"

"몸 상태가 안 좋다거나 정신적으로 불안하다거나. 어쨌든 이런저런 이유를 들어 기권하면 그만이야. 그러면 전원 여객선으로 돌아가 생활할 수 있어. 아무 고생도 하지 않고 여름방학을 만끽할 수 있는 거지."

학교 측도 꾀병이라면서 쫓아내지는 못하리라. 300포인트를 자유롭게 쓰는 것이 허락된 1박2일의 바캉스. 흥청망청 먹고 놀아도 남는다.

"그럼 그는 정말로 처음부터 시험 자체를 포기했다는……?"

뭐, 말도 안 될지도 모르겠지만. 단순히 류엔이 귀찮은 일을 싫어한다든가, 정신적으로 마모되는 서바이벌을 피해 체력을 아끼고 싶다든가. 아니면 사기 향상을 노려서라든가.

"이 시험은 말 그대로 자유야. 류엔의 사고방식도 정답 중 하나지. C반은 이부키와 또 다른 한 아이가 모반을 일으켜서 쫓겨났다고 했으니, 하루에 20포인트씩 잃게 돼. 아무리 절약해도 포인트를 잃게 되니까 오히려 과감한 전략을 낸 건지도 몰라."

녀석이 어느 타이밍에서 모든 포인트를 방출하기로 정했는지 모르는 이상 추측밖에 못하지만 말이다.

"포기하지 않고 애들을 도로 데려올 방법을 생각했어야 한다고 봐. 분명히 잘못되었어. 도저히 이해가 안 돼."

그렇지. 하긴 류엔이 무슨 생각인지는 거의 짐작할 수 없었다.

하지만 그런 의미에서 역시 류엔의 방책에는 일정 효과가 있다고 봐야 하지 않을까.

지금 상황을 보면 누구나 류엔의 기이한 책략에 불안과 공포 같은 감정을 느낄 것이다.

이 인상은 그리 쉽게 지워지지 않으리라.

정말로 그것을 전부 노리고 하는 행동이라면 말이지만.

해변을 빠져나온 나는 다시 한 번 뒤돌아 바닷가를 전체적으로 둘러보았다.

"0포인트 작전이라. 그렇군, 재미있네."

반 구성원의 반대 의견조차 막을 수 있었다면 꽤 흥미 깊은 방법이다.

역시 이 시험, 단순히 반 안에서 포인트를 절약하면 되는 것이 다가 아니다.

이기기 위한 책략을 짜내게 한다. 그런 느낌이 드는 광경이었다.

3

우리는 남은 시간을 효율적으로 쓰기 위해 A반과 B반의 상황도 살피기로 했다. 칸자키가 알려준 대로 부러진 큰 나무가 보이는 곳에서 숲으로 조금 들어갔다. 이제 와서 보니 나무가 자연스럽게 부러진 것이 아니라 학교 측에서 안표(眼標)로 만든 것이 아닌가. 이 앞에 스팟이 있다는 힌트를 줬다는 생각을 지울 수가 없다.

깊은 숲으로 발을 들인 순간 나는 사소한 변화를 알아차렸다. 많은 사람이 지나다닌 흔적이 있어 걷기 쉬웠던 것이다.

그저 이 흔적을 쫓아가기만 하면 B반의 캠프지에 닿을 수 있지 않을까. 칸자키가 자세히 설명해주지 않은 이유로도 받아들여진다. 성가신 점이라면, 팔다리에 수시로 날아와 피를 빨아먹으려 드는 모기가 귀찮은 정도다.

잠시 후 우리는 B반의 베이스캠프에 도착했다.

"역시 B반이라고 해야 하나……."

B반의 베이스캠프에 가보니 D반과 전혀 딴판인 생활관이 눈에 들어왔다. 스팟으로 활용하는 우물 주위에 나무가 많아, 8인용 텐트를 서너 개씩 설치할 공간이 없었다. B반은 그 부분을 해먹으로 대체해 잘잘 공간을 확보했다. 똑같은 시작인데도 불구하고 쓰는 아이템이 전혀 다르다. 우물 근처에 설치된 낯선 장치도 궁금했지만, 무엇보다 놀란 것은 B반이 가진 독특한 분위기다.

"앗? 호리키타? 게다가 아야노코지까지?"

갑작스러운 방문자의 존재를 알아차렸는지 누군가가 우리 쪽으로 뒤돌아보며 말을 걸었다. 그 인물은 해먹을 설치하려고 나무에 끈을 묶고 있었다.

체육복 차림은 활발한 인상의 이치노세에게 무척 잘 어울렸다. 조금 멀리에서 칸자키의 모습도 보였다.

"너희 반은 잘 돌아가는 느낌이네. 거점으로 삼기에는 힘든 점도 많아 보이는데."

"아하하. 처음엔 고생했지. 하지만 여러 아이디어를 짜내서 어찌어찌 만들어봤어. 그러다 보니까 오히려 일이 많아져서. 아직 할 작업이 산더미야."

그렇게 말하며 미소를 지은 이치노세가 끈을 꽉 묶었다.

"방해하는 것 같아서 미안하네."

"미안. 왠지 쫓아 보내는 말투가 되어버린 것 같아. 하지만 잠시라면 괜찮아. 묻고 싶은 게 있어서 온 걸 테니까."

그녀는 싫어하는 기색 하나 없이 우리를 받아들이면서 기왕 왔으니 해먹에 앉아보라고 권유했지만, 호리키타가 거절하자 자기가 대신 앉았다.

"일단은 우리, 저번 사건 때부터 협력관계에 있다고 생각해도 될까?"

"적어도 난 그렇게 생각해."

"그럼 지금 포인트를 어디에 얼마나 썼는지, 그리고 그 도구를 써보니까 어땠는지 좀 알려주면 도움이 될 것 같은데. 물론 우리도 다 공개할게."

D반의 정보는 아침에 칸자키가 봤으니 대충 계산이 되었으리라. 직접 가르쳐줘도 큰 손해는 없다는 전제하에 제안한 교섭이었다.

이치노세는 생긋 웃으며 발밑의 가방에서 매뉴얼을 꺼냈다. 그리고 딸린 백지에 구입한 물건 목록을 써뒀는지, 그것을 보여주면서 소리 내어 읽기 시작했다.

"해먹 샀지. 조리도구 샀지. 소형 텐트에 랜턴, 가설 화장실. 낚싯대에 캠프샤워기…… 또 식량 같은 것까지 합하면 딱 70포인트야."

코엔지의 기권을 제외하면 B반과 거의 동일한 사용률이었다.

"캠프샤워기가 뭐야? 궁금했는데."

그 이름으로 봐서는 목욕과 관련 있다고 짐작하지만, 가설 샤워기에 비해 훨씬 싼 5포인트여서 효과가 별로 없을 거라는 판단에 구입을 미뤘던 것이다.

"그럼 상황을 하나씩 알려줄까? 숲에는 채소랑 과일이 여러 가지 있으니까 찾아서 조달하고 부족한 분량은 포인트로 메꾸고 있어. 그리고 바다낚시로 고기를 낚으면 되고. 그런 느낌이야, 먹는 건. 그리고 물은 우물이 있으니까 걱정 없고."

쿠시다 일행이 과일을 몇 가지 찾아왔듯 B반도 당연히 그 주변에서 입수한 듯하다. 채소라는 단어로 봐서는 D반보다 더 큰 성과를 얻었다고 봐야 할까.

이치노세는 우물 앞까지 우리를 안내한 후, 도르래로 물통에 물을 길어 올려 보여주었다.

"처음에는 수질 오염의 위험성도 있어서 마실까 말까 고민했는데, 재배된 먹거리들이랑 주위 환경을 보고 나서 이 우물도 관리되고 있다고 판단했어. 혹시 몰라서 한 사람이 어제 시험 삼아 마셔봤지. 시간을 두고 관찰했는데 배가 멀쩡하더라고. 그래서 오늘 아침부터는 다 함께 우물물을 쓰고 있어."

처음부터 우물물에 무작정 덤빈 것이 아니라 제대로 확인한 후에 썼다는 것인가. 당연한 일이라고는 해도 눈앞의 포인트 절약에 이끌리다 보면 무턱대고 마시고 싶어지는 법이다.

"그리고 물의 양이 풍부하다는 것도 알았거든. 샤워랑 병용해도 충분해. 이게 캠프샤워기야."

우물 옆에 설치된 커다란 기계. 역시 그것이었다.

"여기 탱크에 물을 넣으면 몇 초 만에 물이 따뜻해져. 아주 편리하지. 열원은 부탄가스에서 얻을 수 있어서 지금은 그걸 사용해. 다 쓰면 추가로 부탁할 생각이야."

우리가 미처 생각하지 못한 도구 사용법을 당연하다는 듯이 설명하는 이치노세에게 호리키타가 쉴 틈을 주지 않고 계속 질문했다.

"넌 원래 알고 있었어? 그 캠프샤워기라는 것."

"아니. 처음 들었고 처음 써보는 거야. 학교 규칙, 상당히 위험하지. 매뉴얼에 자세한 설명이 없으니까. 선생님께 물어보는 것도 안 되고. 반에서 아웃도어에 능통한 애가 있어서 살았어."

그 캠프샤워기의 옆에는 간이 화장실과 세트로 받은 원터치 형 텐트가 쳐져 있었다. 안에는 아무것도 없었다.

"화장실용으로 지급된 건데, 샤워실 대신 쓰고 있어. 샤워할 때 누가 보는 게 걱정되는 애들이 쓸 수 있도록. 방수가 되는 재질이니까."

그래서 텅 비어 있는 건가. 텐트 바닥이 젖어 있는 것도 납득이 간다.

"텐트…… 잘 때 바닥이 딱딱해서 힘들지 않아?"

"아, 응. 처음에는 어떻게 해야 할지 고민했는데. 대책을 잘 세웠어. 한 번 볼래?"

사박사박 풀 밟는 소리와 함께 이치노세가 텐트로 향했다. 그리고 텐트 안에서 이야기를 나누고 있던 여자애들에게 양해를 구한 후 텐트 밑을 살짝 들어 올렸다.

거기에는 두꺼운 비닐 다발이 깔려 있었는데, 두께가 약 2센티미터는 되어 보였다.

"간이 화장실이 지급되었을 때 비닐은 무제한이라는 규칙이었잖아. 좀 억지를 부려서 대량으로 받았어. 물론 자원을 함부로 낭비하고 싶지는 않으니까, 비닐 한 장에 사용 안 한 비닐들을 몽땅 넣어서 쓰고 마지막에 돌려줄 생각이야."

"그럼 더위 대책은 어떻게 세웠어? 왠지 이 주위가 특히 시원한 느낌인데……."

"물을 뿌렸지. 우물이 가까워서 잠자리 주위에 물을 뿌렸어. 다 마신 페트병 같은 데 물을 길어 온 다음 모두 다 함께 뿌리면 금방 시원해져. 흙은 물이 스며들기 쉽고 천천히 증발하니까 효과가 지속되면서, 기화열을 효율적으로 빼앗아주니까."

이치노세 일행은 단순히 도구에 의지하는 데서 그치지 않고 지혜를 짜내 캠프 생활을 즐기는 모습이었다.

호리키타는 B반으로부터 대략적인 정보를 얻은 후 우리의 상황도 자세히 설명해주었다.

그 부분은 은근슬쩍 넘기지 않는다고 할까, 페어플레이 정신을 잊지 않는다.

"그렇구나……. 탈락자가 나와버린 게 쓰라리겠어."

"응. 아직 반에 불안 요소가 많지만, 어떻게든 해봐야지."

"맞아. 우리는 협력관계를 계속 지속해도 될까? 리더의 정체를 알아낸다는 추가 규칙에서, 서로의 반을 제외하는 것도 방법이라고 생각하는데 어때?"

"나도 그 이야기를 하려고 생각했어. 한 반이라도 경계 대상에서 제외해준다면 고맙지. 이치노세가 괜찮다면 그 제안을 받아들이고 싶어."

"물론 난 오케이야."

서로 정보교환과 협력관계의 재확인을 끝마치고 이야기가 일단락되자, 호리키타는 주위를 둘러보며 감탄스러운 숨을 흘렸다. 반 구성원이 저마다 역할을 맡아 행동하는지 한 가닥도 흐트러지지 않은 연대감이 있다. 덧붙여서 모두 즐거운 표정으로 임무를 수행한다는 사실을 알 수 있었다. 보통 누구 한 사람 정도는 일하기 싫어하거나 농땡이를 칠 법도 한데.

"이 반…… 상상 이상으로 통솔이 잘되고 있어. 역시 네가 이끄는 거지?"

"응. 일단은 내가 하고 있어."

이치노세는 학교 내외에서 반을 야무지게 잘 통솔하고 있는 것이다.

"D반에는 통솔하는 사람이 있어? 호리키타 너?"

"아니, 히라타라는 남자애야. 대체로 그 애가 반을 이끌어."

"아. 그 축구부 애? 알아, 알아. 여자애들한테 인기가 대단하던데."

히라타에 대해서는 흥미 없다는 듯 호리키타는 다른 화제로 전환했다.

"이치노세. 자꾸 물어보기만 해서 미안한데, A반의 상황도 확인하고 싶어. 혹시 A반 베이스캠프에 대해 아는 거 있어? 장소만이라도 알려주면 고맙겠는데."

"'예상'이라도 괜찮다면 짐작 가는 장소는 있어. 하지만 정보를 얻기는 어려울 거야."

역시 B반. 아니 이치노세라고 할까, 이미 A반도 조사가 끝났나.

이치노세는 싫어하는 표정 하나 없이 손가락으로 방향을 가리키며 캠프 장소를 알려주었다.

"여기를 빠져나가면 넓은 장소가 나오는데, 거기서 오른쪽으로 꺾어서 직진하면 동굴이 보일 거야. A반은 거기가 베이스캠프, 인 것 같아. 직접 가서 조사해봤는데 잘 모르겠더라고. 비밀주의랄까, 방비가 철저해서."

"비밀주의? A반은 어떤 대책을 세웠는데?"

"백문이 불여일견이라잖아. 직접 보면 이유를 알 거야. 이제 A반에 가겠다는 건 C반에 대해서는 이미 파악이 끝났다는 거니?"

"응. 아까 다녀왔어. 내 눈을 의심할 만큼 어리석은 짓을 벌이고 있더라."

"응. 진심으로 시험에 임할 생각이 없어 보여. 앞으로 5일 남았는데. 시험 종료 전에 포인트가 부족할 건 불 보듯 뻔해. 그렇다고 지금부터 갑자기 절약 모드로 전환하지도 않을 것 같고. 스팟을 찾으려는 모습도 안 보이고. 좀 이해하기 어렵네."

이치노세도 정답을 찾지 못한 듯했다.

"이 시험에서 꼼수는 통하지 않아. 류엔은 틀림없이 거의 모든 포인트를 다 썼어. 지금은 즐거울지 몰라도 조만간 반드시 후회하게 될 거야."

내가 말한 이탈안(離脫案)을, 호리키타는 이치노세에게 굳이 알려주지 않았다. 일부러 숨겼다기보다도 늦든 빠르든 이치노세 일행이 스스로 알게 되리라고 판단했기 때문이리라.

"이야기 중에 미안해. 저기, 이치노세. 혹시 나카니시가 어디에 있는지 알아?"

한창 대화를 나누고 있는데, 한 남학생이 미안해하며 그렇게 물었다.

"나카니시는 지금 이때쯤이면 바다 쪽으로 갔을 텐데? 무슨 일이야?"

"도와줄까 해서. 괜한 행동이려나?"

"아니, 그렇지 않아. 카네다의 그런 마음은 무척 기쁘지. 그럼 저쪽에 있는 치히로 쪽을 좀 도와줄 수 있을까? 내가 말했다고 하면 괜찮을 거야."

"알았어. 고마워."

그런 짧은 대화를 보면서 호리키타는 살짝 이상한 듯 팔짱을 꼈다.

"같은 반치고 꽤 서먹서먹하네."

"아, 저 애는——."

"C반 애, 인가?"

미처 대답하기도 전에 내가 끼어들자, 이치노세는 고개를 끄덕였다.

"알고 있었어? 저 애, C반에서 다툼이 있었다나 봐. 혼자 지낼 거라고 하니까 아무래도 내버려둘 수가 없어서. 사정은 별로 말하고 싶지 않은 것 같아서 안 물어봤지만."

류엔한테 저항하듯 반기를 든 또 다른 남학생. 보아하니 B반에서 돌봐주는 모양이다. 눈치가 보여 어떻게든 하려고 여기저기 도와주러 나서는 건가.

"우리도 어제 한 사람 맡았어, C반에서 나온 애를."

호리키타는 아까 류엔을 만나서 들은 자세한 사정을 들려주었다. 자기 마음대로 횡포를 부리는 류엔에 대해 모반을 일으킨 두 사람 중 하나라는 것. 이부키는 얻어맞기까지 했다는 것.

그 말을 듣자 이치노세는 지켜줘야겠다고 다시금 결의를 굳혔는지 눈에 힘이 들어갔다.

"이제 슬슬 돌아가자, 아야노코지. 너무 오래 있으면 B반한테 미안하니까."

의견을 나눈 이치노세와 인사한 우리는 B반 캠프장을 뒤로했다.

"전반적으로 D반의 상위호환. 그렇게밖에 표현할 길이 없네."

B반에서 멀어져 인기척이 끊겼을 즈음, 듣기에 따라 패배

선언 같기도 한 호리키타의 말이 들렸다. 내 감상은 호리키타와 거의 똑같다. D반과 B반 사이에는 이미 큰 차이가 생기기 시작했다.

포인트 차이를 가리키는 것이 아니다.

"뭐, 어쩔 수 없지. B반에는 D반이 부족한 특수한 능력이 있어."

"철저한 팀워크 말이지? B반은 놀랍게 통솔이 잘되는 반 같으니까 뭔가를 정할 때도 싸우거나 분열되지 않겠지."

D반에는 폭주하는 코엔지처럼 제멋대로 행동하는 학생이 있고, 또 그걸 막을 힘 있는 학생도 없다. 반면 B반은 이치노세가 통솔하는데, 거기에는 조금도 흐트러지지 않는 단결력이 있어 보였다. 그것이 현재 D반과 B반의 가장 큰 차이일지도 모르겠다.

이것은 장기전이 될수록 그 차이가 여실히 드러나게 되리라.

4

깊은 산을 베어낸 듯, 마치 마물의 입처럼 벌어진 동굴이 모습을 드러냈다. 입구 옆에는 가설 화장실이 둘, 샤워실이 하나 놓여 있었다.

"여기서는 안이 어떻게 돌아가는지 알 수가 없네……."

그늘에 몸을 숨긴 채 거리를 두고 확인하는 것은 극히 어려운 일이다. 나도 호리키타도 A반에 아는 사람이 없다. 그래서 숨어서 어느 정도의 정보를 모을 생각이었건만, 몰래해서 얻을 게 더는 없다. 몸을 숨긴 호리키타를 지나친 나는 동굴로 이어지는 길을 걸어갔다.

"자, 자, 잠깐."

"가보자. A반이라고 겁먹어봐야 아무 소용없다고."

나는 호리키타와 함께 A반 베이스캠프로 짐작되는 동굴로 향했다.

"어쩔 셈이야. 아무 대책 없이 모습을 노출해서 무슨 이득이 있겠어."

"그럼 그냥 이렇게 숨어서 지켜보면 이득이 있고? 시설도 거의 없고, 쥐새끼 한 마리 안 보이는데. 동굴 안에 들어가야 얻을 수 있는 정보가 아주 많을 거라고 봐."

"……냉정하지 못하네. 무슨 생각이라도 있어?"

"딱히 그런 건 아니니까 별로 신경 쓰지 마."

"잘 알 수 없는 어중간한 대답이구나. 뭐, 어쨌든 됐어."

호리키타가 굉장히 서늘하고 무서운 눈빛으로 나를 쏘아보았지만, 신경 쓰지 않는 척 신경 쓰지 않는 척. 동굴 입구의 바로 코앞까지 다다른 우리는 당연히 그 근처에 있던 A반 학생에게 모습을 들켰다.

동굴 내부를 직접 볼 수 있으면 어느 정도 상황 파악이 가능할 텐데…….

안에는 비닐을 서로 이은 거대한 가리개가 펼쳐져 있었

다. 안이 전혀 보이지 않는다.

"뭐야, 너희들. 몇 반이야?"

이 녀석은 그러고 보니…… 첫날 제일 먼저 동굴을 발견한 이인조 중 한 사람, 야히코였다.

또 다른 한 사람, 머리가 잘 돌아가는 쪽인 카츠라기는 자리를 비운 모양이었다.

"정찰하러 왔어. 뭐 문제 있니?"

오오, 생각을 고쳐먹었는지 호리키타가 당당하게 대답했다. 그리고 계속 말을 이었다.

"A반이라는 이름이 있으니까 꽤 영리하게 살고 있을 줄 알았는데……."

호리키타는 비닐로 가린 동굴 입구를 바라보며 보란 듯이 일부러 한숨을 크게 내쉬었다.

"영리하다기보다는 고식적(姑息的)? 겁쟁이 같은 방식이네."

"뭐라고?"

누가 봐도 도발한 건데, 야히코는 신경에 거슬리는지 짜증이 담긴 목소리로 대꾸했다.

"난 D반 호리키타야."

"하, 어디의 누구인가 했더니 D반이었냐. 덜떨어진 바보 집단이잖아."

"덜떨어진 바보? 그럼 우리한테 안을 보여줘도 아무 영향 없겠네? 아니면 고작 안을 보이는 것만으로도 궁지에 빠지려나?"

"그럴 리가 있겠냐?!"

"그럼 좀 살펴봐도 문제없다는 거지? 실례할게."

"기, 기다려! 야! 기다리라니까! 멋대로 굴지 마!"

우리를 가로막으려고 돌아들어 가는 야히코에게 호리키타의 칼날 같은 말이 날아들었다.

"우린 그냥 안을 보고 싶은 것뿐이야. 그것 자체는 규칙 위반도 아니잖아?"

"웃기시네. 여기는 A반이 점유했어. D반한테 사용 허가가 내려진 것도 아니잖아!"

"그래? 너희가 여길 점유했어? 그것까지는 몰랐는데. 장치는 안에 있니?"

"그, 그래. 그러니까 꺼졋!"

"그럼 분명 동굴 안에 들어가면 안 된다는 규칙 따위는 없어. 물론 점유 중에는 동굴을 이용할 수 없지만, 독점할 권리와는 다른걸. 우리한테도 동굴 안을 보거나 장치를 확인할 권리쯤은 있는 걸로 아는데? 그렇지 않다면 모든 스팟을 억지로 독점하는 것도 가능해져버려. 그래서야 시험 자체가 될 수 없지."

"윽……?!"

야히코라는 아이에게는 틀림없이 날카로운 정론이 되어 가슴을 찔렀으리라.

호리키타는 머리카락을 휘날리며 비닐로 가린 동굴의 베

일을 벗기려고 했다.

그런데——.

"무슨 짓이지? 손님을 불러도 된다고 허락한 기억은 없는데."

등 뒤에서 키가 아주 큰 남자가 나를 지나쳐 호리키타에게로 발걸음을 옮겼다. 이름은 분명…….

"카츠라기! 이 녀석들이 우리 숙소를 엿보러 왔어! 야비한 놈들이야!"

"고작 비닐 하나 가지고 허풍은. 우린 그저 안을 살짝 보려고 했을 뿐인데."

뒤돌아서 남자애들과 대치한 호리키타는 전혀 겁먹은 표정이 아니었다.

"그럼 기꺼이 안을 보여주지. 대신 각오는 해둬라. 손가락 하나라도 닿은 순간, 나는 다른 반에 대한 방해 행위로 학교 측에 알릴 테니까. 그 결과 D반이 어떻게 될지는 보장 못해."

카츠라기의 말은 아마도 허세일 것이다. 비닐에 닿은 정도로 실격이 될 가능성은 낮다. 그래도 고발하겠다는 말을 들은 이상 근소하게나마 위험성은 포함되어 있다.

"저 애한테도 설명했지만 이건 강제적인 독점 행위야. 규칙에 있는 권리가 아니야."

"물론 그렇지. 그 점은 부정할 수 없어. 하지만 이건 암묵적인 규칙 같은 거라고 난 생각해. 너희 D반은 강에 있는 스팟을, B반은 우물을 반쯤 독점하다시피 점유지를 감싸고 생활하고 있잖아. 거기에 누군가가 들어와서 강제적인 행동을 취한 적 있냐?"

카츠라기의 냉정하면서도 무게가 실린 말이 호리키타의 발을 멈추게 했다.

"점유 스팟 하나를 한 반이 차지했다. 그리고 시험이 종료될 때까지 지켜야 포인트를 계속 얻을 수 있어. 이 암묵적인 규칙에 끼어들면 대혼란이 일어날 거다. 당연히 A반도 보복하기 위해 D반의 베이스캠프에 쳐들어가겠지. 그런 귀찮은 일은 피해야지."

무시하려고 생각하면 할 수 있는 이야기지만, 그건 불가능하리라. 카츠라기가 말했듯 한 장소를 거의 강제적으로 차지하는 형태를 무의식중에 다른 반들도 취하고 있다. 그것을 망가뜨리면 성가신 일이 늘어날 뿐이다. 호리키타는 동굴 입구에서 발걸음을 돌려 카츠라기의 옆을 스쳐 지나갔다.

"뭐, 됐어. A반의 실력이 어느 정도인지, 결과를 기대할게."

"아주 기세등등하군. 나야말로 기대하지. D반이 발버둥치는 꼴을."

짧은 대화를 끝마친 호리키타는 뒤로 물러섰다. 아니, 그렇다기보다는 강행하려 했으나 기가 꺾였다.

카츠라기가 이곳에 나타나지 않았다면 호리키타는 비닐 안쪽으로 쳐들어갔으리라.

"야히코, 값싼 도발에 넘어가지 마라. 강제로 안을 훔쳐

보는 게 저 계집애의 목적이야. 어느 쪽이 우위인지, 올바른지를 들이밀면 물러서는 건 저쪽이라고."

"미, 미안해."

후퇴 이외의 선택지를 순식간에 빼앗아 호리키타를 물리치다니. 훌륭하다, 훌륭해.

"A반은 그냥 내버려둘 수밖에 없겠어. 과연 저래서는 알아볼 방법이 없네."

동굴이라는 폐쇄적인 스팟을 차지한 시점에서, 은폐성 부분에 있어서는 철벽이라는 소리다.

하지만 아무리 내부를 감추려고 한들 '수확'은 충분히 있었다.

이름	카루이자와 케이
반	1학년 D반
학적번호	S01T004718
동아리	무소속
생일	3월 8일

평가

학력	D-
지성	D-
판단력	C-
신체능력	D
협조성	E+

면접관 코멘트

모든 면에서 일정 이하의 성적이지만 기본적인 능력만큼은 측정할 수 없는 구심력 같은 것을 지닌 학생으로, 초, 중학교 시절부터 반의 중심인물로 활약했다. 다소 강한 성격이어서 싫어하는 사람도 많으나 그런 면이 그룹의 질서를 불러온다고 추측한다.

담임 메모

여학생들의 신뢰가 두터워 지난 친구도 많은 듯하다. 기본능력의 향상을 기대한다.

○자유의 의미

코엔지가 나와 사쿠라에게 물었던 말이 줄곧 마음에 걸렸던 나는 사흘째 되는 날 점심시간 전에 베이스캠프에서 나와 숲으로 들어갔다. 그때 등 뒤에서 달려오는 한 여학생이 있었다.

"하아, 하아, 후우…… 지, 지금부터 아야노코지는 뭐할 거야?"

나를 발견하고 달려왔는지, 사쿠라가 커다란 가슴을 위아래로 흔들며 거친 숨을 토했다.

"나무에 손수건 묶어뒀잖아. 그거 확인하러 갔다 오려고."

원래라면 조금 더 빠른 단계에서 확인하고 싶었지만 시간이 영 나질 않았다.

"나……나도, 따라가면 안 될……까? 짐만 되겠지만…….."

"안 그러는 편이 좋지 않을까? 여러 가지로 소문이 나면 곤란하잖아?"

"그런 거, 하나도 신경 안 써. 그리고…… 그러니까 그게 웅냐웅냐."

뭔가를 중얼거렸지만, 귀를 아무리 쫑긋 세워도 알아들을 수 없을 만큼 사쿠라의 목소리가 너무 작았다.

"딱히 재미있는 일도 아니야. 모처럼 이런 섬까지 왔으니 조금은 즐겁게 지내는 게 좋을 것 같은데…… 난 원래 재미

라곤 없는 애니까."

적당히 핑계를 대서 사쿠라의 말을 거절하려고 생각했다. 그런데――.

"즈, 즐거운걸!"

상상 이상의 반발이 사쿠라에게서 나왔다.

그 강력한 말에 멍해진 나와 사쿠라의 눈이 마주쳤다. 그러자 사쿠라는 자리에 주저앉아 손으로 얼굴을 가렸다.

"으아아아! 그러니까, 이건 그게 아니라! 윽! 다니까아――!"

……사쿠라가 무슨 소리를 하는지 하나도 모르겠다. 알 수 있는 것은 재미있는 아이라는 사실뿐. 이런 진짜 모습을 다른 애들한테도 보여줄 수 있으면 좋을 텐데.

"그럼 같이 갈래? 나중에 힘들어도 날 원망하지 않는다는 조건이지만."

"정말 그래도 돼?!"

하고 사쿠라가 여전히 얼굴을 가린 채 대꾸했다. 이건 무슨 대화람…….

가는 도중에 아무 말을 하지 않는 것도 이상해서 편한 화제로 시간을 보내기로 했다. 사박사박 풀 밟는 소리만 들리면 얼마나 어색하겠는가.

"여자애들하고는 잘 지내? 이런 상황에서는 도저히 혼자서 해낼 수 없을 텐데."

"아니, 전혀……. 수다도 안 떨고."

한심한 자신의 모습이 부끄러운지 집게손가락으로 머리

카락을 빙빙 돌리며 중얼거렸다.

"난 정말 답이 안 나오는 애 같아. 공부도 운동도 못 하고, 뭐 하나 성장하는 게 없는걸."

"그렇지 않아. 사쿠라는 충분히 성장하고 있어."

"뭐……? 내가 성장했다고? 호호호…… 그렇지 않아."

"정말이야. 스스로 못 느낄지 몰라도 조금씩, 하지만 확실하게 넌 성장하고 있어."

이런 것은 그저 말로만이 아니라 태도로도 전해야 한다. 사쿠라처럼 자신감 없는 타입에게 특히 효과가 크다. 진심으로 우러나온 발언이라고 호소했을 때 비로소 상대방의 마음을 울릴 수 있다.

사쿠라는 걸음을 멈추고 흔들리는 눈동자로 나를 바라보았다. 내가 먼저 본 것이 아니다.

그녀는 무의식중에 내 말의 진의를 찾으려고 했다.

"괜찮아. 사쿠라는 금방 친구가 생길 거야. 지금보다 훨씬 더 학교가 좋아질 거야."

나와 눈이 마주치자 사쿠라는 당황해서 시선을 피해 고개 숙여버렸다.

아주 짧은 순간이지만 다른 사람과 눈을 마주친다. 그 반응 하나만 봐도 처음 봤을 때와는 많이 달라졌다.

"그나저나…… 사건이 끝난 후에 그 남자는 일을 그만뒀나 보더라."

학교 부지 내의 전자제품 양판점에서 일하던 점원. 그 남

자는 그라비아 아이돌이었던 사쿠라의 열광적인 팬…… 아
니, 스토커였다. 사쿠라의 홈페이지에서 죽치고 있는 것으
로 그치지 않고, 개인적인 접촉을 시도하면서 기회만 있으
면 자신의 소유물로 만들려고 음모를 꾸몄던 것이다.

"그때는 정말 고마웠어. ……아야노코지 덕분이야."

"난 별로 아무것도 안 했지. 쿠시다가 사쿠라에게 친근하
게 대해줬고, 호리키타와 이치노세가 도와줬기 때문에 사
쿠라가 무사했던 거지 나는 그저 방관자나 다름없었어. 그
나저나 그때 이후로 이상한 일은 안 일어났지?"

스토커는 학교 부지에서 나갔지만 인터넷이라면 계속 이
어지는 것도 얼마든지 가능하다.

"응, 괜찮아. 지금은 게시판도 잠시 닫아뒀으니까."

혹시 몰라 그랬을까. 현명한 판단이라고 생각한다.

"그래도 평소에는 주뼛주뼛하면서 아이돌일 때는 표정이
참 당당하던데?"

"그건…… 기본적으로 혼자서 촬영하니까."

"그럼 옛날에는? 잡지 사진은 혼자 찍지 않았을 거 아냐."

내 질문에 사쿠라는 살짝 자신이 한심하다는 듯 쓴웃음을
지으며 대답했다.

"작업 진행이 전혀 안 돼서 다른 모델보다 몇 배는 시간이
더 걸렸어. 카메라맨도 여성으로 하고, 관계자를 최소한만
남게 해서 찍고. 그리고…… 내 진짜 모습을 지울 때는 감
정을 없애면 된다고 할까, 텅 비울 수 있어서 참았지. 하지

만 그것도 결국 한계에 다다라서 쉬게 되어버렸지만."

한 번에 많은 말을 해서 그런지 사쿠라는 후우 하고 숨을 토하며 호흡을 가다듬었다.

스토커 사건은 사쿠라에게 큰 상처를 남겼겠지만, 그래도 좋은 방향으로 흘러가고 있다.

눈앞에는 꽤 울창한 나무들. 나는 사쿠라보다 조금 앞으로 나와 선도하듯 길을 열고 나아갔다. 사쿠라가 나뭇가지 끝에 긁히기라도 하면 큰일이니까. 그렇게 전방이 험해지는 것을 느끼면서도 얼마간 계속 걷다가 슬슬 휴식을 취하는 편이 좋다는 판단을 내렸다. 나는 뒤돌아보았다.

내가 뒤돌아볼 줄 몰랐는지 어깨를 움찔하는 사쿠라.

"좀 쉬었다 갈까? 목적지까지는 좀 더 걸릴 것 같은데."

이렇게 짐승들이나 지나다니는 길을 30분 넘게 걸었으니 사쿠라도 기진맥진했으리라. 내 말에 살짝 기쁜 표정이 내비쳤다.

그나마 제일 시원해 보이는 그늘이 있는 거목을 찾아, 두 사람이 앉을 수 있을 법한 그루터기 사이에 기대어 앉았다. 한편 사쿠라는 사양하듯 조심스레 살짝 떨어진 곳에 앉으려고 했다. 하지만 땅이 울퉁불퉁하니 앉으면 엉덩이가 아프기만 할 것이다.

"여기 앉아."

"괜, 찮아?"

"괜찮아, 그런 데 앉으면 편하게 못 쉬잖아."

"으, 으응……."

그런 짤막한 대화를 나눈 후 사쿠라는 조심조심 내 옆에 앉았다. 체육복 소매가 살짝 닿을 만큼 가까운 거리다.

"자연이란 참 대단한 것 같아…… 조금만 걸었을 뿐인데 시간이 이렇게 지나다니."

"코엔지가 아무렇지 않게 서슴없이 걸어갔던 걸 생각해보면 여기는 아직 학교 측이 관리하는 만큼 나을지도 몰라. 외국의 정글은 훨씬 큰 위험을 동반하겠지."

"여행에 나섰을 때, 처음에는 굉장히 우울했어. 친구도 없는 내가 여행해봤자 즐거울 리 없으니까. 하지만 그냥 혼자 방에 틀어박혀 있으면 된다고 생각했어. 그러면 평소와 다름없으니까. 그런데 일이 이렇게 되어버려서. 시험이다 뭐다 하는 이야기를 하니까……."

큰 나무 기둥에 등을 맡기며 사쿠라가 하늘을 가만히 올려다보았다.

"하지만 지금은…… 아주 조금, 와서 다행이란 생각이 들어. 이런 식으로 아야노코지와 대화를 나눌 기회도, 학교에서는 잘 없으니까……."

깊은 숲속에 이렇게 앉아 있으니 자연스레 평온한 감정에 휩싸인다.

"계속 이렇게 있을 수 있으면 좋겠는데——."

"그러게."

무인도에 온 지 고작 사흘째지만 사쿠라와 둘이 있는 시

간이 제일 많았던 느낌이 든다.

이것도 친구 없는 사람들의 운명이려나.

하지만 신기하게도 마음이 공허하지는 않았다. 사쿠라의 말처럼 서로의 거리가 조금 좁혀진 기분이다. 그것은 연애 같은 종류의 감정이 아니라, '아아, 친구가 되었구나' 하는 식으로 점점 변해가는 관계를 피부로 느끼기 시작했기 때문인지도 모른다.

"으윽…… 아쉬워. 디지털카메라가 있었으면 최고의 한 장을 찍을 수 있었을 텐데……."

사쿠라는 두 손의 엄지와 검지로 커다란 프레임을 만든 후 그 안에 자신과 나를 담는 동작을 취하고는 아쉬워하는 표정을 지었다.

하긴 추억을 새기는 데는 카메라가 필수불가결하다. 선명한 형태로 남길 수 있으니까.

학교에서 늘 디지털카메라를 들고 다니며 촬영했던 사쿠라로서는 지금 이 순간이 절호의 셔터 찬스였으리라.

──선명한 형태로 남길 수 있으니까, 라. 그렇군. 이부키가 디지털카메라를 가지고 있던 이유를 알 것 같다.

"하지만 내가 들어가면 멋진 풍경을 망치는 것 아니야?"

"아야노코지가 있으니까 최고의 한 장이…… 아! 아니! 그러니까, 친구와 둘이서 사진 같은 거 찍어본 적이 없어서, 라는 의미로!"

사쿠라가 허둥지둥 부정하며 고개를 돌렸다. 정말 순수하군, 사쿠라는. 그런 점에는 확신이 든다.

나는 잠시 옆에 앉은 사쿠라를 빤히 쳐다보았다. 처음에는 그런 내 시선을 느끼지 못한 사쿠라였지만, 긴 침묵이 이어지자 알아차린 것 같았다. 순간 눈과 눈이 교차했다.

"왜, 왜 그래?! 갑자기 무슨?!"

"가만히 있어. 쉿."

나는 패닉에 빠지려는 사쿠라의 양어깨를 힘주어 눌렀다.

"흐읍!"

그리고 사쿠라에게 서서히 다가갔다. 사쿠라는 뱀 앞의 개구리처럼 그 자리에서 얼어붙었다. 그런 사쿠라에게서 시선을 돌린 나는 그녀의 머리카락을 주시했다.

사쿠라의 머리카락 위를 기어가는 벌레 한 마리. 곤충에 대해 잘 모르는 나라도 그 모습을 보면 정체가 무엇인지 쉽게 알 수 있다. 속칭 송충이라는 녀석이다. 가까이서 보니 굉장히 징그럽다. 꿈틀꿈틀 움직이는 몸과 무수히 나 있는 발은 등골이 오싹해지기에 충분하다 못해 과하다.

아무래도 몸을 기댔던 나무에서 머리 위로 뚝 떨어졌나 보다. 그런데 어떻게 해야 하지? 여기서 송충이가 머리 위를 기어가고 있다고 사쿠라에게 알려주면 이성을 잃고 소란 피울 가능성이 높다. 하지만 송충이가 머리카락 사이나 옷 안으로 들어가면 더 큰 참사다.

"사쿠라, 잠깐 묻고 싶은 게 있는데……."

"뭐, 뭐……?"

"그게…… 혹시 벌레 같은 거 봐도 아무렇지 않다든가?"

"버, 벌레?"

"그래. 벌레. 메뚜기라든가 잠자리라든가, 뭐 그런 곤충 말이야."

"어, 엄청 약해. 나, 개미도 못 만지는걸."

"그래? 음, 그렇구나."

역시 말하면 안 되겠다. 다른 방법을 생각할 수밖에.

내가 재빨리 떼 줄 수 있으면 좋겠지만 도시 토박이인 나도 벌레에 약하다.

그렇다고 나뭇가지를 주워서 벌레를 그 위에 걸치는 등 수상한 행동을 하면 사쿠라가 알아차릴 것이다.

"으음, 그래. 일단은 움직이지 마. 알겠지?"

"으, 으응. 알았어……."

나는 조심스레 충고한 후 사쿠라의 어깨에서 손을 뗐다. 그 와중에도 송충이는 천천히 움직여 어딘가로 가려고 애쓰고 있었다.

송충이 역시 그곳에서 무사히 탈출하고 싶은가 보다. 어서 원만한 방법을 찾아야 한다.

"……무슨 일 있어?"

대책을 강구하고 있는데 사쿠라가 이상하다는 듯 고개를 갸우뚱거렸다. 그 움직임에 위험을 감지한 송충이가 달아나려고 더욱 열심히 움직였다. 아아, 위험하다. 송충이야, 무모한 짓 하지 마라!

더는 망설일 시간이 없다. 지금은 나라는 희생자가 나와 서라도 사쿠라를 구해야만 한다.

나는 덜덜 떨리는 오른손을 용기로 겨우 진정시키며 재빨리 사쿠라의 머리카락으로 손을 뻗었다. 그리고 아, 이것이 송충이의 감촉인가, 하는 의식이 들기도 전에 재빨리 잡아서 수풀 속으로 던져버렸다.

나의 그러한 동작에 어리둥절해하는 사쿠라였지만, 어쨌든 끝까지 지켜낼 수 있었다.

"으윽…… 느낌 이상하다……."

휴식이 끝나자 우리는 적당히 잡담을 나눠가면서 손수건 인식표에 의지해 목적지에 다다랐다. 생각보다 시간이 별로 걸리지 않아, 20분 정도 만에 도착했다. 우선 손수건을 회수해 사쿠라에게 건넨 나는 코엔지가 서 있던 장소에서 다시 주위를 관찰했다.

언뜻 봐서는 지금까지 걸어온 숲과 별반 차이가 없는 것 같았다.

여기에는 있고, 다른 곳에는 없는 것. 그것이 도대체 뭘까?

"뭐 알아차린 거 없어?"

"으응…… 무슨 차이가 있다는 거지……?"

시각으로 정보를 모을 수 없다면 다른 부분에 의지할 수밖에 없다.

"우선 되는 대로 조사해보자. 단, 서로의 모습이 보이지 않을 정도로 멀리 가지 않게 주기적으로 확인해가면서. 집중해서 찾다 보면 주의력이 흐트러지기 쉬우니까."

서 있는 위치에서는 보이지 않는 거목의 뒤쪽과 그루터기, 머리 위로 무성하게 드리운 푸른 잎들, 나뭇가지, 손으로 만져보는 흙. 이따금 불어오는 따스한 바람에 코를 맡기고 가만히 귀 기울여본다. 쓸 수 있는 오감을 총동원해 아주 사소한 변화라도 놓치지 않도록 확인해간다.

"까아악?!"

조금 떨어진 장소에서 수풀 속을 조사하던 사쿠라가 비명에 가까운 소리를 질렀다. 수풀이 꽤 깊어서 시쿠라의 몸 일부밖에 보이지 않았다. 또 넘어지기라도 한 건가?

"이것 좀 봐. 굉장한 걸 발견했어!"

흥분해서 나를 부르는 사쿠라. 수풀을 헤치고 들어가 모습을 확인하니 그곳에 다른 잡초와는 다른 초록색 잎이 자라 있었고, 노란색 열매도 언뜻 보였다.

"이거…… 옥수수…… 맞지?"

"그런 것 같은데."

그런데 이 구획만 옥수수가 자생한다는 게 말이 될까?

내가 식물에 박식한 편은 아니지만, 그것이 아주 부자연스러운 현상이라는 것쯤은 명백했다.

옥수수가 심어진 흙은 여기 숲의 흙과 빛깔이 조금 달랐다. 이것이 인공적으로 재배된 옥수수라는 사실을 뒷받침하는 증거다.

사방팔방 잡초가 우거져서 발견하기 힘들게 한 점도 수상하다.

"코엔지가 의미심장한 말을 한 게 이건가······."

녀석은 처음부터 이것의 존재를 알고 있었다. 그런데도 가르쳐주지 않은 짓궂음이란. 어쨌든 학교 관계자가 무인도에 출입하고 있다는 사실은 스팟의 상태를 봐서도 틀림없다. 시험 삼아 심어진 것을 하나 뽑아 살펴보니 우리가 익히 아는 바로 그 옥수수였다.

철저히 관리하고 재배해야 이렇게 깨끗한 모양이 나올 것이다.

"가방을 가져올 걸 그랬어······ 엄청 많은 건 아니지만, 그래도 한 번에 가지고 돌아갈 수 있을까?"

그 수는 약 50개 정도 되니 둘이서 한 번에 안고 돌아가기란 불가능하다.

필연적으로 몇 번 왕복하지 않으면 전부 옮길 수 없다. 나는 입고 있던 셔츠를 벗었다.

"아아아앗?! 뭐뭐뭐, 뭐하는 거야, 아야노코지! 이건 좀 너무 빠른데!!"

들고 있던 옥수수를 툭 떨어뜨리며 자신의 눈을 가리는 사쿠라.

"미안, 미안. 양해를 구하고 벗었어야 했는데. 그런데 너무 빠르다니 그건 무슨 소리······?"

남자의 벗은 몸 따위 별로 신경 안 쓸 줄 알았는데, 또래 여자애에 대한 배려가 부족했다.

"셔츠 끝을 묶으면 주머니 대신으로 쓸 수 있으니까. 한 번에 최대한 많이 옮길 수 있어."

우리가 떠난 사이에 다른 반이 이곳을 발견하면 옥수수를 전부 따갈 위험이 있다.

일어날 수 있는 위험은 최대한 피하는 것이 좋다.

"돌아가면 다른 애들한테 말해서 같이 수확하러 오자."

"응."

둘이서 한 예상 밖의 대수확에 가슴이 두근거렸는데, 바로 그때 생각지 못한 불청객에게 그 모습을 들키고 말았다.

"이것 좀 봐, 카츠라기! 엄청난 양의 식량이야!"

옥수수에 모든 의식을 집중했던 사쿠라가 깜짝 놀라 어깨를 크게 들썩였다. 그리고 바로 내 뒤로 숨었다. 그녀의 모습을 본 카츠라기가 한마디 사과를 던졌다.

"미안하게 됐군, 놀라게 할 생각은 없었는데. 이 남자애도 악의는 없었으니 용서해줘라."

그는 야히코 쪽으로 날카로운 시선을 보내며 사과를 재촉했다. 야히코는 혼난 강아지처럼 잔뜩 주눅이 든 채 주뼛주뼛 사과했다. 여기서 이 녀석들과 마주칠 줄이야. 카츠라기는 내게 특별한 반응을 보이지 않았지만 야히코는 나를 곧바로 알아보았다.

"너, 어제 스파이로 온 놈이지!"

화내듯 언성을 높이자 사쿠라가 또 놀라서 움츠러들었다. 그러자 카츠라기가 야히코의 머리에 꿀밤을 먹였다. 꽤 아플 듯 둔탁한 소리가 여기까지 들렸다.

"난 A반의 카츠라기. 그리고 이쪽은 야히코다. 두 번째니까 통성명 정도는 해도 괜찮겠지."

"D반의 아야노코지야. 그리고 이 애는 사쿠라라고 하고."

짧은 인사를 주고받은 후 카츠라기는 대량의 옥수수를 슬쩍 보며 걸음을 뗐다.

"그건 너희가 찾아낸 거니까. 억지로 빼앗을 생각은 없으니 안심해. 하지만 이곳을 다른 누군가가 발견하면 옥수수를 낚아챌 가능성이 높겠지."

"그건 어쩔 수 없어. 우리 둘밖에 없으니까."

이 장소가 발견되지 않기를 비는 수밖에, 달리 고를 선택지가 없다. 전부 수확해서 어딘가에 감추는 방법도 있지만, 그러는 사이에 누가 발견할 가능성도 낮지 않다.

"바보야? 한 사람이 남아서 지키고 있으면 되잖아. 안 그래, 카츠라기?"

"바보는 너야, 야히코. 숲에서 단독으로 움직이는 것의 위험성을 무시하지 마. 남자끼리면 몰라도 남녀로 행동하면 아무래도 행동에 제약이 생기지."

카츠라기도 그 점을 잘 아니까 단독으로 움직이지 않고 야히코라는 아이와 같이 다니는 것이다.

"우리도 도와주지."

"지, 진심이야, 카츠라기? D반을 도와주겠다니——."

당연히 거절을 표시한 야히코였지만, 카츠라기의 매서운

눈빛을 받자 말이 다시 목구멍으로 쏙 들어갔다.

"말은 고마운데, 우리 반 애들한테 주의하라는 말을 들었거든. 나중에 A반한테 의지했다는 걸 알게 되면 화낼 거야. 미안하지만 사양할게."

순간적으로 만든 거짓말이었지만, 이렇게 둘러대면 카츠라기도 물러설 수밖에 없으리라.

"그렇군. 그렇다면 무리해서 제안할 순 없지. 그런데 우릴 믿는 거야? 너희가 돌아간 후에 전부 다 가져갈 가능성도 있는데."

"그럼 지금 가져간 것만으로 만족할 수밖에."

그렇게 대답하자 카츠라기는 조용히 길을 열어주었다. 사쿠라가 불안해하고 있으니 서둘러 돌아가야겠다.

사쿠라와 함께 베이스캠프로 돌아온 나는 옥수수를 찾았다고 보고했다.

"대단해. 큰일을 해냈다, 아야노코지! 그리고 사쿠라도! 얼른 옥수수 따러 가자, 야마우치!"

근처에 있던 야마우치에게 말하는 이케. 그 야마우치는 나와 사쿠라를 보자마자 무서운 기세로 달려왔다. 그리고 내 팔을 움켜쥐더니 넘어뜨릴 듯 사쿠라에게서 멀리 떼어놓았다.

"너, 너, 너어! 왜 옷을 홀라당 벗고 사쿠라랑 단둘이?! 뭐 얏! 어?!"

"진정해. 엄청난 오해야, 그건. 아무 일도 없었으니까 인심해."

어떤 망상을 하는지는 잘 모르겠지만, 지금은 야마우치를 상대할 때가 아니다.

"잠깐 히라타한테 할 이야기가 있어. 미안하다."

"난 너 믿는다, 아야노코지이!"

나는 소리치는 야마우치의 옆을 지나 옥수수 이야기를 히라타에게 알렸다.

그리고 곧바로 캠프에 있던 아이들로 팀을 꾸려 옥수수를 한 번에 가지고 돌아올 수 있도록 조정해서 다시 출발에 나섰다. 가는 김에 다른 장소도 탐색해서 식량을 더 찾을 목적도 있었으리라.

모든 수확을 마치고 돌아온 것은 오후 1시가 다 되어 가는 시각이었다.

"옥수수, 그대로 있더라!"

가방을 꽉 채운 옥수수는 개수가 맞는 것 같았다.

"그런데 좀 위험하긴 했어. A반의 카츠라기라는 애가 근처에 있었거든."

아무래도 카츠라기는 옥수수에 손을 대지 않고 그 자리에 계속 머물러 우리를 도와준 것 같다. 선의나 악의가 있어서가 아니라 그것이 원래 카츠라기라는 남자겠지.

이름	코엔지 로쿠스케
반	1학년 D반
학적번호	S01T004668
동아리	무소속
생일	4월 3일

평가

학력	A
지성	C
판단력	C
신체능력	A
협조성	E-

면접관 코멘트

지금까지 본교에서는 성적과 운동신경을 두루 겸비한 학생을 많이 배출했으나, 역대 졸업생과 비교해도 몇 년에 한 명 나오는 인재라고 할 수 있을 만큼 높은 가능성이 무궁무진한 학생이다. 다만 모은 정보만으로는 측정할 수 없는 지성과 판단력에 관해서는 평가를 보류한다. 굉장히 드문 오만방자한 성격 등도 큰 문제가 되므로 강력한 개선이 요구된다.

담임 메모

반에 친구가 없으며, 협조성을 전혀 찾아볼 수 없다. 현재 개선책을 모색 중이다.

○조용한 전쟁의 시작

무인도 생활도 나흘째, 일주일의 반환점을 맞으면서 조금씩 변화가 생기기 시작했다. 봇물 터지듯 나왔던 불만들은 이제 들리지 않았고, 언제부터인가 웃음소리가 끊이지 않는 공간이 되어 있었다. 찾아낸 옥수수에 이케 일행이 낚은 물고기. 그리고 강물을 마시는 데 저항감도 사라졌다. 반 아이들이 따온 과일 등 예상보다 더 많은 포인트를 절약해 시험을 통과하려 하고 있었다.

지금 현재 쓴 포인트는 기권 등의 문제까지 포함해서 약 100포인트를 유지 중이다. 이대로 순조롭게 진행된다면 꽤 많은 포인트를 남기고 시험을 끝낼 수 있으리라. 그것은 시험 시작 전 D반의 입장에서 본다면 충분히 납득 가는 수치다. 제일 반대파였던 유키무라도 불평하지 못 하겠지. 그래, 이 결과에 불만을 느끼는 학생은 한 사람도 없다.

쿡쿡, 내 머릿속에서 뭔가가 따끔하게 찔렀다.

나는 볼펜을 빌린 다음, 접어둔 종이와 함께 주머니에 넣고 슬그머니 베이스캠프를 나섰다. 그리고 거의 파악하지 않은 섬의 상태를 알아내려는 행동에 들어갔다.

이것은 내 개인적인 상상이지만, 특별시험을 자세히 살펴보면 80퍼센트는 반에서의 협력관계 여부를 보는 수비적인 시험. 그리고 나머지 20퍼센트는 다른 반에 대한 정찰, 정보 수집 능력을 묻는 공격적 시험이라는 판단이 들었다.

그러나 이 8대2라는 것은 시험 결과에 그대로 반영되지 않는다. 오히려 20퍼센트 쪽에 결과를 크게 좌우하는 요소가 포함되어 있다는 생각이 든다.

이미 각 반의 방침은 파악했다. 그러면 할 일은 정해져 있다. 다른 반을 향한 공격이다.

그래서 나는 A반 구역으로 이동을 개시했다. D반이 강가를 중심으로 생활하듯 A반은 동굴 주변을 활동 범위로 삼았겠지.

카츠라기가 아무런 의미 없이 제일 처음에 동굴을 점유했을 리는 없다. 동굴이라는 스팟의 진정한 매력은 비바람을 피하는 것이 아니라 장소 그 자체에 있었다.

얼마간 숲을 헤매고 있으니 멀리서 희미하게 파도 소리가 들려왔다. 나는 조금 빠른 걸음으로 나무들을 헤치고 해안으로 나가는 데 성공했다.

"으헉……."

순간 급하게 걸음을 멈췄다. 바로 코앞이 발 디딜 틈 없는 벼랑이었기 때문이다.

"분명 배에서 보였던 건…… 이 아래였겠지."

동굴과 아주 가까운 이곳에는 여러 시설이 모습을 드러내고 있었다.

어떻게든 우회할 방법이 없나 싶어, 벼랑을 따라 걷다가 언뜻 놓치기 쉬운 사각지대에 사다리가 설치된 것을 발견했다. 사다리를 잡고 힘을 주어봤지만 단단히 고정되었는지 튼튼해 보였다. 나는 사다리를 타고 벼랑 아래로 내려갔다.

섬에 상륙하기 전에 보지 못했으면 절대 못 올 장소겠군. 얼마나 갔을까. 작은 오두막이 나타났다. 오두막의 입구에는 스팟이라는 증거인 장치가 설치되어 있었다. 창문으로 집안을 들여다보니 거기에는 낚시에 사용하는 것으로 보이는 도구 등이 있었다. 요컨대 이 장소를 차지하면 학교 측에 빌리지 않고도 고기를 낚을 수 있다는 소리다.

그리고 점유 여부를 확인해보니…… 눈에 보이는 A반이라는 글자. 이제 4시간 정도 남았다.

동굴을 차지한 카츠라기 일행이 그다음에 이곳을 점유했다고 봐도 틀리지 않으리라.

배에 탄 단계에서 발견한 것이 아니라면 존재 자체를 알 방법이 없는 스팟.

벼랑 바로 밑에 오두막이 있으니, 점유 순간을 다른 반에서 볼 염려도 없다.

실내 도구는 만진 적이 없는지 먼지가 잔뜩 쌓여 있었다. 아직 스팟으로 활용한 흔적이 보이지 않는다. 나는 주머니에서 지도를 꺼내 오두막의 위치를 기록해두었다. 물론 아주 대략적인 위치밖에 되지 않지만. 정확하게 측정하려면 막대한 시간이 필요할 것이다.

표시를 끝낸 나는 다시 종이를 접어 주머니 안에 넣었다.

오두막 이외에는 아무것도 없어 보여 다시 사다리를 타고 원래 길로 돌아왔다.

"섬을 선회했을 때, 건너편에 탑 같은 게 보였었지……."

기억을 더듬으며 다시 한 번 주위를 둘러보다가 사람이 지나다닌 듯한 땅에 주목했다. 그리고 뒤를 밟듯 흔적을 따라 숲으로 걸어 들어갔다.

이윽고 이번에는 높은 탑이 있는 장소에 도착했다. 여기도 스팟인가.

설치된 사다리를 오르면 해변을 한눈에 전망할 수 있을 듯했지만, 썩 도움이 될 시설 같지는 않았다. 그렇다면 스팟 중에는 그다지 쓸모없는 것도 있다는 말인가.

나는 시설 벽에 설치된 장치를 확인하기 위해 다가갔다. 아까와는 달리 이곳의 단말기는 점유되지 않아 프리 상태였다. 이 시설은 존재 자체가 커서, 오지에 있다고는 해도 비교적 많은 학생의 눈에 들키기 쉽다. 요컨대 어디서 누가 감시의 눈을 반짝이고 있을지 모른다는 소리다. 거의 동시에 발견했을 스팟인데도 A반이 탑을 점유하지 않은 이유는 '적에게 발견될 가능성의 차이' 때문이리라.

카츠라기는 진중한 남자고, 안전한 전략만 펼치는 인물이다. 가까이 있는 달콤한 먹이에 무방비하게 다가가지 않는 남자.

바람이 불지 않는데도 근처 수풀이 흔들리는 것을 문득 알아차렸다.

"……점유하지 않은 이유는 진중함 때문만이 아니라는 소리인가."

"거기서 뭐 해? 여긴 우리 A반이 쓰는 곳인데."

마치 먹잇감이 덫에 걸리기만을 기다린 것 마냥 두 남자가 수풀 속에서 모습을 드러냈다.

내가 단말기에서 물러나자, 그들은 나를 사이에 끼듯 에워쌌다. 그러더니 둘 중 하나가 곧 단말기 쪽 상태를 살피러 갔다. 내가 스팟을 점유했는지 확인하려는 거겠지.

"누구야, 넌? 못 본 얼굴인데."

돌 뒤의 공벌레를 자칭하는 D반의 은둔자는 그 존재가 알려지지 않은 듯하군.

눈앞의 남자는 손에 나뭇가지를 쥐고 있었는데, 그것을 무기처럼 내 목에 들이밀며 협박하듯 이름을 캐물었다.

"D반의 아야노코지야."

물론 그 협박에 즉시 굴복한 나는 숨김없이 이름을 밝혔다.

"수상한 물건은 없는지 뒤져봐."

꼭 용의자를 추궁하는 경찰처럼 나를 둘러싸더니 내 주머니에 손을 넣기도 하고 발목에 뭔가 숨기지 않았는지 확인하기 시작했다.

"이건 폭력이 아니야. 알지?"

그 질문에 대한 답은 하나밖에 없겠지. 나는 얌전히 고개를 끄덕였다.

내 몸을 훑어서 나온 것은 볼펜과 접은 종잇조각. 둘 다 들켰다.

"왜 볼펜을? ……이건 손으로 그린 지도?"

대충 그린 섬 모양과 점유 여부를 기록한 부분을 내 쪽으로 보였다.

"돌려줘."

나는 손을 뻗었지만, 순순히 돌려줄 리도 없어서 허공만 붙잡았다.

"목적이 뭐야. 네놈 단독 행동이냐?"

질문을 받은 나는 입을 닫았다. 3초, 4초. 그리고 침묵에서 도망치듯 목소리를 냈다.

"……그건 말 못 해."

"그렇군. 말을 못 한다는 건 뒤에서 조종하는 놈이 있다는 거겠지? D반 전체가 뭔가를 꾸미고 있나? 아니면 그중 일부?"

경찰이 용의자를 취조하듯 질문 공세가 이어졌다.

"말할 수 없어. 말하면…… 난 우리 반으로 못 돌아가니까."

"심부름꾼은 괴로운 법이지, 아야노코지. 뭐, 아무튼 됐어. 하지만 무슨 심부름인지 몰라도 더는 쓸데없는 행동 하지 마라. 베이스캠프에서 죽은 듯이 있으라고."

그들은 볼펜만 내 발밑에 던지고 종이는 회수했다.

명령할 권리 따위 이 녀석들에게 있을 리도 없지만 상당히 고압적인 태도다.

"한 가지만 더 묻자. 키 카드를 받은 리더가 누구인지 불면 대가를 지불할 용의도 있어. 그것도 10만, 20만이라는 금액을."

"──돈 받고 우리 반을 팔라는?"

"우리 말을 어떤 식으로 받아들일지는 네 자유인데, 우린 다른 녀석들에게도 똑같이 제안할 거야. 그렇게 되면 빠른 놈이 임자라는 것만 미리 말해주지."

A반의 이 전략에는 기본적으로 리스크가 없다. 윤택한 자금이 있다면 실현 가능한 손쉬운 방법. 확률이 낮다고는 해도 돈에 눈이 멀어 같은 반을 팔아넘기는 아이가 나올 가능성도 배제할 수 없다.

"도저히 못 믿겠는데. 돈을 준다니 어떻게? 여기에는 휴대전화도 없잖아."

"물론 지금 당장은 무리지. 하지만 필요하면 각서를 써줄 수도 있어."

말하자면 계약서를 교환하고 시험 종료 후에 돈, 프라이빗 포인트를 입금해주겠다는 것인가.

"각서? 참고로 묻는 건데…… 내가 알려주면 몇 포인트 줄 건데?"

"그건 네 태도에 따라 다르지."

"믿을 수 있는 인간이 조치해주는 건가? 이를테면 카츠라기라든가. 아니면 사카──."

그 이름을 입에 담은 순간 남자애 중 하나의 표정이 돌연 달라졌다.

"왜 여기서 카츠라기의 이름이 나오는데."

"……A반 대표는 카츠라기라는 소문을 들었거든."

"웃기고 있네. A반 대표는 사카야나기야. 카츠라기 나부

랭이가 아니라. 이제 그만 가도 좋아."

A반 아이들은 용무가 끝났다며 길을 열어주었다. 적어도 이 두 사람은 카츠라기의 적인 모양이다. 그럼 이 녀석들은 사카야나기의 명령으로 움직이는 건가? 아니면 지시를 내린 것은 카츠라기인가? 그 부분을 확실히 해둘 필요가 있겠다.

1

C반의 상황을 살피러 해변 가까이 접근한 나는 베이스캠프를 둘러보았다. 어제까지 떠들썩한 축제 분위기였던 그곳은 한산했고 파리만 날고 있었다.

"이야, 깜짝 놀랐어. 정말로. 그 애가 보통이 아니라고는 생각했지만 이 정도일 줄이야."

해안가의 광경을 막연하게 바라보고 있는데 뒤에서 걸어오던 이인조가 내게 아는 척했다.

"너도 정찰 왔어? 아야노코지."

B반의 이치노세와 칸자키였다. 두 사람 다 C반의 상태가 어떤지 확인하러 온 것일까.

"식량 찾기 담당이야, 난. 적당히 숲을 탐색하다 보니 해변까지 와버렸을 뿐이지."

"아무리 대낮이라도 혼자 행동하는 건 위험해."

이치노세의 다정한 충고를 받은 나는 고개를 끄덕이며 동의했다. 두 사람은 그늘에 몸을 숨기고 C반의 동태를 살폈다. 숨는 것은 그만한 이유가 있기 때문이다.

"어머. 사람이 하나도 안 보이네. 칸자키의 말대로 기권 작전인가 봐."

볼을 긁적이며 이치노세가 아쉬운 한숨을 내쉬었다.

"C반의 리더 정도는 맞춰줄까 했는데. 이래서는 무리려나? 전원이 배로 올라갔으면 힌트도 못 찾잖아."

"좀 생각해봤는데 말이지, C반은 이미 포인트를 다 써버렸잖아? 그럼 우리가 리더를 알아맞혀도 페널티를 안 받으려나?"

"2학기에 악영향은 없을 거라고 했으니 0 이하로 내려가진 않겠지."

이치노세는 조금 시시하다는 듯 입술을 삐죽거렸다.

셋이서 둘러본 C반의 거점은 이미 아무것도 남아 있지 않은, 그저 텅 빈 곳이 펼쳐져 있을 뿐이었다.

아직 몇몇 학생은 바다에서 놀고 있었지만, 그것도 시간 문제겠지.

"포인트를 다 쓰는 작전, 칭찬할만한 건 아니지만 그래도 정말 대단하네."

"생각은 해도 차마 실행으로 옮기지 못하는 일이지. 이 시험은 플러스를 쌓기 위한 시험이야. 그걸 내팽개친 시점에서 류엔은 이미 졌어."

이치노세와 칸자키는 어딘지 애처로운 듯한 표정으로 인적 끊긴 해변을 향해 말했다.

"역시 누가 리더인지 맞추는 건 엄청나게 어렵구나. 도저히 무리야, 무리."

"얌전하게 지켜보고 안전하게 시험을 치르는 게 제일 좋을 것 같아."

"응, 응. 우리한테는 착실한 전략이 제일이야."

두 사람은 거짓인지 진실인지 모르겠지만, 자신들의 방침을 숨김없이 들려주었다.

이치노세와 칸자키는 C반 정찰이 무의미하다는 것을 깨닫고 해변에서 시선을 돌렸다. 지금이야말로 좋은 기회다. 어쩔 수 없이 히라타나 쿠시다에게 사카야나기에 대해 물어보려고 했는데, 이 두 사람이라면 자세히 알고 있으리라. 지금은 D반 애들에게 내 행동을 들킬 만한 행동은 최대한 피하는 것이 좋다.

"어디서 얼핏 들었는데 혹시 A반은 카츠라기랑 사카야나기 무리가 서로 대립하고 있어?"

"사이가 안 좋다는 이야기는 사실이야. 꽤 심하게 싸운 모양이더라고. 그런데 그게 왜?"

"아니. 호리키타가 시간이 되면 알아보고 오라고 시켰거든. A반을 무너뜨릴 기회는 거기에 있다나 뭐라나. 하지만 아무리 심하게 싸웠다고 해도 시험 중에는 손을 잡겠지?"

"그렇다고 할까, 사카야나기는 이번에 시험을 쉬고 있으니까. 카츠라기 혼자서 열심히 애쓰는 것 같던데? 그러니 의견은 전부 카츠라기가 정리하지 않을까? 그렇지?"

이치노세는 머리를 갸우뚱거리며 칸자키에게 의견을 구했다. 설마 사카야나기라는 아이가 결석자였을 줄이야.

"카츠라기는 머리가 잘 돌아가는 남자애야. 사카야나기가 부재중이면 그 심복들이 반항할 수 있는 상대가 아니지. 분열을 조장하거나 하는 짓은 안 할걸? 그렇다고 메리트가 있는 것도 아니니까."

이 이야기가 사실이라면 조금 전의 두 사람은 카츠라기의 지시에 따라 움직이고 있다는 소리다.

"그렇구나. 그게 맞는 것 같아. 하지만 그럼 사카야나기에게 붙은 애들은 하나도 즐겁지 않겠어. 그 두 사람은 극과 극을 달리니까 의견이 갈릴 게 분명해."

"극과 극?"

"혁신파와 보수파? 공격과 방어? 괴롭히는 쪽과 지키는 쪽? 그런 느낌으로 생각이 정반대거든. 그래서 매사 부딪쳤던 것 같아. 그런 상태에서도 A반이 월등히 치고 나간 걸 생각하면 무섭지. 제대로 단합하면 진가를 발휘할 테니까."

"그렇군. 나중에 호리키타한테 전할게. 정말이지, 지가 직접 알아보면 될 거 가지고. 사람 다루는 게 거칠어서 말이지. 아차차…… 이 말은 못 들은 걸로 해줘. 나중에 성질부리면 괴로워지니까."

"호호호, 비밀로 할게. 그런데 역시 호리키타는 착안점이 좋구나. 만약 그 두 사람이 완전히 대립해서 격하게 싸우면 자멸하는 것도 이상하지 않겠어. 뭐, 지금 단계에서 뭔가가 가능한 건 아니지만."

칸자키는 손목시계로 시각을 확인한 후 이치노세에게 이제 슬슬 돌아가자고 말했다.

"나도 이제 식량을 찾으러 가야겠다. 빈손으로 돌아가면 혼나거든."

"그럼 서로 안 다치게 조심하면서 힘내자. 아무쪼록 엉뚱한 짓은 하지 않길."

그러한 이치노세의 말에 나는 고맙다고 조용히 대답했다.

2

무인도에서의 특별시험이 시작되기 전. 그러니까 1학기 종업식 날 이야기를 잠시 해보자.

나는 들떠 있었다. 인생 첫 여름방학을 만끽할 수 있다는 기쁨을 음미하고 있었기 때문이었다.

그런데 그런 나의 기쁨을 빼앗기라도 하듯 예고도 없이 낫을 든 사신이 나타났다.

"아야노코지. 하교 전에 잠깐 할 이야기가 있으니 지도실로 오도록."

종례 종료 직전, 차바시라 선생님이 그 말을 남기고 교실을 빠져나갔다.

"뭐야, 너 무슨 짓이라도 저질렀냐?"

돌아갈 채비를 마친 스도가 가방을 어깨에 메며 물었다.

"그런 기억은 없는데."

"그렇겠지. 너는 특별히 좋은 점도 나쁜 점도 없고, 지극히 성실하고도 따분한 생활을 보내고 있으니까."

"뭐지, 그 빈정거리는 말투는?"

"빈정? 그럴 생각은 없었는데. 혹시 그렇게 느꼈니?"

기분 나쁜 녀석……. 상처받은 마음은 슬픔에 젖어 눈물을 흘린다.

그런 호리키타와 다르게 스도는 나를 걱정해서 말을 걸어준 좋은 녀석이다. 그렇지, 스도?!

"야, 호리키타. 저기, 여름방학…… 한가하냐? 어디 놀러 안 갈래?"

스도는 내 책상에 걸터앉아 옆자리의 호리키타에게 온통 정신이 팔려 있었다. ……전혀 내 걱정을 안 하고 있다.

"내가 왜?"

"그야, 여름방학이니까? 즐기지 않으면 손해잖아. 영화를 보거나 쇼핑을 하거나 말이야."

"시시하네. 여름방학이랑 아무런 관계도 없고. 애당초 왜 하필 나한테 권해?"

"왜, 왜냐니. 넌 어째서 그 부분만 둔한 거냐고……."

호리키타가 진심으로 몰라줘서 스도는 머리를 쥐어뜯었지만, 곧 스위치를 전환했다.

"그러니까 그거지, 그거. 엉? 남자가 쉬는 날 여자애를 불러낸다는 건 말이지……."

스도의 노력을 끝까지 지켜보고 싶은 마음은 있었지만, 차바시라 선생님이 날 불렀으니까.

하기 싫은 일은 재빨리 해치우는 게 상책이다.

"야, 어디 가냐."

왜 그런지 스도가 나를 불러 세웠다.

"어디 가냐니, 선생님이 오라고 했으니 가봐야지 어쩌겠어."

"조금 늦어도 괜찮잖아? 내 곁에 있어달란 말이야."

그 표현, 상당히 거슬린다. 스도의 굵고 우람한 팔뚝이 내 손목을 잡고 놓아주지 않았다.

"나의 싸움을 지켜봐달라고. 그리고 잘 좀 도와달란 말이다."

"터무니없는 말 좀 하지 마……."

"그럼 안녕."

시답잖은 대화를 나누는 사이에 호리키타는 돌아갈 준비를 끝마치고 자리에서 일어섰다. 그리고 조금의 망설임도 없이 교실을 뒤로했다. 스도는 망연자실하게 그 모습을 지켜볼 수밖에 없었다.

"……제기랄. 씨알도 안 먹혔네. 동아리나 가야겠다."

목적이었던 호리키타가 사라짐과 동시에 필요 없어진 나는 해방되었다.

지도실 앞에 도착하니 차바시라 선생님이 문에 기대 고개를 숙인 채 나를 기다리고 있었다.

"들어와."

"저를 부르신 이유를 전혀 모르겠는데요."

"들어가서 말해주지."

짧은 대화를 주고받았을 뿐인데 나의 우울도 미터기가 쑥쑥 올라갔다.

그냥 연회 자리에서 피로할 개인기를 미리 봐달라면서 개그를 선보인 다음, 날 보내준다면 좋겠는데.

"지도실이라고 하면 왠지 꺼려지겠지만, 여기는 의외로 그리 나쁘지 않은 장소야. 감시하는 눈이 없으니까. 개인의 프라이버시와 깊이 관련된 이야기를 나눌 때의 배려다."

그 말을 듣고 보니 지도실 안은 당연한 듯 있어야 할 감시 카메라가 보이지 않았다.

"하실 말씀이 뭐죠? 지금부터 여름방학 계획을 세워야 해서 좀 바쁜데요."

"그것참 이상한 이야기구나. 너는 친구가 없는 걸로 아는데?"

"아니 아니, 그건 너무 심한 말씀이세요. 저도 조금은 있거든요."

양 손가락에 꼽을 정도밖에 안 되지만, 중요한 것은 숫자가 아니다. 라고 변명한다.

애초에 혼자 놀 여름방학 계획을 세우면 안 되나?

"오늘은 좀, 내 처지에 대해 들어줬으면 해서 너를 불렀다."

차바시라 선생님의 처지? 이건 또 아주 예상을 뺑 차버리는 전개다.

굳이 나를 지목해 불러내서 그런 이야기를 하는 이유를 모르겠다. 관심도 없다.

"교사가 된 후로 지금까지 아무에게도 한 적 없는 이야기야. 그냥 쓸데없는 소리라고 생각하고 들어줘."

"그전에 차라도 드시겠어요? 목마르시죠?"

나는 철제의자에서 일어나 간이 부엌의 문을 열었다. 안에 누가 있는 것은 아닌가.

"내 이야기를 다른 사람에게 들려줄 생각은 없어. 알았으면 자리로 돌아와."

"……그렇군요."

나는 도로 문을 닫고 차바시라 선생님 앞에 앉았다.

"너희 D반은 담임인 내가 어떤 식으로 보이지?"

"또 추상적인 질문을 던지시네요. 미인이라고 생각합니다, 라고 대답하면 되나요?"

농담조로 대답하자마자, 눈썹 하나 움직이지 않았는데도 선생님에게서 살기가 뿜어져 나오는 것을 피부로 느낄 수 있었다.

"으음……. 다른 선생님과 비교해도 괜찮으시다면, D반의 미래 따위 아무래도 좋다고 생각하는, 학생에 별로 흥미가 없는 쌀쌀한 담임선생님 같다고 할까요."

B반 담임인 호시노미야 선생님처럼 학생에게 친근하게 다가가지 않고, C반 담임 사카가미 선생님처럼 제자를 적극적으로 도우려는 태도도 보이지 않는다.

"저희가 잘못 봤습니까?"

"아니, 그대로야. 부정할 부분이 하나도 없어. 하지만 그건 진실이 아니다."

거기서 한번 말을 끊은 차바시라 선생님은 뭔가를 회상하는지 살짝 천장을 올려다보았다.

"난 이 학교 학생이었다. 너희와 똑같은 D반이었지."

"의외, 라고 할까요. 좀 더 우수한 분이라고 생각했는데요, 차바시라 선생님은."

"훗……. 우리 땐 지금처럼 극단적으로 차이가 벌어지지는 않았어. 삼파전이 아니라 사파전이었다고 표현하는 게 좋을까. 졸업이 임박한 3학년 3학기까지, A반과 D반의 차이는 불과 100포인트도 되지 않았지. 사소한 실수 하나로 균형이 무너질 만큼 접전이었어."

자랑하는 느낌은 아니었고, 오히려 과거를 후회하는 듯한 말투였다.

"그럼 그 사소한 실수가 일어났다는 말씀이네요."

"그래. 실수는 갑작스레 찾아왔어. 내가 범한 잘못 때문에 D반은 지옥으로 떨어지고 말았지. 결국 A반으로 올라가려는 목표도 꿈도 무너졌어."

불쌍하다고는 생각했지만, 그런 과거 이야기를 갑자기 나한테 하니까 당황스럽다. 오히려 기분이 께름칙하다.

"그런데 이해가 잘 안 가네요. 그 이야기랑 제가 무슨 상관이 있다고 그러세요?"

"네 존재는 A반에 올라가기 위해 반드시 필요하다고 난 느끼고 있거든."

"무슨 말씀을 하시나 했더니. 농담이시죠?"

부자연스럽게 치켜세워 주시고 칭찬해주시니 정말 기뻐서 몸 둘 바를 모르겠네요, 하는 말이 내 입에서 나올 리 없다.

"며칠 전에 어떤 남자가 학교에 접촉해왔어. 아야노코지 키요타카를 퇴학시키라고."

차바시라 선생님의 분위기가 한순간 급변했다. 본론은 지금부터, 라는 뜻인가.

"퇴학시키라니, 그것 또한 영문을 모르겠네요. 그 사람이 누구인지는 모르겠지만, 본인의 의사를 무시하고 퇴학 따위 시킬 수 있을 리가 없잖아요. 안 그래요?"

"물론이지. 제삼자가 뭐라고 말하든 퇴학이 가능할 리는 없어. 이 학교의 학생인 이상, 너는 규칙에 따라 보호받을 거야. 하지만…… 문제행동을 일으키면 이야기는 달라지지. 흡연, 학교폭력, 절도, 커닝. 이러한 불상사를 일삼는다면 퇴학을 피할 수 없어."

"아쉽지만 그중에 어느 것도 할 생각이 없어서요."

"네 의사는 상관없어. 내가 그렇다고 판단하면 모든 것이 현실이 된다는 말이다."

"혹시 지금 저를 협박하시는 건가요?"

말하는 게 왠지 수상쩍다고는 생각했지만, 요컨대 그거군.

"이건 거래야, 아야노코지. 너는 나를 위해 A반을 목표로 삼는다. 그리고 나는 그런 너를 지키기 위해 전면적으로 뒤에 선다. 어때? 괜찮은 이야기 같지 않아?"

처음 만난 순간부터 특이한 선생님이라고 느끼기는 했는데, 설마 제자를 협박할 줄이야.

벌어진 입이 다물어지지 않을 뿐만 아니라 실소가 터져 나오는 이야기다.

"이만 돌아가 봐도 될까요. 이 이야기를 더 들을 생각이 없어서요."

"안타깝구나, 아야노코지. 그럼 넌 퇴학이 될 거고, D반은 이번에도 A반으로 올라갈 수 없어."

말투, 태도에 여유가 전혀 없다. 이 여자는 진심으로 나를 자를 속셈이다.

자신의 못 다 이룬 꿈을 위해 나를 이용하려 들고 있다.

"딱 한 번만 다시 묻겠다. A반을 목표로 할지, 아니면 퇴학당할지. 원하는 쪽을 선택해라."

나는 왼손으로 긴 책상을 짚고 몸을 앞으로 쑥 내밀었다. 그리고는 차바시라 선생님의 멱살을 잡았다.

"호리키타가 당신한테 불쾌감을 드러냈던 때가 떠올랐어. 지금 나랑 비슷한 감정이었겠지. 마치 더러운 신발을 신은 채 남의 집에 쳐들어온 것 같은."

"——그렇군."

지금까지 세게 나오기만 했던 차바시라 선생님이 자조 섞인 웃음을 흘렸다.

"나도 나 자신에게 놀랐어. 아직도 A반을 포기 못 했다는 사실을 깨닫고 말이야."

그 눈동자는 아주 약간이지만 촉촉하게 젖어 있었다. 평소의 냉담함이 느껴지지 않는다.

차바시라 선생님은 여전히 멱살을 쥔 내 팔을 잡고, 다시 눈빛에 강한 의지를 담았다.

"네가 자발적으로 D반을 이끌어주었으면 했지만, 이제 더는 유예 기간을 줄 여유가 없다. 지금 이 자리에서 결정해. 나와 손을 잡을지 말지."

스타워즈의 주인공 루크는 모험의 유혹을 뿌리치고 삼촌의 농가로 돌아가는 선택을 했다. 하지만 최종적으로는 전쟁의 소용돌이에 빨려 들어가 버리고 만다. 그게 바로 운명이라는 것이다.

뭐, 이 여자의 과거 이야기는 절반만 귀담아 듣는 편이 좋겠지. 어디까지 진실인지 알 수 없다.

"후회할지도 몰라요. 저를 이용하려고 한 것."

"안심해. 내 인생은 이미 후회로 가득하니까."

이것이 여름방학을 눈앞에 둔 내게 일어난 성가신 사건이다. 다시 떠올리고 싶지도 않은 이야기.

그렇지만 나 역시 지금의 학교생활을 잃을 수는 없다.

자유를 지키기 위해 자유를 버리다니, 이 얼마나 어처구니없는 이야기인가.

이름	류엔 카케루
반	1학년 C반
학적번호	S01T004711
동아리	무소속
생일	10월 20일

평가

학력	D
지성	B
판단력	A
신체능력	B
협조성	E−

면접관 코멘트

중학교 때부터 수많은 문제행동을 일으켰다고 하나 확실한 증거가 없고, 단지 의심의 여지가 있는 정도다. 학력은 평균 이하지만, 학업에 진지하게 임하지 않는 것으로 보아 제 실력을 발휘하지 않았다고 여겨진다. 판단력이 뛰어나고 C반을 통솔하는 특이한 카리스마가 돋보이는 학생으로 장단점 양쪽 측면에서 개선을 바란다.

담임 메모

행동에는 의문스러운 부분도 많지만, C반의 중심인물로 기대하고 있다.

○거짓 팀워크

깊은 잠에 빠져 있는데 텐트 밖에서 언짢은 여자 목소리가 들려왔다.

"야, 남자들. 좀 모일래?"

그 한마디에서 끝난 것이 아니라 빨리 일어나라는 둥 어서 튀어나오지 못하겠냐는 둥 굉장히 험악한 분위기였다.

새벽녘에야 잠들었던 나는 졸린 눈을 비비며 느릿느릿 몸을 일으켰다.

"도대체 무슨 일이야…… 제기랄, 졸려 죽겠네."

짜증 난 표정의 스도와 마주 본 후 텐트 밖으로 나가보았다.

"무슨 일이야?"

"아, 히라타. ……미안하지만 남자애들 좀 다 깨워줄래? 큰일 났어."

시노하라가 미안한 목소리로 히라타에게 부탁했다.

당황한 건지 화난 건지, 어쨌든 시노하라의 표정이 심상치 않아 보였다.

조금 멀리서 여자애들이 이쪽을 노려보고 있었다.

"알았어. 지금 불렀으니까 금방 나올 거야."

그리고 1, 2분 정도 지나 남자들이 졸린 눈을 비비며 텐트 밖으로 나왔다.

잠이 덜 깬 남자들은 텐트 밖에 모인 여자애들을 보자 비로소 예삿일이 아니라는 것을 알아차렸다.

우리를 향한 여자애들의 눈빛이 굉장히 살벌했던 것이다.

"이렇게 아침 일찍부터 무슨 일인데?"

"미안해, 히라타. 너 하고는 아무 상관없지만…… 꼭 확인해야 하는 일이 있어서 모이라고 했어."

시노하라는 히라타를 뺀 전원에 모멸감을 가득 담은 눈빛을 쏘며 이런 말을 던졌다.

"오늘 아침에, 그러니까…… 카루이자와의 속옷이 없어졌어. 그게 무슨 뜻인지 알겠니?"

"뭐…… 속옷이……?"

늘 이성적인 히라타도, 예상하지 못한 사태에 동요한 모습이었다.

그러고 보니 카루이자와와 일부 여자애들의 모습이 보이지 않는다.

"지금 카루이자와는 텐트 안에서 울고 있어. 쿠시다랑 다른 애들이 달래는 중인데……."

그렇게 말하며 여자 텐트 쪽을 쳐다보는 시노하라.

"앗? 뭐지? 뭐야, 속옷이 사라졌는데 왜 우리를 째려보는 건데?"

"그야 당연한 거 아니야? 밤에 이 안의 누군가가 가방을 뒤져서 훔쳐간 거잖아. 짐은 밖에 뒀으니 훔치려고 마음만 먹으면 얼마든지 훔칠 수 있지!"

졸음에 지배당했던 남자아이들이 일제히 얼굴을 쳐다보

았다.

"아니, 아니, 아니?! 엥?! 이게 무슨?!"

이케는 크게 당황하며 남자들과 여자들을 번갈아가며 쳐다보았다. 그 모습을 본 남자들이 냉정한 목소리로 중얼거렸다.

"그러고 보니까 이케, 너 어제…… 밤늦게 화장실에 가지 않았냐? 시간이 꽤 걸렸던 것 같은데."

"아니, 아니, 아니! 그건, 그러니까, 너무 어두워서 두리번거리다 보니까!"

"정말이냐? 카루이자와의 속옷을 훔친 사람, 너 아니고?"

"아, 아니라니까! 그런 짓을 내가 왜 해!"

남자들 사이에 꼴사나운 죄 떠넘기기가 시작되었다.

"어쨌든 이거, 아주 큰 문제라고 생각하거든? 속옷 도둑이랑 같은 공간에서 캠핑하는 건 불가능해."

당장이라도 폭발할 듯한 시노하라가 팔짱을 끼고 충고했다.

"그러니까 히라타. 어떻게든 해서 범인을 찾아주지 않을래?"

"그건── 하지만 남자애가 훔쳤다는 증거가 없잖아. 카루이자와가 잃어버렸을 가능성도 있지 않아?"

"그래, 그래! 우리는 아무 상관없다고!"

히라타의 뒤에서 남자애들이 동시에 무죄를 호소했다.

"난 이 중에 범인이 있다고 생각하고 싶지 않아."

남자 쪽을 감싼다기보다는 반 친구를 의심하는 것이 싫은 듯 보였다.

"히라타가 범인이 아니라는 건 잘 알지만…… 어쨌든 남자들 짐 검사 좀 부탁해."

아무래도 여자애들의 생각은 변함없는지, 남자 측에 범인이 있다고 단정하는 모양이었다. 뭐, 상황을 봐서는 그렇게 생각하는 것이 자연스러우니 무리도 아니지만.

"뭐? 웃기고 있네. 그런 거 할 필요 없어. 거절해버려, 히라타."

"우선 우리끼리 모여서 의논해볼게. 조금만 시간을 줄 수 없을까?"

"……히라타가 그렇게 말한다면…… 알겠어. 카루이자와한테도 다시 말해볼게. 하지만 범인을 못 찾으면 우리도 생각이 있으니까."

그 말을 끝으로 일단 이 자리는 해산되었다.

히라타는 곧바로 남자들을 전부 모아 텐트 앞에서 의견을 나누자고 했다.

"여자애들 말 따위 무시해버리자. 의심받는 거 기분 더럽다고. 나는 싸울 거다."

첫날에는 이케가 여자들에게 일정 부분 신뢰를 얻었다고 생각했는데, 어차피 일시적인 현상이었나 보다. 다른 남자들도 엉뚱한 의심을 받았으니 불쾌한 게 당연하다.

"그렇지? 우리가 카루이자와의 속옷을 왜 훔치냐?"

그래그래, 하고 야마우치를 비롯한 남자애들이 연달아 맞장구를 치면서 서로 얼굴을 마주 보았다.

특별히 카루이자와가 귀엽지 않다는 뜻은 아니리라. 히라타의 여자친구인 카루이자와를 노릴 바에야 쿠시다나 사쿠라를 노리는 편이 남자들에게는 더 낫다는 소리다.

"나도 너희를 의심할 생각은 없어. 하지만 이대로는 문제가 해결되지 않을 것 같아……."

맞은편에서 무리를 이룬 여자애들은 당장에라도 달려들 듯한 기세였다.

"결백을 증명하기 위해서라도 당당히 짐 검사에 응하는 게 좋을 것 같은데……."

그렇게 말하며 히라타는 자기 가방을 들고 왔다.

"내가 부족해서 여자애들의 요구에 응하고 말았으니 너희는 어쩔 수 없이 동참했다. 이런 식으로 생각해주면 안 될까?"

"하, 하지만……."

"물론 내가 먼저 열게."

누군가를 움직이려면 자신이 먼저 행동할 수밖에 없다는 생각이었겠지만, 여자애들뿐 아니라 남자애들도 히라타가 범인이라고 의심하는 사람은 아무도 없겠지.

애초에 자기 여자 친구의 속옷을 훔치는 것은 일종의 모순이나 다름없다.

다만, 이렇게 최초의 한 사람이 가방을 열어버리면 뒤이어 할 수밖에 없다.

내용물을 보이려고 하지 않는 학생이 의심받는 것은 필연적이니까 말이다. 히라타의 가방에는 당연히 속옷 따위 들어 있지 않았다.

"어쩔 수 없군……."

히라타의 행동에 영향을 받아, 다른 남자들도 줄지어 텐트 앞에서 자기 가방을 꺼내 왔다.

이케와 야마우치는 계속 내키지 않아 했지만, 그래도 흐름을 거스를 수는 없다. 나를 포함한 세 사람이 마지막이 되었기 때문에, 이케와 야마우치도 마지못해 텐트로 향했다. 나 또한 두 사람을 뒤따라갔다.

"제기랄, 열 받아. 밑도 끝도 없이 남자들을 의심하다니. 이렇게 부당한 일이 어디 있냐?"

"뭐, 이렇게 된 이상 당당히 결백을 증명해서 갚아주자."

이케는 가방을 쥐고 일어서다가 그대로 얼어붙어버렸다.

"왜 그래?"

"아, 아니……."

급히 히라타 일행에게 등을 보이며 쭈그려 앉고는 가방 안을 다시 확인하더니 당황하며 지퍼를 도로 잠갔다.

"칸지?"

이케는 새파랗게 질린 채 몸이 굳어, 포박당한 듯 꿈쩍도 하지 않았다.

"야, 얼른 가자니까?"

상태가 이상해진 이케를 보던 야마우치가 농담 섞어 이렇게 말했다.

"설마 네가 훔쳤다거나?"

"아, 아, 아니라니까!"

허둥지둥 부정한 이케는 가방을 껴안고 고개를 마구 가로 저었다.

그 노골적인 반응을 보고도 아무런 감정을 느끼지 않을 만큼 우리는 둔하지 않다.

"너, 설마……."

"뭐야. 날 의심하냐?!"

"아니, 그런 건 아닌데. ……가방, 열어봐."

"……야, 잠깐?!"

야마우치가 재빨리 가방을 빼앗아 안을 확인했다. 그러자 그곳에는……. 남자가 절대로 입을 리 없는 새하얀 속옷이 돌돌 말려 감춰져 있었다.

"내, 내가 그런 게 아니라니까! 나도 모르겠는데 머, 멋대로 가방에 들어가 있었어!"

"너 말이야, 그걸 변명이라고 하냐……."

당황해서 쩔쩔매는 이케의 모습에 동정 어린 시선을 보내는 야마우치.

"난 모르는 일이라고. 정말이야! 왜 내 가방에, 패, 패, 팬티가 들어 있는 거야!"

"보기 흉하다. 어쨌든 히라타한테 설명해야지."

"뭐?! 그렇게 하면 내가 범인이 되잖아!"

"범인이고 뭐고 간에…… 그렇지?"

야마우치가 내게 동의를 구했지만 글쎄, 어떻게 보아야 할까?

카루이자와의 속옷이 이케의 가방에서 나왔다. 그러니까 이케가 범인?

그렇게 간단한 결론이 날 정도로 이번 사건은 단순하지 않으리라.

언제 어떻게 속옷을 훔쳤는지는 그렇다고 해도, 훔친 범인이 자기 가방에 속옷을 숨겼다는 것 자체가 일반적인 행동은 아니지 않은가. 다음 날 소동이 벌어지면 범인 찾기가 시작되리라는 것쯤이야 뻔하다. 냉정함을 잃어서 그랬다고 치더라도, 가방을 열어보라는 이야기가 나온 시점에서 적잖이 당황했을 것이다. 하지만 이케에게서는 그런 모습이 조금도 보이지 않았다.

그래서 내가 낸 결론은 진짜 범인은 따로 있고, 그가 이케의 가방에 훔친 속옷을 넣었다는 것이다.

이케가 어지간한 멍청이에 단순한 애가 아닐 경우에 한해서지만. ……아무리 그래도 그건 아니겠지?

"야, 아야노코지, 넌 믿어주겠지? 내가 훔치지 않았다는 거?!"

"정황상 냉정하게 생각하면 이케가 범인이 아니라고 단언할 증거가 없어."

"아야노코지!"

"하지만 이케가 범인일 가능성이 높다고도 할 수 없어. 범인이라면 너무 허술해."

"그야 그렇지만……. 그럼 뭐야, 누가 칸지의 가방에 속옷을 넣었다는 말?"

"그렇게밖에 생각할 수 없네!"

"야, 빨리해."

히라타가 있는 쪽에서 그런 남자애의 목소리가 날아왔다.

"어어어어, 어쩌지, 진짜 큰일 났네!"

여기서 속옷이 보이면 남자는 그렇다고 쳐도 여자애들은 이케가 범인이라고 단정해버리겠지.

"일단 숨길 수밖에. 지금은."

"숨기다니, 어디에?! 숨길 데가 없는데!"

하긴 지금 상태에서 숨기기는 무리다. 화장실이나 텐트에 들어가는 모습을 보면 우리를 지켜보고 있는 여자애들이 틀림없이 의심하면서 그 장소를 탐색할 테니.

무엇보다도 우리는 여기서 시간을 너무 끌고 있다. 벌써 의심을 사고 있을지도 모른다.

"주머니에라도 넣는 수밖에 없겠어."

내가 해줄 수 있는 충고는 그 정도였다. 자기 속옷 속이나 양말 따위에 숨기기에는 시간도 너무 없거니와 수상한 움직임을 안 보일 방법도 없다.

"무, 무리라니까! 나, 이미, 공황 상태야!"

그래도 지금은 숨기는 것밖에 길이 없지 않은가.

"그럼 아야노코지한테 맡길게!"

그렇게 말하며 이케는 가방에서 돌돌 뭉쳐진 속옷을 꺼내더니 재빨리 내 손으로 떠넘겼다.

"……뭐?"

"숨기는 편이 좋다고 생각한다면 네가 그렇게 해주라. 응?"

"아니, 그건——."

"야, 빨리 오라니까!"

"지금 간다!"

그럼 뒤를 부탁할게, 하고 말한 이케가 뛰어가 버렸다.

야마우치도 끌어들여서 미안하다는 말을 남기고 서둘러 그 뒤를 따라갔다.

"야! 이게 무슨……."

일이 이렇게 되니 나 역시 식은땀이 흘러내렸다.

그렇지만 마지막까지 혼자 남아 있어 봤자 상황은 악화되기만 할 뿐이다.

숨기려면 찾기 힘든 곳에 숨기는 게 좋지만, 나만 시간을 끌 수도 없는 노릇이다.

생각할 시간이 없어 가방을 들면서 뒷주머니에 속옷을 찔러 넣고 히라타가 있는 곳으로 향했다.

"미안, 미안. 가방이 좀 더러워서 흙을 터느라."

이케가 변명하며 가방을 열었다.

"얼마든지 뒤져라. 난 결백하니까. 그렇지, 야마우치?"

"그, 그래."

두 사람은 당당히 가방을 내려놓았다. 히라타는 가볍게 양해를 구한 후 가방 안을 확인했다.

나도 가방을 살짝 내려놓고 그 자리에서 살짝 떨어졌다.

이윽고 모두의 짐 검사를 끝낸 히라타는 팔짱을 끼고 기다리던 시노하라를 향해 말했다.

"전원 조사했어. 하지만 역시 안 나왔어."

"정말?"

"그래. 틀림없어. 역시 남자들은 범인이 아니야."

"잠깐 기다려."

시노하라가 우리 쪽으로 다가오더니 텐트 안을 확인하기 시작했다.

어디에 숨긴 것이 아닌지 의심하는 모양이다. 하지만 당연히 나올 리 없다.

텐트 두 개를 다 뒤진 시노하라는 일단 여자들에게 돌아가 귓속말했다.

"저기, 히라타. 어쩌면 주머니 같은 데 숨겼을지도 모르는 것 아냐? 아까 이케랑 야마우치, 아야노코지가 자기들끼리 속닥거리면서 말했던 게 신경 쓰이기도 하고."

당연하다면 당연하게도 여자애들은 그런 식으로 구석구석 확인해달라고 요구했다.

"적당히 하라고!"

반발하는 이케에게 시노하라를 비롯한 여자애들이 일제히 공격을 퍼붓기 시작했다.

"이케 아까 되게 수상하지 않았어? 혹시 정말 감춘 거 아니야?"

"뭐라고?! 아, 안 숨겼다니까! 자, 다 뒤져보든지!"

이케는 두 팔을 활짝 벌려 결백을 주장했다. 야……. 그런 식으로 흐름을 유도하면…….

"그럼 확인해보자. 히라타, 부탁해도 될까?"

"……알겠어. 그렇게 해서 너희 여자들이 받아들인다면. 대신 이번에 못 찾으면 더는 남자애들을 조사하려는 행동을 그만둬줬으면 좋겠어."

최악의 흐름이다. 여자애들이 감시하는 앞에서 나와 이케, 야마우치의 몸 검사가 시작되고 말았다.

당연히 이케와 야마우치의 몸에서 속옷 따위 나올 턱이 없다. 그들은 히라타의 꼼꼼한 조사에도 동요하지 않고 기꺼이 검사에 응했다. 그리고 드디어 내 차례가 돌아왔다.

이제 변명도 할 수 없는 상황이다. 기왕 이렇게 된 거, 내가 스스로 내놓는 편이 그나마 낫지 않을까.

……아니, 그건 아니리라. 더는 어떻게 피할 방법이 없다. 그러니 단 1%라도 히라타가 알아채지 못할 가능성에 거는 편이 낫다.

나는 죽은 물고기처럼 움직이지 않고 히라타의 검사를 받기로 했다.

"미안해. 빨리 끝낼게."

나를 전혀 의심하지 않은 히라타는 상반신부터 천천히 훑었다.

그리고 마침내 속옷이 들어 있는 뒷주머니에 히라타의 손이 들어갔다.

──이제 끝인가.

마음을 굳게 먹었다. 히라타의 손이 분명히 속옷을 만진 감촉이 전해진다. 감촉만으로는 속옷이라는 확신을 가지지 못 할 수도 있지만, 주머니 속에 뭉친 천 조각이 들어 있는 것만으로도 충분히 이상하다. 일순 몸이 굳은 히라타는 내 눈을 쳐다보았다.

하지만 채 1초도 지나지 않은 시간 동안 시선이 교차한 직후, 히라타는 속옷을 꺼내지 않고 내 체육복을 마저 조사한 다음 여자애들에게로 몸을 돌렸다.

"아야노코지에게도 없어."

그는 그렇게 말하며 시노하라 쪽으로 걸어갔다. 이케와 야마우치가 깜짝 놀란 표정으로 서로 마주 보았다.

"세 사람에게는 없었어."

"이상하네…… 저 셋 중 하나라고 생각했는데. 하지만 히라타가 그렇다고 하니까……."

정의감 넘치는 히라타가 거짓말을 할 리 없다면서, 시노하라도 고집을 꺾을 수밖에 없었다.

"일단 짐을 정리해도 될까? 이야기는 그 후에도 얼마든지 할 수 있어."

모든 검사가 끝난 후 나는 서둘러 텐트에 들어갔다. 그 뒤를 히라타가 따라왔다.

"히라타…… 어째서 말하지 않았어?"

나는 솔직하게 물었다.

"역시 네 주머니에 들어 있던 그거, 속옷이었지?"

"응."

"카루이자와의 속옷…… 네가 훔친 거야?"

"아니. 그렇지 않아."

내 짧은 부정을 이 호청년은 어떻게 받아들일까?

"난 믿어. 넌 그런 짓을 할 애가 아니라는 걸. 하지만 왜
네 주머니에?"

망설임 없이 당당히 믿는다고 말해준 이상 나도 대답할
수밖에 없다.

나는 속옷이 이케의 가방에서 나왔다는 것을 솔직하게 알
려주었다. 히라타는 잠시 생각에 잠긴 동작을 취했다.

"그랬군. 그럼 틀림없이 너는 아니네. 그리고 이케랑 야
마우치라고도 생각할 수 없어. 애초에 범인이었으면 자기
가방에 넣지 않았겠지. 다른 곳에 숨기는 게 이치에 맞아."

히라타가 머리 회전이 그럭저럭 빠른 녀석이어서 살았다.
귀찮은 설명을 생략해도 되니까 말이다.

"괜찮으면 속옷은 내가 맡아도 될까?"

"그거야 좋지만…… 괜찮겠어?"

이 속옷을 가지고 있는 것은 조커를 쥔 것이나 마찬가지
다. 처리하게 곤란한 물건이다.

"최악의 경우 범인으로 의심받는다면 내가 제일 타격이 덜하잖아. 일단은 남자친구니까."

그렇게 말하며 화장실에 쓰는 비닐봉지를 꺼낸 히라타가 속옷을 그 속에 넣었다.

맨손으로 만지면 카루이자와가 무척 가여워지니까.

"하지만…… 이렇게 해서 나쁜 정보도 하나 나왔다고 볼 수 있네. 이케의 가방에서 속옷이 나왔다는 건 범인이 우리 반에 있을 가능성이 높다는 거니까."

"그렇지……."

아무리 그래도 다른 반 학생이 어슬렁거리면 반드시 누군 가의 눈에 띄기 마련이다.

텐트에서 나온 후 주위를 둘러본다. 남자들의 짐은 각각 비닐에 싸여 텐트 앞에 아무렇게나 놓여 있었다. 그리고 수 미터 떨어진 위치에 카루이자와가 자는 텐트가 있었고, 여자애들의 짐도 사건이 일어날 때까지는 마찬가지로 무방비하게 쌓여 있었다. 훔치려고 마음만 먹으면 쉽게 훔칠 수 있다. 첫날 내가 이부키의 가방을 어려움 없이 뒤졌던 것처럼.

언제 훔쳤나, 그것이 문제다. 샤워할 때까지는 아무 이상 없었다고 하니, 어젯밤 8시에서 오늘 아침 7시 사이가 범행 시각이 된다. 반의 누구나 범행이 가능한 시간이다. 하지만 밤중에 범행이 일어났으리라고는 생각할 수 없다. 주위가 어두컴컴한 상황에서 손전등을 밝혀가며 짐을 뒤지면 불빛이 신경 쓰일 가능성이 있기 때문이다.

그렇다면 새벽 5시 전후, 해 뜰 무렵이 유력한 범행 시각이 된다.

뭐, 범위가 어느 정도 좁혀졌어도 거기서 범인을 좁히는 것은 어렵다.

그럼…… 생각을 조금 전환해보자. 속옷을 도둑맞은 아이가 카루이자와라는 이유와 그 속옷을 이케의 가방에 감췄다는 점. 여기에 어떤 이유가 있지 않을까?

"난 아야노코지 네가 범인이 아니라는 걸 믿어. 그래서 널 도운 거야."

"그, 그렇구나. 고맙다."

"그래서, 라는 건 꼭 아니지만…… 아야노코지가 범인을 좀 찾아줬으면 해."

히라타가 내 손을 잡고 부탁했다.

"내가 범인을?"

"남자도 여자도, 범인을 못 찾으면 불안해할 거야. 원래는 내가 찾는 게 제일 낫지만 반 아이들을 단합시키는 데 시간을 할애해야 해서 힘들 것 같고……."

하긴, 반의 중심인물인 히라타는 아무래도 행동하는 데 제한이 따르겠지.

"사건에 휘말린 입장에서 범인이 누군지 확실히 마음에 걸리긴 하지만. 이케의 가방에 속옷을 숨기는 짓을 하는 인간인데 그리 쉽게 찾을 수 있을까?"

그걸 누가 모르겠는가. 히라타 역시 범인 찾기가 어렵다는 점은 잘 알고 있으리라.

"……뭐, 일단 힘닿는 대로 해볼게. 너무 기대하지는 말아줘."

"고마워! 정말 고맙다, 아야노코지!"

히라타는 금방이라도 껴안을 기세로 기뻐하더니 고맙다고 깊이 머리를 숙였다.

고마워하는 히라타의 마음은 모르는 바도 아니지만, 조금 과한 반응처럼 보인다.

그만큼이나 히라타에게 이번 속옷 도난 사건은 골치 아픈 문제겠지. 겨우 단합하기 시작한 반에 찾아온 위기를 리더로서 심각하게 받아들인다는 증거다.

"그리고 만약 범인을 찾게 되면…… 나한테 제일 먼저 알려줬으면 좋겠어. 다른 애들한테는 절대로 말하지 말고."

부탁하는 눈빛에 실린 힘이 강해서 좋다 싫다 말할 수가 없다.

너무도 태연한 그 태도가 조금 기분 나쁠 정도다.

"이 사실이 만천하에 드러나면 우리 반에는 또 커다란 흠이 생기게 돼. 그것만은 피하고 싶어. 그러니 진범이랑 대화를 나눠서 좀 더 원만한 해결 방법을 찾았으면 좋겠어. 그걸로 진범이 반성해준다면, 내 선에서 없었던 일로 수습하는 것도 가능할지 모르니까 말이야."

"그 말은 다시 말해서 사실을 은폐하겠다는?"

"은폐라……. 표현은 좀 안 좋지만 그렇게 들려도 어쩔 수 없지. 남자 중에 누군가가 범인이었다고 해도 나는 진실을 덮어야 한다고 생각하니까."

히라타가 강렬한 눈동자로 나를 쳐다보았다. 범인을 감쌀 의사가 있다고 말하는 눈빛이었다.

"알겠어. 그럼 제일 먼저 히라타에게 보고할게. 그럼 되지?"

"고마워. ……그럼 난 내 할 일을 하러 돌아갈게."

그리고 텐트에서 나간 히라타는 곧바로 다른 학생에게 말을 걸어 뭔가를 시작하는 듯했다.

시트 너머로 비치는 여러 명의 실루엣이 점점 멀어져 갔다.

"히라타 요스케. D반의 히어로, 인가."

나는 히라타의 이야기에서 한 가지 모순을 느꼈다.

녀석은 나를 믿으니까 도왔다고 말했으면서, 그 직후 남자애 중 누가 범인이라고 해도 진실을 덮을 생각이라고 했다. 그 말인즉슨 누가 속옷을 훔쳤든 여자들이 감시했던 그 자리에서는 사실을 숨겼을 것이라는 소리다.

히라타는 나 따위 전혀 믿지 않는다. 오히려 범인일 가능성이 높다고 상정하고 있을지도 모른다. 물론 자연스러운 생각이다. 남이 보기에는 실제로 속옷을 가진 나, 아니면 이름이 자주 언급되었던 이케 중에 범인이 있다고 생각하겠지. 그래서 히라타는 범인일 가능성이 있는 나를 탐정 역으로 지명함으로써 구원의 동아줄을 내려주었고, 동시에 재범을 일으키지 말라는 못을 박았다.

그렇게 생각하면 이 이야기의 흐름도 납득이 간다. 사건을 그대로 덮고 싶다는 것만큼은 확실하다.

히라타가 범인일 가능성도 일단 배제할 수 없지만……뭐, 그거야 금방 밝혀지겠지.

1

"잠깐만 모여줄래?"

텐트에서 나오니 히라타가 반 아이들을 불러 모았다. 잠시 후 모두가 한자리에 모였다.

새빨개진 채 퉁퉁 부은 눈으로 간신히 화를 참는 카루이자와의 모습도 보였다.

"남자는 못 믿어. 이대로 같은 공간에서 지낸다니 절대 못 해……!"

"하지만 남자랑 여자가 따로 떨어져서 지내면 문제가 생길 텐데……. 시험은 이제 곧 끝나. 그러니까 우리는 같은 반으로서 서로 믿고 도와야 해."

"……그건, 그렇지만. 그래도 속옷 도둑과 한 공간에 있다니 도저히 못 견디겠어!"

카루이자와는 절대 무리라며 머리를 가로저었다. 피해자가 그렇게 말하니 히라타도 강하게 주장할 수 없다. 그녀를 보호하듯 시노하라가 나뭇가지를 주워 와 땅에 대고 선을 그었다.

"우린 범인이 남자 중에 있다고 생각해. 그러니 여기에 선을 그어서 남자랑 여자 구역을 나누자. 남자는 이쪽으로 절대 넘어오지 말아줬으면 해."

이렇게 시노하라가 생활공간을 나누자고 제안했다.

"뭐야, 그게. 우리를 멋대로 범인 취급이나 하고. 짐 검사고 몸 검사고 다 받았잖아?"

"꼭 가방에 숨겼다고 할 순 없잖아? 남자는 원래 변태니까. 어쨌든 범인을 찾을 때까지, 여자 구역에 들어오지 않도록 해줘. 고로 지금 당장 선 밖으로 나가."

여자들은 남자 텐트를 옮기길 요구했다.

당연히 남자 측은 그 말을 받아들일 리 없어서 야유가 마구 쏟아졌다.

"그렇게 의심스러우면 너희가 텐트를 옮기던지. 우린 안 옮길 거고 도와주지도 않을 거다."

"아, 그래? 그럼 됐어. 도와주는 척하면서 가방 뒤지는 것도 못 참을 거 같으니까."

"그리고 앞으로 샤워실도 쓰지 마. 변태 도둑이 섞여 있을지도 모르는 남자들이 쓰는 건 말도 안 되지."

지금까지의 약속은 다 어디로 날아가 버렸는지, 완전히 결렬되고 말았다.

"헷. 너희, 텐트 말뚝 같은 거 잘 박을 수 있겠냐?"

상황이 불리하다는 것을 깨달은 시노하라는 히라타에게 도움을 청했다.

"저기, 히라타. 카루이자와를 위해서라도 우리를 좀 도와 줄래?"

"……알겠어, 내가 도와줄게. 시간이 좀 걸릴지도 모르는 데 그래도 괜찮아?"

"고마워, 히라타. 다행이야, 카루이자와."

"응. 믿을 사람은 히라타뿐이라니까."

기쁜 듯, 그리고 살짝 수줍은 듯 카루이자와가 볼을 붉히며 고개를 끄덕였다.

"쳇. 히라타가 범인일지도 모르는 거 아닌가?"

"뭐라고? 히라타가 범인일 리가 없잖아. 바보 아냐? 왜 사니?"

"야?! 까불지 마라, 카루이자와. 남자친구니까 범인이 아니라든가, 그따위 말은 아무 근거가 없다고!"

남자들로부터 당연히 불만이 터져 나왔지만, 이 상황에서 남자들의 말은 가볍게 무시당했다. 히라타를 제외한 전원이 의심받고 있으니 별수 없다. 결론은 급속도로 좁혀졌고, 카루이자와와 시노하라가 주도권을 잡았다.

"잠깐만. 너희한테 이의 있어. 특히 카루이자와 너."

냉랭한 공기가 흐르는 가운데, 호리키타가 태연한 얼굴로 카루이자와를 향해 거침없이 주장했다.

"뭐니, 호리키타. 지금 이야기에 불만 있다는 거야?"

"남녀가 따로 생활 구획을 나누는 것까지는 상관없어. 범인을 찾지 못한 이상, 범인이 섞여 있을 가능성이 높은 남자애들이랑 거리를 두는 건 옳다고 보니까. 하지만 난 히라타도 믿지 않아. 즉, 그가 속옷 도둑일 가능성도 제외할 수 없어. 그런 히라타만 특별히 여자 구역에 들어와도 된다는 규칙을 만드는 건 받아들일 수 없는데."

"히라타가 그런 짓을 할 리 없잖아. 그것도 몰라?"

"그건 네 개인적인 생각이잖아? 나한테까지 같은 생각을 강요하지 말아줘."

호리키타의 태도에 카루이자와는 이해가 안 되는지 호리키타와의 거리를 한 걸음 좁혔다.

"히라타가 범인일 가능성은 절대 없어. 남자친구는커녕 제대로 된 친구 하나 없는 넌 죽었다 깨어나도 모르겠지만 말이야."

"몇 번이나 같은 말을 하게 하지 마. 히라타만 된다는 걸 받아들일 수 없다고 말했어, 난."

호리키타는 도발에도 꿈쩍하지 않고 담담하게 대답했다.

"그럼 묻겠는데, 하라타 말고 신뢰할 만한 남자애가 있어? 없잖아?"

"난 아무 대책도 없이 말을 꺼내지 않아. 단순하게 생각해서 남자애를 한 명 더 늘리면 돼. 그럼 일손도 두 배로 늘어나고, 남자애들이 서로 감시하는 효과도 있으니까."

"농담하지 마. 난 속옷을 도둑맞았다고. 남자한테 모욕을 당했다고! 알겠니? 잘못해서 범인을 끌어들였다가 또 무슨 짓을 당할지 모르잖아!"

"그건 네 위기관리가 허술했던 데도 책임이 있지 않아? 알게 모르게 도둑질당할 원인을 제공했을지도 모른다고 보는데?"

"뭐, 뭐야, 위기관리라니! 모두 똑같이 가방을 놔뒀는데 허술하긴 뭐가!"

"평소에 속옷을 도둑맞아도 상관없거나 혹은 그래도 어쩔 수 없을 만한 생활을 보낸 게 아닌가 하는 말이야. 널 안 좋게 생각하는 사람이 꽤 있는 것 같으니."

요컨대 호리키타는 범인이 단순히 음흉한 생각으로 속옷을 훔친 게 다가 아닐 가능성도 시야에 넣고 있다. 평소 카루이자와에게 앙심을 품을 만한 인물이 있고, 의도적으로 모욕을 주었다. 그러한 선에서 범인을 상상하고 있을지도 모른다. 어떻게 추리하든 호리키타의 자유지만, 그 생각을 공적인 자리에서 카루이자와에게 밀어붙이는 것은 실수 아닐까?

머리는 좋지만 대인관계에서 어려움을 느끼는, 그야말로 호리키타의 약점이라고도 할 수 있는 행동이다.

많은 사람 앞에서 그런 식으로 도발하면 카루이자와는 더욱 상처받고 화를 내리라.

그리고 그 화살은 남자뿐 아니라 호리키타에게도 향하겠지.

"너 말이야——."

화가 나 당장에라도 호리키타에게 달려들 듯한 카루이자와와의 앞에 히라타가 용감하게 끼어들었다.

"카루이자와. 나도 남자애가 한 사람 더 있으면 좋을 것 같은데, 안 될까?"

그렇게 감싸듯 중재에 나섰다.

"하, 하지만…… 히라타 말고 달리 믿을 사람이……."

"그럼 내가!"

퍼뜩 손을 드는 이케. 시노하라와 직전까지 싸운 것처럼은 보이지 않는 태도다…….

"잠깐. 힘 쓰는 일 하면 나지."

스윽 손을 드는 스도.

"기다려. 이럴 땐 역시 손재주를 겸비한 나지."

야마우치도 뒤를 따랐다. 보아하니 몇 번 다퉜어도 여자애들과 가까이 있고 싶어서 어쩔 수 없는 모양이다.

"노, 농담은 그만둬. 변태를 받아들일 정도로 호락호락하지 않거든? 누가 범인이든 전혀 이상하지 않아. 호리키타 넌 이 애들이 들어와도 괜찮다는 말이니?"

"그건 나도 동감이야. 세 사람은 평소 행실을 생각하면 전혀 믿을 수 없어. 그래서 나 나름대로 숙고해서 범인이 아닌 인물을 골랐어."

"그게 누군데? 히라타 말고도 있단 말이야?"

나는 남자애들을 둘러보았다. 히라타의 뒤를 이어, 여자들이 마음을 놓아도 될 남자가 있다는 말인가?

유키무라는 두뇌가 명석하지만 여자와 충돌이 꽤 잦았

고……. 누구지, 하고 궁금해하는데…….

"너야, 아야노코지."

……뭐라고? 어째서 나? 왜 나? 나도 모르게 입이 쩍 벌어졌다.

"호호호호! 웃기지 좀 마. 누군가 했더니 네 유일한 친구? 저런 존재감 희미하고 은근히 음흉한 타입, 믿을 수 있을 리 없잖아?"

딱히 어떻게 생각하든 상관없지만, 내 존재는 '저런 녀석', '은근히 음흉한 놈'인가보다. 이것이 1학기 때 만족스럽게 대인관계를 쌓지 못한 인간의 슬픈 말로인가.

"오히려 아야노코지가 범인인 건 아니고? 아침에 쑥덕대던 게 영 수상했는데."

이케의 가방에서 속옷을 발견했을 때 시간을 끌었던 것을 말하겠지.

뭐, 수상하게 여겼든 아니든 그때 카루이자와의 속옷이 우리에게 있었던 것은 사실이니까.

"그럴 수도 있겠어…… 그러고 보니 어제 밤늦도록 모닥불 앞에 있었지, 아야노코지…….'

보아하니 여자애들의 의심이 점점 짙어져, 그다음 타깃이 나로 정해져버린 것 같다. 남자 중에도 수상쩍게 여기는 사람이 나오기 시작했다. 이케와 야마우치는 모르는 척 시치미를 떼고 있다.

가만히 입 다물고 있어도 변명을 해도 불리한 상황이어서 그냥 아무 말 않기로 했다. 얼마나 의심을 사든 증거는 히라 타가 가지고 있으니 억지로 범인 취급을 받지는 않으리라.

하지만 아무 잘못도 없는데 범인으로 의심을 받으니 썩 좋은 기분은 아니다.

"아야노코지가 진짜로 속옷 범인인 거 아니야? 변명도 안 하고. 전에 카루이자와를 엉큼한 눈빛으로 빤히 쳐다본 적 도 있었지?"

여자들 속에서 그런 의심의 목소리가 들렸다. 엉큼한 눈 빛으로 쳐다본 기억 따위 없는데, 편리하게 기억을 바꿔버 리면 어쩔 도리가 없다. 이런 식으로 억울한 죄를 뒤집어씌 우는 거구나.

"저기…… 아, 아야노코지는, 그런 짓 안 한다, 고 생각……."

여자는 전원 의심하는 분위기여서 내 편이 되어주는 사람 이 아무도 없다고 생각했는데, 예상하지 못한 인물이 나를 감싸는 발언을 했다.

뒤에서 등을 구부린 채 우물쭈물하면서도 나를 옹호하는 사쿠라.

누구보다도 사람들의 주목을 받기 싫어하는 그녀라고는 생각할 수 없는 행동이었다.

"뭐? 그게 뭐야, 왜 그런 걸 네가 말하는 거지?"

범인일지도 모르는 인물을 감싸는 사쿠라를 향해 카루이 자와는 불쾌하다는 듯 몸을 돌렸다. 잘나가는 여자애의 입 장에서 주뼛거리는 사쿠라 따위 딱 좋은 타깃이다. 호리키

253

타보다 상대하기도 쉽고.

순식간에 먹잇감을 바꾸어, 포식하듯 말로 공격을 가한다.

"응? 어째서? 네가 어떻게 아는데? 아야노코지가 범인이 아니라는 사실을?"

"그건…… 그게…… 그야, 그런 짓 할 사람이, 아니니까……."

기에 눌려 두려워하면서도 사쿠라는 필사적으로 목소리를 짜냈다.

"뭐? 무슨 뜻인지 모르겠네. 전혀 대답이 안 되잖아?"

사쿠라가 계속하는 수수께끼 같은 옹호에, 카루이자와는 팔짱을 끼며 짓궂게 웃었다.

"어머? 혹시 사쿠라, 촌스럽고 눈에 잘 안 띄는 아야노코지를 좋아한다거나?"

그냥 바보로 본다고 할까, 적당한 이유를 단 카루이자와의 한마디. 그 근거 없는 발언은 그저 한 귀로 흘리면 그만인데, 사쿠라는 그대로 받아들여버렸다.

"아, 아니야!"

뒷걸음질 칠만큼 깜짝 놀란 사쿠라는 얼굴이 새빨개져 바들바들 떨었다.

"우왓. 뭐야, 저 초딩같이 노골적인 반응은. 다 알겠네."

폭소하는 카루이자와와 그녀를 따르는 여자애들.

"그게 아닌데……! 아, 아우…… 흑흑……!"

"훗, 딱히 상관없지 않아? 저런 애를 좋아할 여자애 따위 아무도 없으니까. 뭐하면 여기서 고백하지그래? 우리가 도와줄 수도 있어."

"윽!!"

주위의 눈이 사쿠라에게 지나치게 모여들자, 그 공기를 이겨내지 못했는지 사쿠라가 숲속으로 뛰어가 버렸다. 쿠시다는 내가 따라가볼게, 하는 말을 남기고 사쿠라의 뒤를 쫓았다. 혼자서 숲에 들어가는 것이 위험하다는 사실을 잘 아는 훌륭한 판단이다.

"뭐야, 쟤. 조금 놀린 것 가지고. 저러니까 친구가 없지."

카루이자와의 공개 처형, 그 광경을 처음부터 끝까지 조용히 지켜본 호리키타는 시시한 구경이라도 했다는 듯 머리를 긁적이며 한숨을 푹 내쉬었다.

"이제 슬슬 이야기를 진행해도 되겠니? 우스꽝스러운 장면을 지켜보는 건 시간 낭비니까."

"너 말이야, 호리키타. 그런 말투, 사람 완전 열 받게 하거든?"

도망친 사쿠라에게서 더는 흥미를 잃었는지, 이번에는 호리키타에게로 타깃을 돌렸다.

"호리키타. 너 왜 그렇게 나를 차갑게 대하니? 혹시 뭔가 있어?"

"뭐가? 뭐가 있다는 거지?"

"그야, 히라타는 멋있는 애잖아? 머리도 좋고. 너 같은 애한테까지 친절하고. 보통 여자애라면 다들 좋아할 거라고 생각하는데."

키득거리며 자랑하듯 옆에 있는 히라타의 팔을 잡아 끌어당겼다.

"이렇게 말하면 좀 그렇지만, 아야노코지는…… 음. 외모는 뭐, 다른 남자애랑 비교해서 괜찮은 편이라도 다른 요소와의 차이가 심각하잖아? 그래서 나한테 질투하는 게 아닌가, 하는 생각이 드는데."

"머리가 아주 훌륭하구나, 카루이자와."

"어머, 싫다, 애. 질투하다니 꼴이 그게 뭐니!"

집단행동은 사람의 위치와 성격, 심리 상태를 부각한다고들 흔히 말한다.

학교생활에서는 보이지 않았던 것이 점차 표면화되는 듯하다.

특히 매일 고고한 태도로 일관하는 호리키타에 대한 반여자애들의 평판은 평소에도 몹시 나빴지만, 그래도 그동안은 서로 무시한다고 할까 얽히지 않음으로써 어떻게든 잘 버텨왔다.

그런데 공동생활을 하게 되니 필연적으로 양쪽이 서로 얽힐 수밖에 없게 되었다.

"하긴 네 말대로 아야노코지는 칭찬할 수 없는 부분도 많이 있지."

야……. 감싸줄 줄 알았더니, 오히려 반대였다.

"하지만 그것과 히라타를 신뢰할 수 있을지는 별개의 문제지. 네가 히라타를 아무 의미 없이 추천하는 게 유쾌하지 않을 뿐이야. 사실 히라타를 신뢰할 요소 따위 하나도 없잖아. 게다가 난 사사로운 감정을 품을 생각도 전혀 없어. 그냥 소거법의 결과로 반에서 제일 믿을 수 있는 사람이 아야노코지가 되었을 뿐. 아니면 너는 아야노코지보다 낫다고 할 만한 남자애를 알아? 있으면 가르쳐줄래?"

그 말에 카루이자와는 평가하듯 남자애들을 훑어보았다. 그리고는 한숨을 푹 내쉬었다.

"……뭐 남자 중에서는 아야노코지가 제일 해가 없어 보이긴 하네. 존재감도 희미하고."

그 부분은 인정할 수밖에 없다는 표정이다. 여자들의 보는 눈이란 심하게 엄격하군.

"그럼 뭐, 괜찮겠지? 난 여전히 의심스럽지만. 히라타가 편해진다면 참아볼게."

카루이자와 일행은 결과적으로 나를 선택한 모양이지만, 내가 납득이 안 간다고.

물론 그런 말은 입 밖으로 내지 않는다. 또 싸움만 날 뿐이니까.

결론이 났다는 듯 해산하는 흐름에 가까워졌다. 그와 동시에 반의 결속도 붕괴되었다.

"모두가 무슨 말이 하고 싶은지는 알겠지만…… 근거 없이 반 친구를 의심하는 건 반대야. 우리 반에 나쁜 짓을 저지를 사람은 분명 없어."

히라타는 악화되기만 하는 상황에 가만히 있지 못하고 그렇게 말했다.

"히라타는 심하게 착하다니까. 그럼 다른 누가 훔쳤다는 말이야?"

"그건 나도 모르겠지만…… 그래도 반 친구를 의심하고 싶지는 않아."

남자들도 계속 여자들에게 의심받기만 하는 게 기분 나쁜지 범인이 누구일지 추측했다.

"야…… 혹시── 이부키라는 애가 범인 아닐까?"

한 사람이 캠프장 구석에 앉아 있는 이부키를 슬쩍 쳐다보며 중얼거렸다.

그 순간 한 마리 먹이를 발견한 맹수 군단처럼 모두가 일제히 이부키를 의심하기 시작했다.

"이부키는 C반이지. D반의 방해 공작 같은 짓을 해도 전혀 이상하지 않다고……. 우리가 의심을 사도록 농간을 부린 거야."

"너희 남자들, 어지간히 해. 제일 의심스러운 건 남자인 게 분명하니."

시노하라는 남자 중에 범인이 있다고 끝까지 의심했다. 그래서 손으로 먼지 터는 동작을 취하며 남자들을 물리쳤다.

"범인이 밝혀질 때까지 우린 절대로 남자들을 믿지 않을 거니까. 그렇지, 카루이자와?"

"당연하지. 범인은 분명 남자 중 누군가인 게 뻔해."

결국 이 사건을 계기로 남학생과 여학생은 따로 떨어져

생활하게 되었다.

2

히라타 요스케라는 남자는 거듭 말하지만 인기 많은 훈남이다. 그건 외모가 빼어나다기보다도 행동 이념 그 자체를 가리키는 표현이라고 할 수 있다. 보통 다른 사람이 귀찮게 여기는 일이나 꺼리는 일도 솔선해서 떠맡고, 또 높은 수준으로 상대방에게 응한다.

여자들과 협력해서, 완성된 채인 텐트 두 개를 남자들로부터 멀리 옮긴다.

한편 나는 옮긴 텐트의 말뚝을 땅에 박아 고정하는 역할이다. 처음에는 금세 빠져버려 고전했지만, 곧 요령을 터득해서 첫 번째 텐트를 고정했다. 의외로 간단하다. 그리고 지금은 두 번째 텐트의 말뚝을, 땀을 닦아가며 망치로 땅에 꽂고 있다. 합류한 히라타가 밧줄을 쳐서 말뚝 박는 것을 도와주고 있다.

"미안하다. 너까지 이런 힘든 일을 하게 해서."

다른 남자들은 놀러 가거나 낚시해서 식량을 조달하는 등 야외 활동에 한창이다.

"아── 아냐, 별로 히라타가 사과할 일은 아니지. 오히려 떠넘기기만 해서 내가 미안하다."

"전혀 미안할 것 없어. 내가 좋아서 하는 것뿐이니까."

이 남자의 훈남 요소에는 이렇게 산뜻한 미소도 한몫하리라.

"이런 거 물어보면 좀 이상할지도 모르지만, 넌 왜 그렇게 모든 일에 열심이야?"

"열심? 난 열심히 하려는 게 아니야. 그냥 해야만 하는 일을 할 뿐이지."

그는 자랑하려고 하지도 않고, 목에 건 수건으로 맺힌 땀을 닦으며 대답했다.

"이번 특별시험, 난 싸움이 아니라 모두의 사이가 좋아질 소중한 기회라고 생각해. 그래서 지금 이 순간을 소중히 하고 싶어. 그러기 위해 필요한 일이라면 괴로운 작업이라도 기꺼이 할 거야."

보통 표리 없이 이 정도로 선의가 넘치는 사람이 있나? 남의 호감을 사고 싶다, 주목받고 싶다, 이런 속내가 있는 게 당연하지 않나?

하지만 히라타에게서 그런 감정은 전혀 느껴지지 않았다.

그저 마냥 모두와 사이좋게 지내고 싶다는 마음만이 강하게 전해졌다.

"좋아, 이제 반 남았네. 후딱 끝내버리자고."

둘이서 남은 말뚝을 마저 박기 위해 텐트 반대쪽으로 돌아 들어갔다.

"히라타! 잠깐만 여기 와줘──!"

카루이자와가 속한 여학생 그룹에서 히라타를 부르는 목

소리가 들렸다.

눈 깜짝할 사이에 여자애들이 히라타만 둘러싸고 팔을 질질 잡아끌었다.

"으응? 이리로 와줘──!"

"아, 아직 난 작업이 남아서…….."

"그런 건 아야노코지한테 맡기면 되잖아. 그렇지?"

그렇게 말하며 강제로 끌고 가려고 한다.

곤란한 표정을 짓는 히라타를 보며 나는 귀찮게 생각하면서도 대답했다.

"……여기는 내가 할 테니까 가봐."

"아니, 하지만 혼자서 하면 힘든데──."

"마무리만 하면 되니까 괜찮아."

"미, 미안해. 고맙다. 금방 돌아올게."

조금은 여자애들에게 잘 보이고 싶은 속마음이 담긴 말이었지만, 여자애들 귀에 내 말 따위는 들리지 않았는지 그대로 히라타를 끌고 숲 쪽으로 가버렸다.

아마 금방 돌아오기는 힘들리라.

깃발을 남기고 떠난 히라타를 졸린 눈으로 배웅한 나는 다시 망치를 손에 들었다.

그리고 작업에 몰두하다 보니 결국 히라타가 돌아오기 전에 혼자서 텐트를 완성해버렸다.

"혼자 하니까 생각보다 시간이 걸리네…….."

텐트 방향과 말뚝의 방향, 밧줄의 팽팽함 등 신경 써야 할 부분이 한두 가지가 아니었다.

시계는 10시를 넘기고 있었다. 이제부터 어떻게 해야 하지…….

경직되었던 상태가 움직이기 시작한 지금, 이제부터는 순서를 실수해서는 안 된다.

하지만 그전에 체력 회복이 먼저다. 뙤약볕 아래에서 하는 작업은 너무 고되다.

"잠깐 괜찮아?"

일을 일단락 지었기 때문에 잠시 쉬려는데 이부키가 내게 말을 걸었다.

"오늘 아침 속옷 도둑 사건 말이야, 뭐랄까 좀 힘들어 보이더라. D반도 막 단결된 상태는 아니라고 할까."

"뭐, 그렇지. 여러 가지로 힘든 일이 끊이지 않아."

"하지만 무슨 이유든지 간에 여자 속옷을 훔치는 건 같은 여자로서 용납할 수 없다."

그야 당연하다. 그런데 어째서 그 말을 나한테 하는 것일까?

이부키를 보호한 사람은 나라기보다 야마우치이고, 보살펴주는 사람은 쿠시다 일행.

대화도 살짝 나눈 것이 다일 뿐, 특별히 나와 얽힌 요소는 없었던 것 같은데…….

"혹시 나를 의심해?"

아침, 시노하라 일행에게 범인 취급당했던 것을 이부키도 멀리서 지켜봤을 터다.

"네가 범인이야?"

"아니, 아닌데."

"그럼 됐지. 뭐, 확증이 있는 건 아니지만 말이지. 히라타라는 애와 너는 일부 여자애한테 신뢰받는 느낌이었고. 범인일 가능성이 낮다고 생각했다고 할까."

카루이자와와 호리키타의 대화를 듣고 그런 결론을 내렸겠지.

"범인이 누군지 짚이는 구석은 있고?"

"지금은 전혀. 나로서는 최대한 남자들을 의심하고 싶지 않아."

"그럼 누가 범인이라고 생각하는데?"

떠보는가 싶은 질문이었다. 나는 내 옆에 선 이부키의 모습을 곁눈질로 살폈지만, 이부키는 나를 보려고 하지 않고 대답을 기다렸다. 그래도 대답하지 않자 이부키가 다시 입을 열었다.

"네 말처럼 남자가 범인이 아니라면 그다음으로 의심 가는 사람은 이방인인 나겠지. 의심하는 목소리도 반드시 나왔을 거야. 남자가 속옷을 훔친 걸로 꾸미지 않았겠냐고. 내 말이 틀린가?"

자신이 의심받고 있다는 사실쯤 이미 알고 있는지 자조 섞인 웃음을 지으며 그렇게 말했다.

그러자 나는 순간 생각난 말을 입 밖으로 내뱉었다.

"적어도 난 믿어. 네가 범인이란 생각은 들지 않아."

그렇게 망설임 없이 이부키에게 대답했다. 이부키가 살짝 놀라 내 눈을 들여다보았다. 진실인지 확인하려는 눈빛이었다. 내가 눈을 맞추자 그녀는 시선을 피하지 않고 그대로 받아들였다.

"……고마워. 그런 식으로 말해줄 줄은 몰랐어."

"있는 그대로 대답했을 뿐이야."

솔직히 그렇게 말할 수 있었던 까닭은 이부키의 직선적인 눈동자를 본 것만으로도 확신이 섰기 때문이다.

그래서 나는 가볍게 결론을 내렸다. 카루이자와의 속옷을 훔쳐 이케의 가방에 숨긴 범인은, 여기 있는 이부키다.

3

특별시험 5일째 밤. D반은 초상집처럼 분위기가 가라앉아 있었다. 결국 누가 범인인지 밝혀지지 않았고, 의심암귀와 같은 상태로 하루가 지나버렸기 때문이다. 그런 가운데 나는 오늘도 모닥불을 지켰다. 그저 불 상태를 보면서 이따금 나뭇가지를 던지기만 하면 되는 일로, 실로 단순하고도 편한 작업이었다. 그보다도 문제는 다른 곳에 있다.

"아야노코지. 텐트 제대로 옮기라고 했잖아?"

"들은 대로 옮겼는데, 난."

"좀 더 왼쪽으로 옮기란 말이야. 저기는 남자애들이랑 너무 가까워."

"……알겠어."

살짝 억지스러운 불평이 들어와 뚱하게 대답했다. 성을 내며 돌아가는 여자애.

"잡무를 다 떠맡아서 힘들겠네."

"……네가 할 소리는 아니지 않나? 네가 쓸데없이 날 추천만 하지 않았어도 아무 문제 없었다고."

"어쩔 수 없잖아. 히라타는 못 믿겠는데. 보험이 필요해."

"히라타를 못 믿는 사람은 우리 반에서 너뿐일 거야. 다른 사람 모두 다 겉과 속이 다르다고 생각하지는 마."

"그건 그래. 사실 난 겉과 속이 같으니까."

하긴 그렇다. 호리키타는 자기 자신에게 솔직하게 살고 있다. 한 방 제대로 먹었네.

"하지만 사람들 대부분은 겉마음과 속마음을 나눠서 쓰지. 너 역시 그렇듯이 말이야. 무엇보다도 선의와 위선은 표리일체의 관계니까 믿지 않기로 했어."

그것은 히라타에게만 한정한 말은 아닌 듯했다. 쿠시다에게도 해당하는 것 같으니 말이다.

"그나저나 히라타를 꽤 믿는 눈치네."

"응. 적어도 나는 의지하려고 해. 실제로 의지가 되기도 하고."

"의지가 된다고? 히라타의 존재가 반에 좋은 영향을 주고 있다는 뜻이니?"

물고 늘어지듯 반론을 펼치는 호리키타에게 뭔가 생각하는 부분이 있는 듯 보였다. 내가 모르는 정보를 쥐고 있는지 도전적인 미소를 지었다.

"그야 물론 히라타라고 완벽한 것은 아니지. 남녀 사이의 다툼을 잘 수습하지 못할 때도 있고. 하지만 다른 애들은 엄두도 못 내는 수습 역할을 자처하고 있고, 열심히 노력한다고 보는데?"

"그렇지. 중대한 임무를 싫은 기색 없이 받아들이는 행동 자체는 나 역시 훌륭하다고 생각해. 하지만 결과가 따라오지 않으면 아무 의미도 없어. 아니, 어떨 때는 최악의 상황으로도 이어지지. 너한테 묻겠는데, 지금 우리 D반에 남은 포인트가 얼마인지 아니?"

"마치 예상 밖의 지출이 있었다는 식으로 말하네. 짐작 가는 바는 없는데."

"역시 그렇구나. 네가 그렇게 믿어 마지않는 히라타가 말하지 않은 게 있단다."

"그게 무슨 의미야?"

"따라와 봐."

모닥불 지키기를 중단시키면서까지 내게 보여주고 싶은 것이 있다니, 도대체 뭘까?

어디로 가나 했는데 호리키타가 멈춘 곳은 여자 텐트 출입구 앞이었다.

호리키타는 앞문 지퍼를 올리고 텐트 안을 보여주었다.

"이건——."

잠자는 공간 말고는 쓴 게 없어 텅 빈 남자 텐트와 다르게 여자 텐트 안은 전혀 다른 광경이 펼쳐져 있었다. 딱딱한 바닥 위에는 폭신한 플로어매트가 깔려 있었고, 공기를 넣어 부풀린 듯한 베개가 여러 개. 게다가 건전지를 넣어 쓰는 선풍기까지 설치되어 있었다.

"다른 쪽 텐트도 똑같아. 다 합하면 12포인트지."

"이렇게 더운데도 여자애들이 웬일로 불만스러워하지 않고 참나 했더니 이래서였어?"

인내 따위 애초부터 없었고, 필요한 것을 그냥 샀다니.

"카루이자와 일행이 신청한 거야."

보아하니 뒤에서 꽤 멋대로 해온 모양이다.

"내가 알았을 때는 이미 주문해서 전부 갖춘 후였어. 누구든지 신청하면 포인트를 쓸 수 있다니, 정말 곤란한 규칙이야."

코엔지가 초기에 시험을 포기한 것과 마찬가지로 이러한 포인트 사용은 막을 방법이 없다.

"카루이자와는 히라타에게 보고한 것 같으니, 히라타도 틀림없이 알고 있을 거야. 그런데 네가 이 사실을 몰랐다는 건 히라타가 다른 사람에게 알리지 않았다는 이야기지. 원래는 반드시 공유해야 할 정보인데 말이야."

팔짱을 낀 채 상황을 설명하는 호리키타의 말은 일리 있었지만, 히라타도 악의가 있어서 입을 다물었다고 생각할 수는 없다. 쓸데없는 혼란을 막기 위해서 그랬던 것이 아닐까?

카루이자와 역시 히라타에게 제대로 보고했다는 부분만큼은 평가할 만하다.

"네가 하고 싶은 말이 뭔지는 알겠지만, 난 특별히 할 말이 없어. 이미 써버린 포인트는 되돌릴 수 없고, 이제 시험일수도 얼마 남지 않았잖아. 더는 카루이자와 쪽 애들도 쓸데없이 포인트를 쓰지는 않겠지."

매정한 내 말에 화낼까 생각했는데, 호리키타는 그 대답을 이미 예상한 모양이었다.

그대로 한 귀로 흘려 넘겼다.

"이대로 아무 일도 일어나지 않으면 이번엔 조용히 넘어갈지도 모르지. 하지만 속옷 도난 사건이 해결되지 않은 상태에서는 정말 위험해. 만약 가까이에 범인이 있다면 앞으로 우리의 발목을 잡을지도 모른다고. 그러니 한시라도 빨리 범인을 찾아내야 해."

"그래서 내 도움이 필요하다고?"

"그래. 남자애들과의 사이에 균열이 생긴 지금 나 혼자서는 도저히 할 수 없는 부분이 많으니까."

지금 D반 남자와 여자는 한창 냉전 중. 정보가 차단되어 찾으려고 해도 찾기 힘드니 말이다.

"알았어. 도움이 될지는 모르겠지만 협력할게."

있는 그대로 그렇게 답하니 오히려 호리키타가 당황해서 수상하다는 표정을 지었다.

"……이해력이 아주 뛰어나구나…… 아니면 뭐 다른 목적이라도 있어?"

"사람이 호의를 보이면 그냥 좀 받지그래. 남자 중 한 명으로서, 우리가 도둑 취급당하는 게 불만이었어. 협력할 동기는 그걸로 충분하지 않나?"

앞에서 이미 히라타한테 부탁받은 내용이니, 바뀌는 것은 하나도 없다.

"……뭐, 그럼 됐어. 그렇게 결정한 거다?"

하지만 범인도 바보가 아니다. 반 아이들 전체가 의심하는 이 상황에서 본색을 드러내는 짓은 하지 않겠지. 호리키타는 최악의 경우 그래도 좋다고 생각하는 것인지도 모른다. 이 시험을 더 이상 어지럽혔다가는 포인트에도 영향이 갈 테니까.

하지만 범인…… 이부키가 반드시 다시 한 번 행동에 나서야만 한다.

아니, 행동할 것이 틀림없다. 녀석의 목적은 아직 완전히 달성하지 못했으니까.

"얼굴이 진지하네. 범인으로 몰린 게 그렇게 마음이 안 들었어?"

"이번 사건 때문에 반 분위기가 엉망진창이 되어버렸잖아. 지금까지 잘해왔는데 안타까워."

"지금까지 서로 협력했던 건 우연의 산물이야. 애초에 D반에는 팀워크 따위 없었어. 남녀 간에 균열이 생겼다고 해도 최종적인 영향은 낮아. 물론 시험 종료 때까지 그 우연이 계속 이어졌으면 더 좋았겠지만."

"그런데 범인이 누군지는 그렇다 치고, 목적이 뭐였을까? 카루이자와의 속옷? 아니면 팀워크를 깨기 위해서? 난 다른 목적이 숨어 있다는 생각이 자꾸 들어."

다른 목적이라는 키워드에 호리키타는 팔짱을 꼈지만, 잠시 생각한 후 머리를 흔들었다.

"지나치게 앞서나가지 마. ……미안하지만 난 이만 텐트로 돌아갈래."

호리키타는 가늘게 호흡하면서 머리카락을 쓸어 넘긴 후 고개를 돌렸다.

"호리키타, 슬슬 자백하는 게 어때?"

"자백? 도대체 무슨 소리지?"

평정을 가장하고 있지만, 호리키타는 살짝 식은땀을 흘리고 있다. 그래서 적당히 충고해주기로 했다.

"너, 이번 시험 시작 때부터 몸 상태가 안 좋았잖아?"

여행 전부터 조짐이 있었을지도 모르지만, 그때는 가벼운 상태였으리라.

아니면 호리키타의 성격상 놀이의 연장선에 있는 여행에서 빠졌을 가능성이 농후하다.

"……평소랑 똑같은데?"

"거짓말."

나는 거짓말을 하는 호리키타를 붙잡아 이마에 손을 얹었

다. 역시 뜨겁다.

내 손을 뿌리치려고 했지만 호리키타의 움직임이 둔했다. 살짝 힘을 줬을 뿐인데 움직이지 못했다.

"언제부터…… 알았어?"

"배 갑판에서 봤을 때부터. 그때 내가 너한테 뭐했냐고 물어봤었잖아."

"그래. 방에서 책 읽었다고 대답했을 텐데."

"사실은 아파서 누워 있었던 것 아닌가?"

"……그 근거는?"

"대열에 합류했을 때 너, 머리가 흐트러져 있었어. 즉, 직전까지 누워 있었다는 증거지. 게다가 정박한 갑판은 무척 더웠는데 넌 추워 보였어. 지금도 긴 소매에 지퍼도 끝까지 올렸고. 지금까지의 상태를 관찰해보면 나오는 결론은 초등학생이라도 알 수 있을걸."

내 말이 전부 맞을 테니, 호리키타는 반박할 말을 잃고 얼마간 입을 꾹 다물었다.

"그 관찰력을 A반으로 올라가는 데 돌려준다면 내가 조금은 더 널 인정해줄 텐데."

"아니야. 못 돌려, 못 돌려. 그보다도 아픈 걸 계속 말 안하고 있을 셈이야?"

손으로 만진 느낌으로는 열이 38도 가까이 되는 것이 확실하다. 그래도 녀석은 계속 감추고 있다.

그것은 단순한 이유 때문이리라. 아프다고 알리면 반이

마이너스 조정을 받아, 큰 페널티를 받게 된다. 시험이 시작되어버린 게 운이 나빴다.

"이제 5일만 더 참으면 되는데, 여기서 포기하면 전부 허사가 되잖아. 그럼 잘 자."

끝까지 버틸 생각이겠지. 의지가 확고해 보인다.

4

묘하게 뜨뜻미지근하다고 할까 딱딱한 것이 내 뺨에 닿았다.

그 열기가 왠지 께름칙해서 목을 돌려 피하려고 했지만, 팔 같은 것이 얼굴을 붙잡고 있어 피할 수 없었다.

"으음…… 뭐지……?"

불쾌감에 눈을 떴다. 그리고 나는 소름 끼치는 상황에 놓인 것을 즉시 깨달았다.

스도가 두 넓적다리 사이에 내 얼굴을 끼운 채 잠들어 있었던 것이다.

"스즈네…… 더는, 나, 못 참겠다…….”

"으아아아악!!"

스스로 놀랄 만큼 크게 비명을 지르며 스도의 헤드록에서 간신히 벗어났다.

"시끄럽게시리…… 뭐야, 아야노코지, 잠 좀 깨우지 마라…… 음냐."

이 무슨, 무시무시한 걸 밀어붙이려고 하는 거야, 이 녀석은?

게다가 누구랑 착각한 것 같고 말이지. 남자들끼리 좁은 텐트에 끼여 자는 것도 할 짓이 못 되는군……

손목시계는 이제 겨우 아침 6시를 가리켰지만, 단숨에 잠이 다 달아나자 뜨거운 공기가 느껴졌다. 나는 한증탕 같은 상태에서 벗어나려고 텐트에서 나왔다. 밖으로 나온 순간 어제와는 전혀 다른 경관이라는 것을 깨달았다.

"……운이 좋다고 해야 하나, 나쁘다고 해야 하나."

특별시험 6일째 아침은 파란을 포함한 막이 올라간 듯한 느낌이었다. 우중충한 잿빛 하늘. 간밤에 한 차례 비가 내렸는지 곳곳에 물웅덩이와 축축하게 젖은 땅이 보였다. 본격적으로 비가 내릴 기색이 감돈다. 정오 무렵부터는 빗발이 꽤 거세지겠지. 시험 종료일을 코앞에 두고 날씨가 나빠질 모양이다. 가랑비 정도면 그리 신경 쓰지 않아도 되겠지만, 경우에 따라서는 큰비와 강풍도 생각해야 한다. 최악의 상황에 대비해서 움직여야 할지도 모르겠다.

땅에 꽂은 말뚝을 재점검하고 짐을 어떻게 해야 할지 등, 할 일이 태산이다. 즉 그만큼 바삐 움직이게 되면서 사람들의 시선이 분산된다는 의미다. 이윽고 모두 기상해서, 수확한 식량과 포인트로 산 비상식량을 함께 먹었다. 검소한 생활을 계속하다 보면 푸념도 자연스레 늘어나는 법이지만, 최종일 전날이니 마지막 남은 힘을 짜내 극복하려는 의지가 모두의 표정에서 엿보였다.

"다행이야. 연달아 사건이 터지지 않아서."

하긴 그렇다. 만약 오늘도 속옷 도난 같은 사건이 일어났다면 이런 분위기가 되지 못했으리라. 지금 남자 텐트 앞에서는 아침까지 밤새 망을 봤던 남자애가 코를 골며 자고 있다.

속옷 도둑 사건을 되풀이하지 않기 위해 생각해낸 억제책이다.

히라타는 반 아이들을 한데 모아 최후의 격려를 보냈다. 그리고 오늘 하루를 버틸 마지막 식량을 찾으러 가는 팀을 짜기 시작했다. 하루분의 식량만 구한다면 포인트를 쓰지 않고 끝낼 수 있다. 그야말로 가장 중요한 시기라고 할 수 있으리라. 우리도 히라타의 주위에 모였다.

"우리도 가는 게 좋을까?"

이미 한 손에 낚싯대를 쥐고 강둑에 앉은 이케가 뒤돌아보며 물었다.

"아니, 이케랑 스도는 계속해서 물고기를 낚아줬으면 해. 지금 다른 사람한테 낚시하는 방법을 가르쳐줄 시간도 없으니까."

방침이 정해지자마자 히라타는 거수제로 조를 짰다. 당연히 나는 손을 들지 못해서 이번에도 마지막에 남은 것을 하기로 했다.

멤버는 호리키타, 사쿠라, 야마우치 그리고 의외로 쿠시다까지 들어온 조합이었다.

호리키타의 몸 상태는 여전히 나빠 보였지만, 주위 사람들이 알아차리지 못하도록 티 나지 않게 서 있었다.

"네가 끝까지 남다니 어떻게 된 일이야? 늘 친하게 몰려다니던 애들은 어쩌고?"

그러고 보니 이번 시험에서 쿠시다와 같이 다니던 여자애들의 모습이 한 사람도 보이지 않는다.

"아, 그게 말이지?"

남자가 있어서 신경 쓰였는지, 쿠시다가 호리키타에게 살짝 귓속말했다.

"실은 미짱, 오늘이 그날이거든……. 꽤 심한지, 항상 그날만 되면 컨디션이 나빠. 그래서 다른 친구들은 텐트에서 같이 있어주기로 했어."

호리키타의 옆에 선 내게도 쿠시다의 말이 다 들렸다.

"몸이 안 좋다고 해도 생리적인 현상이니까 참작이 되겠지. 당연한 말이지만. 그런데 왜 하필 이 그룹에? 달리 선택지가 많을 텐데."

호리키타가 자꾸 시비조로 묻는 것은 쿠시다를 싫어해서겠지.

기본적으로 사람을 싫어하는 호리키타였지만, 그중에서도 쿠시다를 특히 더 싫어했다. 왜 그렇게 그녀를 싫어할까. 이유는 단순한데, 쿠시다가 호리키타를 싫어하니까.

하지만 나는 이 두 사람의 관계에 계속 묘한 위화감을 느끼지 않을 수 없다.

쿠시다 키쿄라는 여자애에게는 또 다른 얼굴이 있다. 남을 태연하게 매도할 정도로 태도가 싹 바뀌곤 한다. 하지만 그 사실은 내가 우연히 알게 된 것이지, 평소의 쿠시다는 기본적으로 누구에게나 친절하고 밝고 남을 잘 돕는 귀여운 여자애일 뿐이다. 보통은 질투 등의 이유가 아니라면 그녀를 싫어할 학생은 없으리라. 그리고 호리키타가 그런 쿠시다의 성격에 질투를 느낄 사람이 아니라는 것은 잘 알고 있다.

철학자가 머리를 쥐어뜯고 고민하는 문제가 있다. 바로 '닭이 먼저인가 달걀이 먼저인가'라는 물음이다.

호리키타와 쿠시다 중 누가 더 먼저, 그리고 언제부터 상대방을 싫어하게 되었는지 모르겠다.

"모처럼 호리키타랑 대화를 나누고 싶어서. 이번 여행을 시작하고 한 번도 말 안 해봤잖아? 밤에는 곧바로 자버리고."

자기를 싫어한다는 것을 잘 알면서도, 그리고 본인도 싫어하면서 친하게 지내려고 다가가는 쿠시다. 반 아이들 전원과 사이좋게 지내기를 목표로 삼은 이상, 호리키타 공략은 피할 수 없는 길이다.

이 두 사람의 관계에는 무척 귀찮고 성가신 문제가 항상 따라다니는 셈이다.

"난 불필요한 일에 따라줄 만큼 한가하지 않거든."

"참 심술궂구나, 호리키타는. 잠든 얼굴은 정말 귀여운데."

쿠시다가 놀리듯이 말하자 호리키타는 살짝 열 받은 표정이었다.

어쨌든 이 멤버로 식량을 찾아 나서야 한다.

"이부키. 너도 같이 안 갈래?"

출발하려고 할 때 나는 나무 그늘에서 쉬는 이부키에게 말을 걸었다.

"나도……?"

"오늘만 지나면 시험이 끝나잖아. 싫으면 안 해도 되지만."

"……그래. D반이 도와줬으니 보답도 해야 하고…… 알았어, 나도 돕지."

가방을 어깨에 멘 이부키가 참여 의사를 밝히자 야마우치가 혼자 기뻐했다.

"오, 그거 좋은데?! 뭔가 하렘 같은 느낌도 들고!"

여자의 비율이 늘어나 야마우치의 텐션도 올라갔다. 원래 일손은 많을수록 좋은 법. 딱히 거부할 이유가 없는 호리키타는 아무 말 없이 숲으로 걸음을 옮겼다.

"어두컴컴한 숲은 왠지 기분 나쁘다니까…… 눅눅하고 후텁지근한 더위도 꺼려지고."

하늘도 우중충해서 숲속은 어제와 정반대로 시야 확보가 무척 어려웠다.

겨드랑이에서 땀이 배어 나온 야마우치가 짜증 내며 체육복을 잡고 펄럭거렸다.

"사쿠라는 안 덥냐?"

뭔가 이야기를 나눠보려고 계획한 야마우치가 사쿠라에게

물었다. 하지만 시선은 온통 사쿠라의 가슴 쪽에 쏠려 있어, 그저 가슴을 보고 싶다는 노골적인 목적이 다 보였다.

"네? 아, 네에. 괜찮아요…….”

슬쩍 몸을 피하며 그 시선에서 벗어나고 싶어 하는 사쿠라. 여자는 남자의 음흉한 시선에 민감하다고 했지. 사쿠라의 경우는 그런 경험이 많아서 더욱 잘 알아차리리라.

"어제는 카루이자와가 너무 심하더라. 사쿠라는 마음이 착해서 아야노코지를 감싸준 것뿐인데.”

"아우, 으음…….”

사쿠라를 배려하며 말할 생각이었겠지만, 그 눈빛과 내용이 상당히 폭탄 같다.

"야마우치. 나무 위 같은 데도 꼼꼼히 살피는 게 좋을 것 같아. 열매가 달려 있을 가능성이 있으니까. 그 부분은 키 큰 우리가 잘 봐야지.”

"그, 그래. 당연하지.”

이렇게 말해두면 야마우치가 사쿠라에게 보내는 음흉한 시선을 조금이나마 막을 수 있겠지.

그래도 끝 모를 남자의 욕망이 사라지지는 않겠지만.

"남서쪽에서 비구름이 점점 몰려오고 있네. 예상보다 더 빨리 날씨가 나빠질지도 모르겠어.”

잘하면 오후 1시부터 비가 내릴 수도 있다는 사실을 염두에 두어야 할 것 같다.

비가 빨리 오면 장시간 식량을 찾아다니는 게 위험해질지도 모른다. 자칫 잘못해 숲속에서 비를 만난다면 발이 묶이는 것은 물론이고 다칠 수도 있다. 그리되면 순식간에 포인트를 대량으로 토해내야 할 상황도 생기겠지.

"음——……."

먹을 것을 찾으며 잠자코 걷고 있는데, 갑자기 쿠시다가 나와 호리키타를 번갈아 쳐다보며 생각에 잠긴 동작을 취했다. 물론 호리키타는 전부 무시했지만.

"왜 그래, 쿠시다?"

그런 쿠시다의 행동을 뒤늦게 알아차린 야마우치가 물었다.

"아야노코지랑 호리키타, 처음부터 사이가 좋았잖아? 그래서 그 이유가 뭔가 하고 생각해봤어."

"그러고 보니 그러네. 너희는 왜 사이가 그렇게 좋냐?"

쿠시다도 참, 성가신 화제를 펼치는군.

"별로 사이좋은 거 아닌데."

"그렇게 항상 부정하지만 역시 사이가 좋단 말이지, 너희. 지금도 옆에서 나란히 걷고 있잖아."

그렇게 말해도 딱히 의식한 기억은 없다.

"앗. 나 갑자기 아야노코지랑 호리키타의 공통점을 발견한 것 같아."

"공통점이라니 뭐?"

"두 사람을 자세히 봐봐, 야마우치. 뭔가 느끼는 것 없어?"

"으음——?"

야마우치는 내 얼굴의 불과 몇 센티 앞까지 다가올 기세로 뚫어지게 관찰했다. 그리고 그 후에는 호리키타 쪽으로 달려가 점점 얼굴을 가까이 가져갔다. 아, 저 바보. 너무 가까이 가면——.

찰싹, 하고 건조한 소리가 야마우치의 뺨에서 울려 퍼졌다. 드라마 여주인공이나 맞을 법한 거친 따귀가 작렬했다.

그 강도와 고통에 야마우치는 말을 잇지 못하고 웅크려 앉았다.

호리키타는 뭐가 심하냐는 듯 야마우치에게 말은커녕 시선조차 주지 않았다.

"무, 무슨 짓이야!"

"네가 너무 심하게 들이댔어. 녀석의 영역 정도는 기억해 두는 게 좋다고."

예전에 이케가 호리키타를 희롱했을 때도 비슷한 일이 일어났었지.

애초에 좋아하지도 않는 남자가 극히 가까운 거리까지 얼굴을 들이밀면 누구라도 불쾌하게 생각하리라.

"아하하…… 미, 미안해, 야마우치. 내가 괜히 쓸데없는 소리를 해서. 괜찮아?"

"다, 다정하구나, 쿠시다……."

쿠시다가 내민 손을 잡은 야마우치가 볼을 붉히며 일어섰다.

그 모든 장면을 이부키가 조금 놀란 얼굴로 지켜보았다.

이렇게 바보 같은 대화는 C반에서 별로 볼 일이 없었겠지.

"쿠, 쿠시다가 알아차린 공통점이란 게 뭔데?"

"그건 말이야? 두 사람 다 별로 웃지 않는다는 거! 랄까, 아야노코지도 호리키타도 지금까지 웃는 걸 못 본 것 같아서."

예상하지 못한 쿠시다의 지적에 나는 있는 그대로 받아들였다고 할까 어느 정도 납득했다. 호리키타에 관해서는 말이다.

상대방을 바보로 여기는 듯한 미소는 몇 번인가 보았지만, 사근사근함이 포함된 미소는 전혀 본 적 없다.

"하긴 호리키타의 웃는 얼굴은 본 적이 없네. 하지만 난 꽤 웃었는데?"

"쓴웃음이라면 본 적 있지만……. 이렇게, 마음에서 우러나온 웃음이라든가 배꼽을 잡고 폭소하는 건 아야노코지도 본 적 없어. 아니면 나한테만 안 보여준 거야?"

쿠시다가 살짝 뾰로통한 표정을 지으며 내 얼굴을 들여다보았다. 네, 이번에도 두근거려버렸습니다. 심박 수 급상승.

무인도에 있는데도 좋은 향기가 콧구멍을 간지럽힌다. 나는 수줍어서 눈을 피했다.

"……유전자가 좌우한다더라. 잘 웃는 사람과 잘 안 웃는 사람의 차이는."

"으음…… 왠지 싫다, 그런 이유는. 아무리 그게 사실이라고 해도 말이야."

뭐, 반드시 그렇다고는 할 수 없지만 말이다. 주로 자라온 환경에 좌우될 가능성이 있다.

"한 번 연습해보지 않을래? 웃는 거. 어때?"

"일단 이 주위를 중심으로 시작할까?"

호리키타가 그렇게 말했다.

"뭐? 웃는 연습을?"

"언제까지 여행 기분으로 있을 거야? 식량을 찾는 이야기인 게 뻔하잖아."

쿠시다에게 거칠게 톡 쏘아붙인 호리키타는 곧바로 흩어지라는 지시를 내렸다.

"혼자 행동하지 말고 둘이서 찾을 것. 그걸 유념해. 그럼 가자, 아야노코지."

호리키타가 나를 불러서 함께 걷기 시작했다.

"앗…… 아우……."

응? 뒤에서 조심스레 따라왔던 사쿠라가 어깨를 떨구는 모습이 보였다.

"같이 찾아보자, 사쿠라!"

사쿠라의 등 뒤에서 야마우치가 엄지손가락을 치켜세워 내게 보였다.

아무래도 단둘이 있는 기회를 살려보려는 의도인가?

"잘 부탁할게, 이부키."

남은 쿠시다와 이부키가 짝을 이루었다. 이부키도 무뚝뚝한 아이지만 쿠시다라면 문제없겠지.

"호리키타, 그 키 카드는 어떻게 관리하고 있어?"

"시험 6일째나 돼서 확인하는 건 좀 아니지 않아……? 항상 가지고 다녀."

그렇게 말하며 호리키타는 웃옷 주머니에 손을 넣고 거기에 있다고 알려주었다.

"장치를 갱신할 때는 히라타의 도움으로 다른 애들이랑 뒤섞여서 하고 있어. 이부키나 다른 반 애들이 알 수는 없을 거야."

뭐, 그 부분은 별로 걱정하지 않는다.

제일 신경 써야 할 부분이니 알아서 잘하고 있겠지.

"혹시 괜찮으면 살짝 보여주지 않을래?"

"응? 잠깐만. 여기서?"

"오히려 여기니까 괜찮지. 베이스캠프에서는 너무 눈에 띄어."

"……그건 그렇지만 카드를 봐서 뭐 어쩌려고?"

조금 의아한 눈빛으로 쳐다보자 나는 자초지종을 설명했다.

"실은 지금까지 말 안 한 게 있어. 이건 그때 사쿠라도 같이 있었으니까 나중에 확인해도 되는데, 첫날 키 카드 같은 것을 가진 학생을 봤어."

동굴 앞에서 카츠라기가 들고 있었던 카드 이야기를 호리키타에게 들려주었다.

"그런데 그게 정말 키 카드였는지는 잘 모르겠어. 난 실물을 제대로 본 적이 없으니까. 주운 전화카드였다는 반전 결말이라면 차마 웃지도 못하잖아?"

"······그러네. 네게 확증이 생긴다면 큰 성과를 얻을지도 몰라."

이유를 받아들인 호리키타는 이부키를 경계해 등을 돌리며 카드를 살짝 꺼냈다. 나는 그것을 받아 앞면과 뒷면을 확인했다. 뒷면은 흔한 자기 카드로 되어 있었지만, 차바시라 선생님의 고지대로 앞면에는 리더를 증명하는 '호리키타 스즈네'라는 이름이 새겨져 있었다.

손으로 만져보니 벗겨내거나 위조할 수 없다는 점을 알 수 있었다.

"어때? 카츠라기가 가지고 있던 카드랑 똑같아?"

"으음······ 글쎄. 보면 확실히 알 줄 알았는데······ 기억에 있는 색깔과 다른 것 같기도 하고."

"반마다 키 카드의 배색이 다를 가능성도 있어."

"응. 어쨌든 확신하기에는 아직 근거가 부족해. 자칫 실수하면 돌이킬 수 없으니까 말이야."

카드를 돌려주려던 순간 나는 카드를 땅에 떨어뜨리고 말았다.

"앗!"

나의 당황한 목소리와 동시에 곧바로 카드를 주우려고 손을 뻗는 호리키타.

얼른 주운 카드를 웃옷 주머니에 도로 넣었지만, 당연히

285

내 목소리 때문에 주위의 시선을 모으고 말았다.

"무슨 일이야——?"

쿠시다가 걱정스러운 표정으로 우리를 쳐다보았다. 이부키도 마찬가지다.

"아니, 아무 일도 아니야. 갑자기 벌레가 나타나서 놀란 것뿐이야. 미안, 미안."

사과한 후 호리키타 쪽으로 시선을 돌리니, 그녀가 어쩐지 무시무시한 표정으로 나를 노려보고 있었다.

"내, 내가 잘못했어……."

머리끝까지 화가 난 호리키타가 내게서 멀어져 갔다.

"차였냐?"

히죽거리며 야마우치가 다가왔다.

"야, 야마우치. 좀 상의할 게 있는데 귀 좀 빌려줄래?"

"뭐야, 연애 상담이라면 요금이 비싼데?"

"이 주위는 비 때문에 진흙탕이잖아? 그래서 말인데, 이 진흙을 호리키타의 머리에 확 끼얹어줬으면 하거든. 부탁 좀 해도 될까?"

"……뭐? 야, 그런 짓을 했다가는 나 죽어! 절대로 안 할 거야!"

물론 승낙해주지 않으리라는 사실은 알고 있었다.

하지만 내가 실행하기에는 너무도 부자연스러운 행동이다. 거짓말을 잘하고, 늘 장난치는 이미지인 야마우치가 적임자리라.

"너 말이야, 아무리 호리키타한테 미움을 샀다고 해도 그렇지, 보복하는 건 비겁한 짓이라고!"

"만약에 내 부탁을 들어주면 사쿠라한테 받은 메일 주소를 줄 용의가 있어."

"뭐──?!"

"어때?"

"사, 사쿠라의 메일 주소…… 제기랄. 하, 할 수밖에 없잖아, 그럼."

사랑에 빠진 남자는 사랑 때문에 죽을 각오를 순식간에 정한다. 이 결단력이 멋지군.

"꼭이다? 거짓말이면 용서 안 한다?"

내가 고개를 끄덕이자 야마우치는 가까이에 있는 흙을 양손 가득 끌어모아 호리키타의 등 뒤로 살금살금 다가갔다. 몸 상태가 좋았으면 낌새를 알아차렸겠지만, 지금 주위에 신경 쓸 만큼의 여유는 호리키타에게 없다.

야마우치의 기이한 행동을 목격한 쿠시다와 이부키가 이상하다는 눈빛으로 지켜보았다.

그리고 드디어 야마우치가 실행에 옮겼다. 호리키타의 아름다운 흑발 위에 진흙을 확 끼얹더니 두 손으로 머리카락에 덕지덕지 발랐다. 그렇게까지 할 필요는 없는데, 어쨌든 됐나…….

"푸하하하! 진흙투성이야, 호리키타! 아, 배꼽 빠진다아!"

악동같이 웃음을 터뜨리며 손가락으로 가리키는 야마우

치.

바로 사태파악이 되지 않았는지 호리키타는 얼마간 움직이지 않았다. 하지만 곧 이해하고 일어서더니 손가락을 내민 야마우치의 팔을 조용히 움켜쥐었다.

엥? 하는 의문의 목소리를 흘린 순간에는 이미 야마우치가 호리키타에 의해 내동댕이쳐진 후였다.

5

점심시간 전, 우리는 아무런 수확 없이 베이스캠프로 돌아왔다. 해가 모습을 드러내지 않았다고는 해도 한여름의 숲은 상상 이상으로 덥다. 땀을 잘 흘리지 않는 호리키타조차 땀방울이 송골송골 맺혔을 정도다.

"빨리 씻는 게 좋을 거야, 호리키타. 완전 진흙 범벅이 됐어……."

"그래…… 아무래도 이 상태로는 힘들겠어."

머리카락도 옷도 진흙투성이인 호리키타는 찜찜해서 견딜 수 없으리라. 몸이 아프다고 해도 예외는 아니다.

"너 평생 복수할 거야. 각오하는 게 좋을걸."

흠씬 두들겨 맞은 야마우치는 겁에 질려 몸을 덜덜 떨면서 내 등 뒤로 숨었다.

"나나, 나, 나는 하, 하라는 대로, 해, 했어. 약속, 약속 지켜야 돼!"

"걱정하지 마. 시험이 끝나면 반드시 알려줄게."

사쿠라한테는 미안하지만, 용감하게 행동한 야마우치에게 보답할 필요가 있다.

"아차, 그런데 샤워실은 무리인 것 같아……."

먼저 탐색을 마치고 돌아온 여자애들이 샤워실 앞에 모여 순서를 기다리고 있었다.

공교롭게도 카루이지와 무리로 전부 세 명이었다.

호리키타가 지금부터 줄을 서도 상당한 시간을 기다려야 하리라.

진흙 범벅이라는 특수한 사정이 있다고 해도, 호리키타에게 적의를 품은 카루이자와가 순서를 양보하지는 않을 것이다.

저쪽에 비집고 들어가기란 힘들어 보인다.

"강에서 씻는 건 어때? 그럼 훨씬 빠를 텐데."

"……그러네. 그것 말고는 방법이 없겠어."

"나도 수영이나 할까. 이부키도 같이할래? 땀도 많이 흘린 것 같은데. 우리가 된다고 하면 C반도 강을 써도 되지?"

무단으로 스팟을 이용하는 것이 안 될 뿐이지, 규칙상으로 아무런 문제도 없을 것이다.

"나는 패스. 수영을 별로 안 좋아해서, 그냥 얌전히 샤워실에 줄 설래."

"그, 그럼 나도……."

이부키에 편승하듯 사쿠라도 남자들 앞에서 수영복 차림

을 보이고 싶지 않은지 사양했다.

호리키타는 다시 한 번 샤워실을 쳐다본 후 등을 돌렸다.

온수가 나오는 샤워실이 제일 좋은 것은 틀림없지만, 아무리 하늘이 흐리다고 해도 날씨가 푹푹 찐다. 저런 상태로 계속 기다릴 자신이 없겠지.

나는 몸이 너덜너덜해진 야마우치를 부축해서 텐트로 향했다.

"난 좀 쉴게. 맞은 데가 너무 아파……."

비틀거리며 텐트로 들어간 야마우치의 눈에서 눈물이 찔끔 나오는 것이 보였다.

적임자이긴 했지만 그래도 내가 너무 심한 부탁을 했군…….

자, 여하튼 호리키타를 살펴볼까. 이미 수영복으로 갈아입는 중인지 모습이 보이지 않았다.

그동안에도 샤워실 앞에 줄을 선 사람은 점점 늘어나고 있다. 카루이자와 일행의 뒤에 사쿠라, 그 뒤에는 이부키. 그리고 새로 다른 두 여자애도 줄을 섰다.

한편 강에서 수영하는 아이들도 많았는데, 시원하게 물장구도 치고 웃고 떠들며 즐거운 시간을 보내고 있었다. 잠시 후 호리키타와 쿠시다도 수영복 차림으로 모습을 드러냈다.

혼자가 된 나는 남자 가방이 쌓여 있는 곳으로 갔다.

그리고 캠프 안을 어슬렁거리면서 인적 드문 장소를 찾아다녔다.

5분 정도 뒤에 돌아오자 강에서 몸을 다 씻은 호리키타가 나오는 모습이 보였다.

몸 상태가 좋지 않은 호리키타에게 차가운 강물은 독이나 다름없겠지.

진흙만 제거한 단계에서 만족한 것이 틀림없다.

"오호, 성공적으로 움직인 모양이군."

샤워실 앞, 줄의 제일 끝에 서 있는 이부키의 모습을 확인한 나는 살짝 고개를 끄덕였다.

6

텐트 앞에서 기다리고 있으니, 15분 정도 후에 호리키타가 모습을 드러냈다. 그녀의 상태는 어딘가 이상했는데, 시선을 푹 떨군 채 얼마간 가만히 서 있었다.

그런 후 천천히 고개를 들어 주위를 살폈다.

나와 눈이 마주치자 호리키타의 눈동자가 왠지 허무하게 흔들리는 것처럼 보였다.

무거운 발걸음으로 내게 다가오는 그 모습은 단순히 몸이 약해져서라고는 볼 수 없다.

"……아야노코지. 잠시 와줄 수 있니……."

"왜 그래. 무슨 일 있었어?"

"따라와 봐…… 여기서는 말 못해."

그 말만 하고 호리키타는 캠프지에서 벗어나 숲속으로 걸어갔다.

"왜 그러는데. 또 숲에 들어가서 먹을 거라도 찾을 생각이야?"

내 질문에도 대답하지 않고 호리키타는 계속 걸었다.

호리키타의 걸음이 멈춘 것은 캠프지가 보이지 않을 만큼 떨어진 후였다.

뒤돌아본 호리키타는 뭔가 말을 꺼내려다가 저항감이 있었는지 순간 주저했다.

"……내가 방심했어. 내 실수라는 걸 자각하고 말하는 거야. 알겠어?"

"실수라니?"

"……도둑맞았어."

"서, 설마 네 속옷을 도둑맞았다든가 하는 말은 아니지?"

"아니야. 더 최악이야. 도둑맞은 건…… 키 카드야. 완전히 내 불찰이야."

자기혐오에 빠진 호리키타는 지금까지 본 적 없는 표정을 짓고 있었다.

"너를 믿어서 말하는 거야. 범인일 가능성이 있는 인물 따위한테는 절대 상의 안 해. 죽고 싶을 만큼 굴욕적인 이야기이기도 하고……."

그 점에 관해서는 영광이지만, 낙담한 상대 앞에서 기뻐할 수도 없는 일이다.

"엄청난 실수야……."

"아니야, 잘못한 건 훔쳐간 녀석이지. 안 그래?"

"그렇다고 해도 책임 문제야. 몸이 아팠다든가, 진흙투성이가 되었다든가 하는 것과는 아무 상관없어."

분한지 고개를 푹 숙이는 호리키타. 정보 유출은 시험에 엄청난 타격을 안겨 줄 위험이 있다.

"단 1초라도 카드를 내버려두는 게 아니었는데. 그런데 난……."

"너 자신을 너무 탓하지 마. 위로가 안 되겠지만, 넌 최선을 다했다고 생각해."

내 말이 들리는지 어떤지 모르겠다. 그저 후회되는지 아랫입술을 꽉 깨물 뿐이었다.

"지금은 일단 아무에게도 안 밝히는 편이 좋겠어. 사태 파악이 우선이야."

"응…… 나도 그렇게 생각해."

모두가 이 사실을 알면 공황 상태에 빠질 것이다. 그것만큼은 피해야 한다.

"내가 의심하는 사람은 둘. 카루이자와 아니면 이부키야."

전자라면 단순히 호리키타를 싫어해서라는 거겠지.

카드를 잃어버린 호리키타가 당황해서 허둥거리는 모습을 즐기고 싶어 훔쳤다는 설이다.

"안타깝지만 그건 확률이 낮아. 카루이자와는 계속 샤워실 앞에 있었거든."

"틀림없어……?"

"응, 단언할 수 있어. 카루이자와의 명령을 들을 것 같은 여자애 둘도 마찬가지고."

"그럼 이부키가 범인일 가능성이 높다는 게 되네. 오늘 아침 이부키에게 카드의 존재를 들켰을 가능성도 있고, 타이밍이 너무 적절해. 하지만 카드를 훔치는 건 너무 위험한 도박 아닌가? 키 카드에는 리더의 이름이 새겨져 있으니 보는 것만으로도 충분할 텐데. 굳이 페널티를 범하는 짓을 할까?"

내게 답을 구하려는 듯 불안한 눈동자로 쳐다보았다.

나는 호리키타의 어깨에 손을 얹고 안심하도록 말했다.

"그건 때를 봐서 이부키한테 물어보면 알 수 있는 일이야. 이부키를 의심한다면 눈을 떼지 않는 편이 좋겠어. 훔친 카드를 가지고 도망치는 건 최악의 시나리오잖아?"

"그래. 미안하지만 먼저 돌아가 줄래? 곧바로 뒤따라 갈 테니까."

"……그래. 알았어. 먼저 가서 이부키를 지켜보고 있을게."

혼자 감정을 토해내고 싶기도 하겠지.

나는 호리키타를 혼자 남겨두고 베이스캠프로 돌아갔다.

7

10분 정도 뒤에 돌아온 호리키타는 캠프장의 불온한 공기를 감지했다.

그것은 가설 화장실 뒤로 피어오르는 거무스름한 연기가 원인이었다.

모닥불을 피우기에는 아직 너무 이른 시각이었고, 장소도 이상하다는 점을 깨달았다.

"저 연기 뭐야? 도대체 무슨 일이지?"

나는 호리키타와 합류해, 근처에서 시끄럽게 구는 이케를 붙잡아 사정을 들었다.

"큰일이야. 불났어, 불! 화장실 뒤에서 뭔가 타고 있다고!"

샤워실 앞에 줄 서 있던 여자애들은 모두 사라지고 없었다. 불이라는 소리에 움직인 모양이다.

"이부키의 모습도 보이지 않아. 어쩌면 이 불도 이부키가 냈는지 몰라. 어디에 있는 거야?"

"불 난 걸 알고 방금 그쪽으로 가던데."

서둘러 가설 화장실 뒤편으로 가보니 히라타 일행이 이미 와 있었다. 그리고 이부키의 모습도.

호리키타는 이부키에게 말을 걸려고 했지만, 그녀의 옆모습을 보더니 주저했다.

이부키의 표정이 너무도 리얼했기 때문이다.

불이 나다니 당혹감을 못 감추겠다. 그런 표정을 짓고 있었다.

"……그럼 이부키가 한 짓이 아니라는?"

그런 생각이 호리키타를 덮쳐 혼돈이 일었다.

키 카드를 훔친 사람이라면 이제 이부키밖에 없다. 불을 낼 사람이라면 이부키밖에 없다.

그런데 이부키는 현장에 아직 남아 화재에 순수하게 놀라고 있다.

발화점을 들여다보니 종이 다발이 탄 흔적이 남아있었는데, 이미 검게 타서 그게 무엇인지 처음에는 알아볼 수 없었다.

하지만 눈에 익은 일부분이 타다 남아서, 그것을 보고 금방 이해했다.

"매뉴얼이야?"

호리키타도 낯익은 부분을 보고 그렇게 물었다.

"응. 아무래도 그런 것 같아. 누가 이런 짓을……."

"……산 넘어 산이네……."

호리키타가 조용히 중얼거리더니 분하다는 듯 시선을 깔았다.

"전부 내 책임이야. 매뉴얼은 가방 안에 보관했었어. 가방은 텐트 앞에 쌓아뒀었고, 낮이어서 누가 훔칠 거라는 생각도 전혀 안 했어. 하지만 일단은 얼른 불을 끄지 않으면……."

히라타는 범인 색출보다 불씨 잡는 것을 우선해 강으로 향했다.

그리고 빈 페트병에 물을 담으면서 어두운 표정으로 중얼거렸다.

"왜…… 누가 이런 짓을…… 어째서, 다 같이 사이좋게 지내지 못하는 거야…….”

자연스레 손에 힘이 들어갔는지 페트병이 찌그러져 버렸다. 늘 산뜻했던 표정은 어디로 가버리고 왠지 살벌한 분위기마저 풍기고 있었다. 늘 리더로 반을 이끌었던 히라타의 몸과 마음에 너무도 큰 부담이 계속 가해지고 있다.

“혼자서 다 짊어지지 않아도 돼.”

위로도 되지 않는 말을 히라타에게 건네니, 그는 작게 고맙다고 말하고 일어섰다.

“이번 사건은…… 제대로 의논해야 하겠지.”

“그래. D반 애들 대부분이 불을 목격했어. 진상을 알고 싶어 할 거야.”

히라타는 낙담한 표정으로 담은 물을 들고 불이 난 자리로 돌아갔다.

“누가 이런 짓을 한 거야? 우리 반에 배신자가 있다는 얘기야?”

돌아오니 카루이자와를 필두로 남자와 여자가 서로를 노려보며 대치하고 있었다.

“왜 우리를 의심하는데? 속옷 사건이랑 이건 별개의 문제잖아?”

“그거야 모르지. 그 사건을 대충 덮으려고 불을 지른 건지 누가 알아?”

“웃기지 마, 그런 짓을 할 리가 없잖아.”

“잠깐만, 다들. 진정하고 차분하게 대화하자.”

나는 히라타에게서 말해서 물이 든 페트병을 건네받았다. 히라타 대신 남은 불을 끄기 위해서.

히라타는 곧장 무리의 중심으로 들어가 싸우지 않도록 중재에 나섰다.

어제 속옷 도둑 건도 있어서 양쪽 다 과열되어 진정될 기미가 보이지 않았다. 그중 몇몇은 지금 당장 범인 색출을 시작하지 않고는 못 배기겠다는 표정이었다.

"우선 이렇게 하면 불이 더 번질 염려는 없을 거야."

나는 텅 빈 페트병을 뒤집어 두세 번 흔들었다. 안에 든 물은 이미 하나도 남아 있지 않았는데도 불 위로 물방울이 뚝뚝 떨어졌다. 나는 하늘을 올려다보았다.

"비, 인가."

뺨 위로 물방울 하나가 뚝 떨어졌다.

구름은 아까보다 더 어두운색을 띠었다.

이제 곧 본격적인 비가 내릴 것이라는 증거다.

원래는 모두 하나가 되어 마지막 위기를 극복해야 하는데, 남자와 여자는 강하게 대립하며 서로를 노려본 채 꼼짝도 하지 않았다.

"더는 무리야. 정말 최악이라고. 우리 반에 속옷 도둑과 방화범이 있다니 끔찍해."

"우리가 한 게 아니라니까 그러네. 언제까지 의심할 셈인데!"

영원히 결론이 나지 않을 싸움. 평소라면 곧 말리는 행동을 취했을 히라타가 웬일인지 멍하니 서서 있었다. 누가 범인인지 생각하는 것일까?

"그런데 칸지, 이부키의 모습이 안 보이는데……?"

야마우치가 아까까지 근처에 있었던 이부키가 사라진 것을 알아차렸다.

그리고 놓여 있어야 할 가방도 없다는 사실을 깨달았다.

"설마, 불을 저지른 범인이……."

"아무래도 수상하지? 불이 났다면 그건 역시……."

남자들의 의심이 이부키에게로 향하기 시작하자, 여자 중에도 조금씩 이부키를 의심하는 목소리가 나왔다.

그런데 해결을 앞에 두고 비가 거세게 내리기 시작했다.

"큰일이다. 일단 의논은 나중에 하자고. 젖으면 안 되는 게 많아!"

이케 일행이 서둘러 식량과 밖에 내놓은 짐을 텐트 안으로 들이기 시작했다.

"히라타. 지시를 내려줘!"

이케가 불렀지만, 그는 여전히 멍한 표정으로 그 자리에서 움직이지 않았다. 계속해서 아무것도 없는 공간을 응시할 뿐이었다.

그러는 동안 빗소리는 점차 커져갔다.

조금 마음에 걸린 내가 히라타에게 다가갔지만, 그는 내가 오는 줄도 몰랐다.

"어째서…… 어째서 이런 일이 생기는 거야…… 이렇게

되면, 그때랑 똑같잖아……."

작게 중얼거린 그 의미를 내가 이해할 수 있을 리 없었지만, 단순한 일이 아니라는 것은 확실했다.

늘 이성적이고 차분했던 히라타답지 않다.

"난── 무얼 위해, 지금까지 무얼 위해……."

"야, 히라타, 뭐하는 거야!"

멀리서 히라타를 부르는 목소리. 그래도 히라타는 들리지 않는지 꿈쩍도 하지 않았다.

내가 그의 어깨에 손을 살포시 얹자, 그는 움찔 놀라며 천천히 뒤돌아보았다.

"이케가 불러."

"……뭐?"

히라타의 얼굴은 생기가 돌지 않아 창백했다.

두 번, 이케가 다시 부르자 히라타가는 느릿느릿하지만 정신을 차렸다. 그리고 그제야 비가 내리고 있다는 사실을 깨달았다.

"비……."

"이케 쪽을 돕는 게 좋겠어. 널어놓은 옷도 얼른 걷어야 하고."

"그, 그렇지. 빨리 정리해야."

"아야노코지. 히라타 녀석, 괜찮냐?"

"역시 충격 먹은 모양이야. 이렇게 연속으로 사건이 터지니까."

"중학교 때 우등생 도련님이 있었는데 말이지, 중책이라고 하나? 하나부터 열까지 다 혼자 짊어지다가 어느 순간 폭발해버린 거야. 그때부터 반은 엉망진창이 되어버렸지."

"히라타에게도 그런 조짐이 보인다는 말?"

"뭐, 폭발이란 말은 심했지만. 어딘지 위태로워 보인다."

스도의 동물적인 직감 같은 것이었을까. 하지만 의외로 들어맞는 것 같다.

이 특별시험이 시작된 후로 히라타는 온갖 일을 등에 짊어지고 행동하고 있다.

학교에서의 문제와는 비교도 되지 않을 만큼 힘이 들겠지.

히라타를 에워싼 환경이 확실히 변하기 시작했다.

카루이자와의 속옷 도난 사건에 불 소동. 그의 마음은 잔뜩 흐린 하늘처럼 마구 어지러우리라.

"어쨌든 지금은 일단 짐 쪽을 처리하자고."

우리는 이미 정리를 시작한 학생들 틈에 끼여 일손을 거들었다.

다행히 정리가 거의 끝난 것 같아서 이제 1분 정도면 완료된다.

"이제…… 모든 준비가 끝났다."

이부키가 모습을 감춘 것은 예상 범위 안에 있었지만, 호리키타는 어디 갔지?

그럴 가능성을 반쯤 예상하기는 했는데, 생각보다 일이 순조로운 쪽으로 진행되는 것 같다.

나는 해변으로 난 길을 똑바로 확인하면서 천천히 걸음을
내딛기 시작했다.

8

나는 무거운 몸을 겨우 움직여, 세차게 내리는 빗속에서
이부키의 뒤를 쫓았다.

하늘을 뒤덮은 비구름이 태양을 가려 시야가 무척 어두웠
다. 이부키의 모습은 보이지 않았지만, 다행히도 질퍽거리
는 땅에 발자국이 남아 있었다. 이것만 따라가면 그녀가 있
는 곳까지 닿을 수 있을 것이다.

베이스캠프에서 100미터 정도 걸은 후, 길이 난 대로 오
른쪽, 왼쪽으로 나아가니 의외로 그 인물은 마치 기다리는
사람이 찾아오길 기대한 것처럼 제자리에 서 있었다.

나는 퍼뜩 몸을 숨겼지만, 의미 따위는 없었던 것 같다.

"무슨 속셈이야?"

뒤돌아보지도 않고, 작은 빗소리를 뚫고 이부키의 목소리
가 들려왔다.

"내 뒤를 밟은 거 알고 있어. 나오지그래?"

"언제부터 알았어?"

"처음부터."

짧게 대답한 그녀는 지금까지 느껴본 적 없는 기분 나쁜
분위기를 풍겼다. 조용하고 말수 적은 인상은 그대로였지

만, 어딘가가 달랐다.

"그래서 날 쫓아온 이유는?"

"굳이 말 안 해도 알 텐데?"

"모르겠는데."

이래서는 꼭 내가 악역 같네.

"내가 뒤쫓아 온 이유는 네가 제일 잘 알지 않아?"

"정말로 짚이는 데가 없는데, 난. 뭐야, 그 이유가 뭐지?"

뒤돌아본 이부키가 내 눈을 뚫어지게 쳐다보았다.

그 눈빛은 무척 떳떳했다. 나도 모르게 사과하고 싶을 만큼.

내게도 확증이 없다. 내 감을 믿고 행동하고 있을 뿐이다.

"거짓말해봤자 소용없다는 생각은 안 들어?"

내 망설임을 순간적으로 간파했는지, 다그치듯 그렇게 말했다.

"적어도 날 쫓아온 이유를 네 입으로 듣고 싶은데."

"속옷 도난 건이랑 화재 소동. D반은 재난의 연속이었지."

"그게 뭐?"

"일부에서 널 의심하고 있다는 사실은 이미 알고 있지?"

"그래. 난 제삼자니까 의심받아도 별수 없지."

"바로 그거야."

"내가 범인이라고? 증거라도 있나?"

"아쉽게도 속옷 건에 관해서는 아무 증거가 없어. 하지만 난 네가 범인이라고 생각해."

"너무 심한 거 아닌가? 증거도 없으면서 의심하다니."

그만큼 그녀의 방식이 뛰어났다고, 칭찬할 수밖에 없다.

5일째 되는 날까지 아무 행동을 일으키지 않았던 것이나 적극적으로 D반과 가까워지려 들지 않았기 때문에, 역으로 의심을 사지 않고 지낼 수 있었으니까.

"너를 의심하는 이유. 그건 오늘 행동 때문이야. 그 설명은 필요 없겠지?"

어떻게든 해서 이부키로부터 증언을 받아내야 한다. 내가 의심한 이유를 전부 설명하는 것은 내가 리더라는 사실을 자백하는 것이나 마찬가지니까. 99% 자신이 있어도 단 1% 무죄일 가능성이 있다면 대놓고 추궁하는 것은 피해야 하리라.

"단도직입적으로 끝내자. 나한테서 훔쳐간 거 돌려줘."

눈앞에 있는 이부키는 내 눈을 보지도 않고 말했다.

"난 모르는 일이야."

그리고 그녀는 다시 빠른 걸음으로 걸어가기 시작했다.

나도 그 속도에 맞춰 뒤를 쫓았다.

이부키는 진로를 바꾸듯 숲속으로 향했다.

"어디 가는 거야?"

"글쎄, 어디 갈까?"

숲속은 어두컴컴해서 앞으로 나아가기 어렵다. 그것은 요 며칠 사이의 경험으로 뼈저리게 느꼈다.

게다가 이런 날씨에서는 시야 확보도 힘들다.

하지만 이부키는 상관하지 않고 숲속으로 점점 더 깊이 들어갔다.

진상을 알기 위해 쫓아온 이상 여기서 물러설 수는 없다. 내가 실수를 범했으니 책임지고 문제를 해결해야만 한다.

실수를 만회해야만 한다. 실수를 만회해야만 한다.

내 머릿속에 같은 문장이 몇 번이고 되풀이해서 떠올랐다.

시험은 이제 막 시작했을 뿐이야. 이런 데서 좌절할 수는 없어…….

그것이 카루이자와에게 강하게 대했던 나의 책임이기도 하다.

심장 박동이 점점 격렬해진다. 나는 조금씩, 숨죽여 이부키와의 거리를 좁혀간다.

안 되면 무력을 써서 키 카드를 회수하는 것도 생각해야 한다.

괜찮아, 나라면 잘할 수 있어. 잘할 수 있어. 잘할 수 있어. 잘할 수 있어.

이성적이지 못 하다는 것은 나도 잘 안다.

하지만 지금은 그래도 어떻게든 할 수밖에 없다. 믿을 사람 따위, 아무도 없다.

지금까지 그래 왔듯 앞으로도 혼자서 잘해나갈 수 있다.

비바람은 그래도 닦인 길보다 숲속이 훨씬 나았다.

하지만 그만큼 시야는 좁아졌고, 발 디딜 곳도 생각보다 상태가 더 엉망이었다.

그렇게 돌길을 왼쪽으로 오른쪽으로 나아가는 동안, 당연하게도 나는 방향 감각을 잃어갔다. 무엇보다도 제일 큰 문제는 내 몸 상태로, 조금 전부터는 시간을 새길 때마다 눈에 띄게 나빠지는 것을 느꼈다.

지금까지는 전조 혹은 살짝 미열 정도에서 그쳤지만, 비를 흠뻑 맞아 체온이 내려가서 그런지 한계를 넘어 순식간에 감기가 왔다.

이부키는 갑자기 멈춰 서더니 나무 한 그루를 올려다보았다. 그 시선의 끝에는 비에 젖은 손수건 하나가 나뭇가지에 묶여 있었다.

"어디까지 따라오는 거야. 적당히 하지그래?"

"네가 나한테 훔쳐간 걸 되돌려 받을 때까지야."

"진정하고 생각해보지 않을래? 만약 내가 키 카드를 훔쳤다고 한다면 내가 그 위험한 걸 계속 가지고 다닐 리 없잖아. 그러다 누가 보기라도 하면 즉시 실격 처리인데. 내 포인트를 잃는 것만으로는 끝나지 않을 거 아니야."

훔친 것을 돌려달라고 말했을 뿐이지 나는 단 한 번도 키 카드라고 말하지 않았다.

다시 말해서 이부키는 지금 자백한 것이다.

그 부분을 추궁하려는 내게 이부키가 하얀 이를 드러내며 희미하게 웃었다.

"내가 자백했다고 생각하니? 안타깝지만 틀렸어."

"그럼……."

"너와의 대화도 이제 질렸다는 소리야."

이부키는 웅크려 앉아 두 손으로 땅을 파기 시작했다.

"하아, 윽……."

나는 강렬한 현기증과 구토감이 밀려와 나도 모르게 옆에 있던 나무에 등을 기댔다.

"몸 상태가 영 엉망이군."

내 상태를 알아차린 이부키가 뒤돌아보았다. 하지만 이내 작업을 재개했다.

"하아…… 하아…… 윽……."

지금까지 호흡을 흐트러뜨리지 않으려고 최대한 참고 있었는데, 더는 무리다.

쏟아지는 빗물을 흡수한 체육복이 내 체온을 급격하게 빼앗아갔다.

눕고 싶은 충동을 간신히 참는 데 정신이 쏠려, 고개조차 제대로 들 수 없었다.

……남은 체력을 생각하면 여기서 승부를 걸 수밖에 없다.

"이부키. 난 있는 힘을 다해서 찾을 거야. 그래도 상관없어?"

그런 식으로 중얼거리자 이부키는 땅을 파는 동작을 멈추고 일어나 내게 다가왔다.

"──있는 힘을 다해? 좀 더 구체적으로 말해줄래? 폭력이라도 쓰겠다는 뜻인가?"

"……마지막 경고야. 솔직하게, 대답해……."

나는 강한 어조로 이부키와 맞섰다. 무력을 쓰는 것은 피하고 싶지만 어쩔 수 없다.

이런 모습, 누구에게도 보일 수 없어……. 예전에 스도가 어떤 문제를 일으켰다. C반 학생을 때려서 학교 측까지 휘말려 재판을 벌였던 사건이다. 그때 나는 사건의 불씨를 제공한 스도를 단죄했다. 자업자득이라면서 한 번은 못 본 척하기도 했다.

그런 내가, 지금 이렇게 힘으로 해결하려 들다니, 참으로 우습네.

"마지막 경고란 말이지…… 알았어, 알았다고. 그럼 마음대로 하든지?"

그녀는 가방을 땅에 내려놓고 두 손을 가볍게 들어 항복 포즈를 취했다.

여기까지 와서 꽤 고분고분하네. 단념한 것처럼 보이지는 않지만.

그래도 이 기회를 놓칠 수는 없다. 나는 우선 가방을 확인하려고 손을 뻗었다.

그다음 순간, 이부키의 늘씬한 다리가 내 얼굴 쪽으로 날아왔다.

혹시나, 하는 일말의 경계심이 나를 구했다.

나는 뒤로 몸을 날려 발차기를 피했다.

튄 진흙이 방어 자세를 취한 내 양팔에 달라붙었다.

"오호, 좀 하는데?"

"폭력 행위는 바로 실격이야……."

"이런 데서 누가 본다고 그러는 거지? 그리고 너도 그럴 생각이었잖아?"

씨익, 그녀가 웃는가 생각한 순간 나는 어깨를 붙들려 뒤로 넘어졌다.

예상하지 못한 공격에 미처 낙법 자세도 취하지 못하고 그대로 질퍽거리는 땅에 쓰러졌다.

"조금만 자고 있을래?"

위에서 날 내려다보는 그녀의 얼굴은 이미 만신창이가 된 내 눈에 희미하게 번져 보였다.

이부키는 멱살을 잡아 상반신을 들고는 한쪽 주먹을 꽉 쥐었다.

그대로 맞으면 의식이 끊길 것이다. 나는 그녀의 손을 뿌리치고 땅을 굴러 탈출했다.

그리고 필사적으로 일어나려고, 질퍽질퍽한 땅에 손을 짚어 몸을 간신히 일으켰다.

그때 처음으로 무술을 배워서 다행이라고 생각했다.

"오호? 의외로 몸 좀 쓰는데? 뭐 배웠어?"

이부키는 당황하지도 않고 감탄하며 값을 매기듯 나를 쳐다보았다.

내가 무술을 익혔다는 사실을 순간적으로 간파한 그녀 역시 보통 실력이 아니라는 거네. 이 상황을 최악이라고 표현하지 않는다면 달리 뭐라고 말해야 좋을까?

"정말이지…… 이번 시험, 난 실수밖에 안 하네."

무엇 하나 D반에 공헌한 것이 없다. 오히려 몸이 아픈데도 여기저기 돌아다니는 바람에, 열심히 노력하는 D반의 발목을 잡고 말았다.

처음부터 알렸으면 좋았을 것을. 컨디션이 별로니까 리더는 다른 사람에게 맡겼으면 한다고. 아니면 거절했으면 되었을 것을. 자존심이 방해해서 허락하고 말았다.

많은 아이를 무시하고 도움이 안 된다며 매도해온 내가 정작 어느 것 하나도 도움이 안 되는 것이 싫었다.

하하하……. 속으로 나는 건조한 웃음을 흘렸다.

내가 이런 식으로 나 자신에게 변명한 적이, 지금까지 있었던가.

"너지……? 키 카드 훔친 거."

다시 추격하려던 이부키의 움직임이 멈췄다. 하지만 곧 거리를 좁혀왔다.

왼팔로 공격을 가하는 척하면서, 높고 빠른 발 공격.

그것을 피한 나는 반격하려고 팔을 뻗었다. 순간 위험을 알아차린 이부키는 내 손을 피했다. 그리고 다음 공격으로 전환했고, 눈이 핑핑 도는 공방을 강요했다.

발 디딜 땅이 형편없는데도 전혀 아무렇지 않아 보이는 발놀림은 그만큼 숙련되었다는 뜻이겠지. 덤으로 상대방에게 타격을 가하는 데에 일말의 주저도 느껴지지 않았다.

이 상황을 즐기기라도 하듯 이부키는 하얀 이를 드러내며 웃었다.

이런 식으로 그녀가 활짝 웃는 모습을 보게 되다니.

몸을 무리해서 움직인 탓에 강렬한 한기와 구토감이 밀려들었다. 서 있는 것조차 겨우 해내는 상황이다.

"지금까지 애썼으니 상으로 진실을 알려주지. 그래, 카드를 훔친 사람은 나야."

이부키는 주머니에 손을 찔러 넣더니 천천히 카드를 꺼냈다.

내게 보여준 카드 표면에는 내 이름이 또박또박 새겨져 있었다.

"……이제 와서 인정하다니."

"인정하든 안 하든 이제 상관없어졌거든. 그리고 내가 폭력을 휘둘렀다는 증거는 없어. 학교 측에서 올바른 판단을 내리는 것 따위 절대 불가능하지. 안 그래?"

이부키의 말은 맞았다. 이 상황을 학교 측에서 인지할 요소는 전혀 없다.

이부키도 나도 같은 결론에 이르렀다.

여기서 내가 일방적으로 당했다고 해도 이부키는 얼마든지 빠져나갈 수 있다. 내가 아무리 주장한들 쌍방처벌로 끝. 그럼 손해 보는 쪽은 포인트를 남긴 D반이다.

하지만 키 카드만 돌려받는다면 조금이나마 살 가능성도 있다.

확실한 증거를 확보해서 C반이 잘못을 인정하도록 할 수밖에 없다.

키 카드에는 지문이 남아 있다. 도둑맞았다고 정당성을

주장할 기회는 있다. 진실을 밝히기 위해서라면 학교 측도 철저하게 조사해줄지 모른다. 그 희망을 놓칠 수는 없다.

하지만 다음 공격에서 이부키를 제압하지 못한다면 키 카드는 돌려받을 수 없다. 이렇게나 대담한 행동을 하는 그녀는 바보가 아니다. 가져가버리면 카드는 영원히 찾을 수 없게 되리라. 그렇게 되면 훔쳤다, 훔치지 않았다 하는 입씨름밖에 안 되겠지.

나는 이제 달려가서 덤빌 기력이 없다. 주먹을 쥘 체력조차 남아 있지 않았다. 이제는 상대방의 힘을 역이용할 수밖에 없어.

이부키는 서둘러야 할 이유가 있는지, 아니면 나를 과소평가하는 것인지 땅을 박차고 공격을 가해 왔다. 일방적인 사냥을 즐기는 사냥꾼처럼.

그녀의 시선이 순간 내 발끝을 향했다. 하지만 이것은 눈속임. 하반신에 의식을 집중하게 하면서 그녀는 망설임 없이 내 얼굴을 향해 최소한의 움직임만으로 오른 주먹을 휘둘렀다. 나는 아슬아슬해질 때까지 유인해 머리카락이 스칠 만큼 가까운 거리에서 공격을 슬쩍 피한 다음 그녀의 기세를 역이용하는 형태로 등에 살짝 힘을 가했다. 그리고 넘어지지는 않아도 균형을 잃고 비틀거리는 이부키의 팔을 잡으려고 하는데, 그녀는 또 순간적으로 상황을 파악하고 빠져나갔다.

힘과 속도를 이용하려던 생각은 읽혔지만, 나 역시 그녀가 피할 것이라고 예상했다. 나는 마지막 힘을 짜내 왼 주 먹을 그녀의 명치에 꽂았다.

"흐읍————."

숨이 막힌 이부키가 괴로운 듯 그 자리에서 무릎을 꿇었 다. 하지만 그와 동시에 내 체력도 바닥나, 눈앞이 맥없이 일그러졌다. 추가 공격을 하지 못한 나는 머리카락을 움켜 쥐었다.

"최악…… 더는, 한계야……."

억지로 몸을 격하게 움직인 탓에 몸 상태가 절망적일 정 도로 나빠졌다.

하지만 여기서 쓰러질 수는 없다. 내 일격은 약해서 이부 키를 넘어뜨리지 못했다.

"모를 일이네……. 나는 너도 관여한 줄 알았는데 말이 지."

이부키가 진흙투성이 얼굴을 닦으며 일어섰다.

"관여? 무슨 말이야……?"

말할까 말까, 하고 순간 망설이는 표정을 지은 이부키였 지만, 이윽고 입을 열었다.

"매뉴얼을 불태운 사람은 내가 아니라는 뜻이다."

"……여기까지 와서 거짓말할 셈이니?"

"그런 걸 불태운다고 나한테 무슨 이득이 있다는 거지? 그 화재 소동 때문에 다시 범인 찾기가 시작되는 건 필연이 었잖아. 언젠가 나를 의심하겠지. 그럼 나한테는 불리하기만 하다고."

"그건——."

이부키의 말이 맞다. 그녀는 화재가 일어나기 전에 키 카드를 훔쳤으니까.

굳이 매뉴얼을 태워 부추기는 짓을 할 필요가 없다.

그럼 누가——? 매뉴얼을 태우는 데 무슨 의미가 있다는 거지?

"내가 빙 둘러서 너한테 말한 것도 그걸 확인하기 위해서였는데. 아무래도 너는 아닌 것 같군. 하지만 그건 그거대로 이해가 안 된다고 해야 하나. D반에 있다고 생각해? 너보다 빨리, 내 범행이라는 걸 알아차릴 만한 녀석이."

알 리 없나? 하고 이부키가 한숨을 내쉬었다.

"앗…… 설마……."

내 뇌리에 어떤 인물의 얼굴이 스치고 지나간 직후, 시야에서 이부키가 사라진 것을 깨달았다. 그리고 다음 순간, 둔기로 내리친 듯 강한 충격이 내 뒤통수를 덮쳐 나는 세게 넘어졌다.

"수다는 여기까지."

무의식중에 일어나야 한다며 손을 짚었지만, 이부키의 왼발이 손을 가볍게 후려쳐 또다시 나는 어쩌지도 못하고 땅을 굴렀다.

이부키는 내 앞머리를 움켜쥐고 잡아들었다.

"이, 이거 놔……."

"미안하네. 하지만 나도 여러 가지로 사정이 복잡하거든."

그녀는 오른손을 가볍게 휘둘러 내 뺨을 때렸다. 신체적으로도 정신적으로도 더는 한계였지만, 그래도 이대로 당할 수만은 없다. 나는 내 앞머리를 붙든 이부키의 손을 뿌리쳤다.

그리고 비틀비틀 흉한 모습으로 일어서서 거리를 두려고 했다.

하지만 다리가 풀리면서, 모든 힘이 다한 듯 다시 땅에 주저앉아 버렸다.

"이런 강제적인 방법이, 허락될 거라고 생각하는 거야……?"

"글쎄. 대답할 생각이 없는데."

나와 거리를 좁힌 그녀는 다리를 높이 들어 내 얼굴 쪽으로 날렸다.

스스로 몇 번이나 되풀이하고 말았을까. 나는…… 커다란 잘못을 범했다.

혼자서 실수를 수습하려다가 도저히 수습할 수 없는 상황에 빠지고 만 것이다.

9

완전히 의식을 잃은 호리키타를 내려다보며 나는 그 자리에서 크게 심호흡했다.

이렇게 강한 상대는 오랜만이다.

만약 이 녀석의 몸이 정상적인 상태였다면 누가 이겨도 이상하지 않다.

그 정도로 이 여자애는 강했다.

다시 작업을 재개한 지 얼마 지나지 않아 비닐로 싸인 손전등과 무전기가 나왔다.

가능하면 이것을 쓰지 않고 끝내고 싶었는데.

"뭐지……?"

땅에 파묻은 두 개를 꺼낸 직후, 나는 불가사의한 감각에 사로잡혔다.

원인은 모른다. 다만, 왠지 내가 땅에 묻었을 때와 아주 살짝 상태가 바뀐 듯한 느낌이 든다.

"비 때문, 인가……?"

지나친 생각이라고 판단한 나는 무전기를 조작했다. 그리고 어딘가에서 내 연락을 기다리고 있을 남자에게 현재 위치를 전한 다음, 휴식을 취하려고 주저앉았다.

30분 정도 지났을까. 시선의 끝에 손전등 불빛이 빛났다. 두 번, 세 번. 그것은 모스 신호처럼 규칙적이었다. 나는 발밑에 있던 손전등을 써서 똑같은 신호를 보냈다. 서로가 공명하듯 빛이 점점 강해졌다.

그리고 전혀 보고 싶지 않은 열 받는 얼굴, 류엔이 모습을 드러냈다.

"요. 수고 많았다, 이부키. 잘했다."

"……당연하지."

"당연? 네가 바보짓만 안 했어도 내가 여기까지 올 위험은 없었을 것 아니야."

"어쩔 수 없잖아. 디지털카메라가 고장 나는 건 계산에 없었다고."

그렇다. 디지털카메라만 고장 나지 않았더라면 키 카드를 촬영하는 데서 끝. 확실한 증거가 손에 들어왔을 것이다. 무전기를 써서 류엔을 호출할 필요도 없었다. 그런데 결과적으로 큰 위험을 무릅쓰고 카드를 가져오게 되면서 호리키타에게 내 정체를 들키고 말았다.

"그래서 카드는?"

"여기 있어."

나는 주머니에서 카드를 꺼내 류엔에게 건넸다. 류엔은 손전등으로 카드를 비춰, '호리키타 스즈네'라고 새겨진 이름을 꼼꼼히 확인했다.

"너도 여기 와서 확인해. 원래 네 녀석이 요구한 조건이잖아. 안심해, 날씨도 이렇고 어두컴컴하니까. 누가 볼 리 없어. 조심하는 건 상관없지만 시간을 낭비하진 마라."

그 말에 어둠 속에서 모습을 드러낸 남자. 그는 A반의 카츠라기였다.

냉정, 침착하고 견실함을 중히 여기는 타입. 우리 리더와는 정반대인 남자.

나는 평정을 가장했지만, 내심 류엔의 무서움을 다시금

확인할 수밖에 없었다.

특별시험이 시작된 직후 류엔은 내게 A반을 구슬릴 것이라고 말했었는데, 정말 말대로 실행한 것이다. 도대체 무슨 수로……

카츠라기는 류엔에게 호리키타의 카드를 건네받아 육안으로 꼼꼼히 카드를 확인했다.

이 무인도에서 위조 따위는 가능할 리 없다.

"진품인 것 같군."

"이제 납득했냐?"

확실한 증거를 제시받았는데도 불구하고 카츠라기는 굳은 표정을 바꾸지 않았다.

진중한 남자라는 이야기는 이미 들었지만, 이 정도쯤 되면 일종의 병이다.

"그런데 잘도 D반에 잠입했군. 의심받지는 않았어?"

"보통 방법대로 하면 당연히 의심받지. 뭐, 어떻게 했는지는 기업 비밀이다."

나는 무의식중에 뺨을 만졌다. D반에 스파이 활동을 하자는 작전이 나왔을 때, 류엔은 나를 때림으로써 거짓을 진실로 바꾸었다. 고통도, 그를 향한 증오도 모두 진짜였다.

당연히 D반 아이들은 내가 두들겨 맞고 쫓겨났다고 착각했다.

만약 내가 다치지 않았더라면 그렇게 바로 D반에 들어가지는 못했겠지.

"언제까지 고민만 할 거야. 흰색인지 검은색인지 정도는 판단할 수 있잖아. 그리고 넌 이미 반쯤 우리에게 몸을 맡긴 상태야. 여기서 발을 빼는 멍청이 짓만은 하지 마라."

"……그렇군."

그렇게 대답은 하지만 아직도 쉽게 납득할 수 없는 모양이었다. 그 모습을 지켜보던 류엔은 짜증을 내기보다 먹잇감에게 달려들 듯 잔인한 미소를 띠며 이렇게 속삭였다.

"여기서 큰 공을 안 세우면 어쩌려고? 네가 학생회에 입후보했다가 떨어졌다는 소문이 퍼진 이후로 사카야나기 파가 우세한 것쯤은 잘 알고 있지. 지금이 기회 아닌가?"

"네놈이…… 그걸 어떻게."

"우리가 손을 잡으면 A반은 아주 견고한 지위를 얻게 돼. 그렇게 되면 배신하고 적한테 붙었던 애들도 다시 네 밑으로 돌아오게 될 거라고. 아니면 나를 적으로 돌릴 건가? 그럼 어떻게 될지는……."

카츠라기는 악마와 계약한 것이 아니다. 그저 교섭했을 뿐. 하지만 그의 생각은 너무도 안일했다. 악마와 말을 섞는 그 순간, 결국은 강제적인 피의 계약으로 이어지게 되어 있다.

"사카야나기가 자리를 비운 지금밖에 없어. 여기서 결단을 못 내리는 녀석은 A반의 통치도 무리지."

"……약속대로 이쪽도 교섭 성립이야. 네 제안을 받아들이지."

카츠라기는 그렇게 말하며 류엔에게 손을 내밀었다. 류엔은 대답하지 않고 뻔뻔한 미소만 지었다.

"그거면 됐어. 넌 올바른 결정을 한 거다."

"잠깐, 교섭이라는 게 뭐야? 나한테도 자세히 들려줘."

이 녀석들이 무슨 짓을 꾸미든 내 알 바 아니지만, 그 내용을 알 권리는 나에게도 있다. A반을 목표로 하는 이상 정말 류엔에게 달라붙는 것이 올바른지 판단해야만 한다.

"손을 잡았지, A반이랑."

"나는 이만 돌아갈게. 오래 머물수록 위험도 커지니까."

카츠라기는 카드를 다시 내게 돌려주었다. 그리고 혼자 어둠 속으로 사라졌다.

"그래서 교섭이라는 건? 그 내용은? 대가는 뭔데?"

하늘이 하얀 번개로 빛난 직후 바다 쪽에서 굉음과 함께 천둥이 쳤다. 류엔은 놀란 기색도 없이 그저 기분 나쁜 미소를 지으며 내게 계약 내용을 알려주었다.

그 내용은 단순하지 않고 무척 복잡했다. 그런데 일반적인 방법으로는 고생에 고생을 거듭해도 달성하기 곤란할, 큰 대가가 약속되어 있었다. 반 아이들 대부분이 시험을 포기하고 배에서 휴일을 만끽한다는, 시험 개시 전에는 상상도 하지 못했던 상황까지 포함해서 전부 류엔이 계획한 방향으로 흘러가고 있다. 이 녀석은 죽을 만큼 싫지만, 역시 A반에 가장 가까이 갈 수 있는 남자다. 나는 그것을 다시금 인식했다.

"하지만…… 카츠라기가 약속을 계속 지킬 거라는 보장이 있어? 언젠가 파기해버릴지도 몰라."

"당연히 그 점도 손 써뒀지. 녀석은 절대 약속을 못 깨."

나는 호리키타에게 걸어가 지문을 깨끗이 닦아 없앤 키 카드를 그녀의 손에 쥐어 주었다. 이 여자애가 할 수 있는 일은 아무것도 없다. C반에 리더를 들켰다는 것을 알면서도, 시험 종료 때까지 아무 말도 못 하고 참을 수밖에 없겠지. 일주일 동안 D반을 관찰했기 때문에 할 수 있는 확신. 이 여자애는 기본적으로 아무도 믿지 않는다. 키 카드를 잃어버렸다는 사실을 안 직후에도 반 아이들에게 알리지 않았다. 유일하게 아야노코지에게게만 마음을 연 모양이지만, 그 남자애 역시 고립파. 덧붙여 무능하므로 전혀 위협이 되지 않는다. 그리고 키 카드만 있으면 자기 실수로 리더를 들켰다는 사실을 D반에 알리지 않고 끝날 수 있을지도 모르니까.

이 여자애의 성격은 어느 정도 파악이 끝났다. 인내심 깊고 고집 센 성격. 남의 의견을 받아들이지 않는 타입이다. 즉, 아무리 괴로워도 남은 시간을 혼자 참아 내리라.

"그 좋은 머리를 잘 굴려서 자기 자신을 지키기 바란다."

그리고 우리는 암흑 속에서 숲에 천천히 녹아들듯 모습을 감추었다.

10

나는 잰걸음으로 젖은 땅을 밟으며 이부키의 뒤를 쫓았다. 한 가지 성가신 문제는 바로 날씨다. 날씨에 따라서는 발이 묶일 수도 있고, 사고에 휘말릴 가능성도 있다. 그리고 생각보다 해가 기우는 시간이 빨라 손전등 없이는 앞으로 나아가기 힘들어진 것 또한 불안 요소였다. 빗발은 한층 거세졌고, 바람도 더욱 거칠게 불기 시작했다.

 첩첩산중 같은 상황이지만, 그렇다고 이점이 아예 없는 것은 아니다.

 빗방울이 굵어서 수 미터 앞밖에 안 보였고 갈림길을 만날 때마다 헤맬 것만 같았지만, 비 덕분에 두 사람의 발자국이 질퍽한 땅에 그대로 남아 있어서 그것만 쫓으면 되는 점은 수월했다. 그런 두 사람의 발자국이 돌연 끊겼다. 아니, 도중에 끊긴 것이 아니라 더 깊은 숲속으로 이어져 있었다. 갑자기 진로가 급변한 것을 보면, 길을 헤맨 것이 아니라 의도적으로 숲을 향했다는 의미다.

 손전등을 숲 안쪽까지 비추자, 두 사람의 발자국이 점점 더 깊은 방향으로 찍혀 있었다.

 일부러 위험한 숲으로 들어갈 이유 따위 어디에도 없다. 혹시 몰라 해변으로 이어지는 정규 루트를 끝까지 비추어 보았지만, 역시 길에는 발자국이 찍혀 있지 않고 깨끗했다.

 앞머리에서 뚝뚝 떨어지는 비를 손으로 스윽 훔친 후, 나는 발자국을 따라 숲으로 들어갔다.

 당연히 시야는 한층 나빠졌다. 벌써 밤이 되어버렸다고

표현해도 좋으리라. 어쩐지 으스스한 분위기마저 감도는 어두컴컴한 숲을, 두 사람의 발자국에만 의지해 나아갔다.

30미터 정도 전진했을까. 순간 시야의 끝에 빛이 비치는 듯한 느낌이 들었다.

나는 즉시 손전등을 끄고 숨을 죽였다. 그리고 가만히 빛이 난 쪽을 쳐다보니 또 한 번, 두 번 불빛이 반짝거렸다. 손전등이다. 마치 서로 신호를 보내는 것처럼 말이다. 이부키와 호리키타? 아니, 그건 아니다. 이부키는 그렇다고 쳐도 호리키타는 불빛을 낼만한 물건을 아무것도 들고 있지 않으리라. 나는 그 빛을 향해 조용히 걸어가 거리를 좁혔다.

빗속에서 작은 잡음처럼 들려오는 사람 목소리에 귀를 기울이며 나는 몸을 숨겼다.

그곳에 누가 있는지, 무슨 이야기를 나누는지는 그리 중요하지 않다. 문제는 내 존재가 들키는 것. 그런 일만 벌어지지 않는다면 상황 파악은 그다음 문제다.

그리고 얼마 후 손전등 불빛이 멀어져 갔다. 아무래도 끝난 모양이다.

혹시 몰라 경계를 늦추지 않으며 점점 가까이 다가갔다. 그러자 그곳에는……

큰 나무 옆에, 죽은 듯이 의식을 잃고 쓰러진 진흙투성이의 호리키타가 있었다.

힘없이 늘어진 손 가까이에 키 카드 한 장이 떨어져 있었다.

다친 몸 그리고 파헤쳐진 흙의 흔적.

상황상 이부키 이외의 존재도 호리키타가 리더라는 사실을 알아버린 것이 확실했다. 나는 키 카드를 주워든 후 호리키타를 안아 일으켰다.

"으……윽."

상반신이 일으켜진 것에 위화감을 느꼈는지 호리키타는 작은 신음을 흘리며 천천히, 하지만 분명히 힘겹게 눈을 떴다.

"정신이 들어?"

"아야노, 코지……?"

자신의 상황이 이해되지 않는지, 멍하니 한마디를 내뱉었다.

"윽…… 머리가, 아파……."

"열이 꽤 높아서 그래. 무리하지 않는 게 좋아."

"그런가……. 나, 이부키한테…… 하지만, 어째서 내가 여기에……."

무리하지 말라고 했는데도 호리키타는 열이 더 오를 것 같은 기세로 이리저리 기억을 더듬었다.

그리고 조금씩 상황을 이해하기 시작했다.

"역시…… 내 키 카드를 훔친 범인은 이부키였어."

"그래?"

"……난 이제 스도한테 바보라고 말할 수 없어."

망신을 당하고 도저히 수습할 수 없는 사태가 되자 호리키타는 한탄하듯 눈을 질끈 감았다.

"24시간 계속 숨길 수 있는 시험도 아니잖아. 아무리 용을 써도 틈이 생기기 마련이야."

감싸려고 한 말인데, 내 말이 이미 깊이 상처 입은 호리키타를 더욱 의기소침하게 만든 것 같았다.

"내가 누군가에게 의지할 줄 알았더라면 충분히 피할 수 있는 일이었겠지……."

정말로 리더의 정체를 끝까지 지키고 싶었다면 진심으로 믿을 만한 상대에게 의지할 필요가 있었으리라. 그랬다면 말 그대로 24시간 체제로 카드의 존재를 끝까지 지킬 수 있었다.

하지만 호리키타에게는 그것이 가능한 친구가 한 사람도 없다.

호리키타는 자신이 한심하다며 계속 중얼거렸다.

"그런데 의식을 잃었을 때 류엔의 목소리를 들은 것 같아……. 이상하지, 그 애는 이미 기권했을 텐데……."

"의식을 잃었잖아. 꿈이라도 꾼 거 아닐까?"

"꿈이라면 더 최악이야……."

류엔의 목소리를 들은 것 같다는 말인가. 의식이 없었다고 해도 뇌는 스스로 자신을 깨우려 하는 법이다. 무의식중에 류엔의 목소리를 들었어도 이상하지 않다.

"미안해……."

내가 아무 말 없이 생각에 잠겨 있자 호리키타가 사과했다.

"왜 나한테 사과하는 거야."

"그건…… 너 말고 사과할 사람이 없으니까……."

으음, 그건 그런가. 꽤 의미심장한 한마디다.

"미안하게 생각하면 앞으로는 믿을 수 있는 친구를 만들어. 우선 그게 먼저야."

"그건 들어주기 어려운 부탁이네. ……아무도 나 따위 상대해주지 않으니까."

그런 체념으로 가득한 자학에, 나는 오히려 어떤 조짐을 느끼고 웃었다.

"네가 웃는 거야 어쩔 수 없지만 날 바보로 여기는 건 불쾌해……."

"아니, 그래서 웃은 게 아니야. 너도 속으로 친구가 필요하다는 걸 느끼기 시작한 것 같아서."

"아무도 그런 말 안 했는데……."

평소의 호리키타라면 모욕적인 말로 대꾸했겠지만, 이번 발언에는 다른 의미가 포함되어 있었다. 자기 자신을 향한 책망이 들어 있었던 것이다.

그렇지 않다면 '나 따위 상대해주지 않는다' 같은 말은 하지 않았으리라.

그래도 그리 쉽지는 않겠지. 지금까지 계속 돌진했던 길을 쉽사리 바꾸는 것이 가능하다면 누가 고생을 하겠는가. 호리키타의 허망한 눈은 나를 보고 있다기보다 나를 통과해 다른 누군가를 보는 듯 보이기도 했다.

"그런 거, 훨씬 예전부터 알고 있었는데……."

이 세상은 혼자서 살아갈 수 없다. 학교도 사회도, 많은 사람이 있어야 비로소 성립하는 것이다.

"더는 말하지 마. 아프잖아."

가만히 있으라고 설득했지만 호리키타는 참회를 멈추지 않았다.

하지만 호리키타에게는 누군가에게 의지한다는 선택지가 없다. 눈에 보이는데도 선택하지 않는 것이다.

"나 혼자 힘으로, A반에 올라가 보일 거야. 이번 실패는 반드시 만회하겠어……."

그녀는 힘없이 내 소매를 붙잡고 호소했다.

"반 아이들의 원망을 받을 각오는 되어 있어. ……그럴 만한 실수를 했으니까."

"이 학교의 시스템상 혼자 힘으로 A반에 올라가는 건 불가능해. 결국은 반 아이들과의 협력이 필요하지. 그건 네가 선택할 수 없는 거야."

눈을 뜰 기력조차 없는지 호리키타의 눈이 감겼다.

내 소매를 쥔 손의 힘은 미세했지만 강한 의지가 느껴졌다.

"인정할 수 없어. 아무리 힘들더라도, 그래도…… 난 혼자서……."

"아, 시끄러워. 이제 말하지 마. 아픈 애가 혼자 뭐라고 해 봤자 아무런 설득력도 없다고."

나는 호리키타를 살짝 세게 끌어안았다.

"넌 중책을 견뎌낼 수 없어. 그렇게 강한 여자애가 아니야. 안타깝게도 말이지."

"그럼 나보고 포기하라는 거야? A반에 올라가는 꿈을, 오빠에게 인정받는 꿈을."

"난 그런 말 안 했는데. 포기할 필요도 없어."

내 품 안에서 조용히 괴로워하는 호리키타를 내려다보며 나는 이런 말을 덧붙였다.

"혼자서 싸울 수 없으면 둘이서 싸우면 되지. 내가 도와줄게."

"어째서……? 넌, 그런 말, 할 애가 아닌데……."

"글쎄, 왜일까."

나는 대답하지 않고 말을 얼버무렸다. 얼마 안 돼 힘이 다 빠진 호리키타는 다시 의식을 잃었다.

지금 해야 하는 일은 아무에게도 들키지 않고 이 녀석을 옮기는 것이다. 기권하게 만들면 간단하지만, 손목시계의 비상 버튼을 누르면 어떤 일이 벌어질지 알 수 없다.

만약 헬기가 긴급출동이라도 한다면 주위에 바람을 찢는 소리가 울려 퍼지겠지.

"헉…… 이 길이 아니었나…… 위험할 뻔했네."

작은 길이 나오면 좋겠다는 바람을 담아 걸어갔지만, 안타깝게도 경사가 가파른 벼랑이 나오고 말았다. 한 발짝만 더 내디뎠다면 굴러떨어졌으리라.

아래쪽에 불빛을 비춰보니, 10미터는 족히 되어 보이는 높이였다. 영 엉뚱한 방향으로 걸어갔나 보다. 어쨌든 원래 왔던 길로 되돌아가야겠군.

호리키타에게 부담이 가지 않도록 천천히 뒤로 돌려는 그 직후——.

불행하게도 믿고 있던 땅이 허물어지면서 몸이 균형을 잃었다. 혼자라면 다리 힘으로 버티거나 나무를 붙잡을 수 있었겠지만, 내 손은 호리키타를 안고 있어서 자유롭지 못하다. 추락을 면할 수 없다. 호리키타를 보호하려고 몸을 웅크린 순간, 어쩔 도리 없이 험한 경사를 그대로 구르고 말았다.

몇 초 정도 의식을 잃었나. 떨어진 직후의 기억은 확실하지 않다.

어쨌든 호리키타가 다치지 않아서 다행이라고 할까.

경사를 올려다보니, 호리키타를 안은 상태로는 도저히 못 올라갈 것 같다.

"……망했다."

하지만 지금은 여기서 꼼짝 못 하고 있을 상황이 아니다.

의식을 잃은 호리키타를 이번에는 등에 업고, 캄캄한 숲을 손전등 하나에 의지해 걸어 나갔다.

몸을 때리는 비가 무자비하게 체력을 빼앗았다. 무엇보다 등으로 전해지는 호리키타의 열이 심상치 않다. 더 이상 비를 맞으면 위험하다.

하지만 이곳은 숲속. 운 좋게 사람이 들어갈 만한 동굴이나 인공물이 있을 리도 없다.

그렇다면 남은 것은 자연의 힘에 기대는 방법뿐.

다행히 나무들이 울창하게 우거져 있었고, 장소에 따라서는 비교적 몸이 젖지 않을 곳도 있었다. 나는 주위에서 제일 큰 나무를 찾아, 그 아래로 몸을 피했다. 물론 모든 빗방울을 다 막을 수 있는 것은 아니었지만, 그래도 우거진 잎사귀들이 빗방울을 많이 막아주었다.

호리키타를 내려 옆으로 눕혔다. 체육복이 더러워진 것은 참을 수밖에 없다. 나는 그 자리에 앉아 호리키타의 머리를 내 무릎에 뉘었다.

이제 시원해지기만 하면 좀 살 것 같은데, 습도가 높은 탓에 눅눅하고 덥다.

하지만 몸이 아픈 호리키타는 한기를 느끼는지 이따금 몸을 움츠리며 바들바들 떨었다.

조금이라도 부담을 덜 수 있다면, 하고 나는 호리키타를 꼭 껴안은 채 그저 조용히 때를 기다렸다.

얼마나 시간이 지났을까. 거친 숨을 내쉬며 호리키타가 눈을 떴다. 머리가 멍해서 그런지 자신이 놓인 이 상황을 잘 이해하지 못하는 눈치였다.

"어째서, 네가? ……나는……?"

일시적인 착란 증상인지, 조금 전 일을 기억하지 못하는 듯했다.

나는 자초지종을 설명했다. 전부 받아들였는지는 잘 모르겠지만.

"그랬구나…… 기억났어."

"다행이네."

"글쎄. 내 실수까지 기억나서 최악일지도."

그런 자학 섞인 말이 나오는 것을 보면 일단은 안심이다.

"벌써 6시가 다 되어 간다. 호리키타. 마음은 괴롭겠지만 시험은 포기하는 게 좋겠어. 몸이 못 견딜 테니."

지금까지는 아슬아슬하게 버텨왔겠지만, 더는 불가능이다.

"그건 못 해. 나 때문에 30포인트나 잃게 할 수는 없어…… 난 포인트를 쓴 카루이자와를 비난했잖아. 그러니 얼마나 바보 같아……."

컨디션 불량은 페널티가 무겁다. 포인트만 가지고 말하면 카루이자와가 개인적으로 쓴 것보다 많다. 호리키타는 분한 듯 팔을 두 눈 위에 얹었다. 젖은 눈을 감추기 위해서일까.

"그것뿐만이 아니야…… 난 키 카드를 도둑맞아버렸어. 알지……?"

"D반은 또 50포인트를 잃게 되겠지."

호리키타가 살짝 고개를 끄덕였다. 그렇게 되면 D반에 남은 포인트는 아주 조금뿐이다.

"나는 내버려두고 너 혼자라도 돌아가. 그럼 나만 점호 부재로 끝낼 수 있으니까."

"뭘 어떻게 하려고."

"내일 아침까지…… 무슨 수를 써서든 돌아갈게. 점호 때만 아픈 걸 참으면 탈락은 어떻게든 면할 거야."

그러면 5포인트만 깎이고 끝낼 수 있다. 그런 목적이겠지.

"이 상황은 그리 만만하지 않아. 넌 지금 몸 상태가 너무 안 좋고, 네 연기에 넘어가줄 만큼 담임이 그리 친절하지도 않고. 무엇보다도 네 힘으로 베이스캠프에 돌아오는 것조차 도저히 무리야."

"그래도 그렇게 할 수밖에 없어……. D반에 포인트를 남기기 위해서야."

키 카드 건은 빼더라도, 점호와 탈락 부분은 포인트를 지킬 가능성이 있다. 그것이 적은 숫자가 아니라는 점은 확실하다.

"어서 가."

힘이 다 빠진 호리키타였지만, 말에서 느껴지는 의지는 불굴의 투지를 느끼게 해주었다.

자신이 걸림돌이 되는 것은 그나마 참을 수 있어도 남까지 끌어들이는 것만큼은 도저히 참을 수 없는 모양이었다.

내가 입을 다물고 있자 호리키타는 휘청거리며 몸을 일으켜 머리를 나무에 기댔다.

자기는 내버려두라는 뜻이겠지.

"그럼 사양하지 않고 먼저 간다. 이대로 있으면 반 아이들이 난리가 날 테니까."

"……그래. 그게 올바른 판단이야. 모든 책임은 나에게 있어."

차가운 내 결단에 대해서도 적확하다고 칭찬하는 호리키

타. 약해진 자신을 부끄러워할 뿐이었다. 떨리는 몸을 부둥켜안고 한기를 견딘다. 남에게 의지하지 않는 성격도 참으로 골치가 아프군.

날씨는 여전히 엉망이었고, 비바람이 그칠 기미는 보이지 않았다.

"내일 아침에 정말 혼자 힘으로 돌아오는 거지?"

"그래…… 할 수 있어."

"……호리키타. 이런 상황에서 시험을 그만두지 않는 게 정답이라고 생각해?"

나는 쓸데없는 소리를 입에 담았다.

"당연하잖아……. 기권이라는 선택지는, 나에게 없어."

불굴의 투지를 불태우는 것은 자기 마음이지만, 이렇게 했는데도 져버리면 아무런 의미도 없다.

"왜 지금 이렇게 절망적인 상태에 빠졌다고 생각하지?"

"……내 태만이 부른, 실수. 그게 다야."

"아니. 전혀 틀렸어."

호리키타 스즈네는 자기 나름대로 열심히 싸웠다. 그리고 무난하게 시험을 끝내려고 했다.

"……어서 가…… 널 같은 편이라고 생각해서 하는, 내 부탁이야……."

그렇게 말한 호리키타는 순간 뜨끔한 듯 입을 막았다.

"정정할게. ……지금 한 말은 못 들은 걸로 해줘."

"아니, 그 말이야말로 제일 들어야 할 부분이라고 생각하는데.”

“됐어. 난, 혼자서…… 윽…….”

급히 몸을 일으키려 한 것은 역시 호리키타에게 부담이었다. 그녀는 괴로운 듯 눈을 감았다.

“가, 부탁이니까…….”

마지막으로 그 말을 남긴 호리키타는 다시 의식을 잃었다.

나는 호리키타를 살짝 안아 들고 조금이라도 편한 자세로 해주려고 위치를 바꾸었다.

그리고 일어서서 아직 잠잠해질 기미가 없는 암흑을 올려다보며 숨을 토했다.

“자기 의지로 그만두는 게 더 편한데.”

이 고집 센 아가씨는 끝까지 시험을 내팽개치려고 하지 않았다.

훌륭하다. 그래, 훌륭하다고 생각한다. 너의 생각도 행동도 거의 정답이었다.

하지만 말이지, 호리키타. 안타깝지만 한 가지 결정적으로 틀린 것이 있어.

지금 이 순간만, 진심으로 말해주지.

나는 너를 같은 편이라고 생각한 적도 없고, 반 친구로서 걱정한 적도 없어.

이 세상은 ‘승리’하는 게 전부다. 과정은 중요하지 않아.

어떤 희생을 감수하든 상관없다. 마지막에 내가 '승리'하기만 하면 그것으로 충분하다.

너도, 히라타도, 아니 모든 인간은 그걸 위한 도구일 뿐이야.

호리키타가 여기까지 내몰린 것은 그녀의 책임이 아니다. 그렇게 되도록 내가 가담했다. 그러니 너무 자책하지 마라. 너는 내게 도움이 되었으니까.

나는 손전등을 비추며 질퍽한 길을 걸었다.

이미 신발은 진흙투성이였고, 신발 안도 물에 잠겼다. 하지만 나는 별로 신경 쓰지 않았다. 일단은 위치 파악부터 해야 한다.

비탈길을 내려왔으니, D반의 베이스캠프에서 멀어진 것은 틀림없다.

하지만 반대로 생각하면 해변까지의 거리는 분명 가까워졌을 것이다.

며칠 동안 걸어 다녔던 숲속을, 머릿속의 지도에 의지해 나아간다.

"역시 가까웠군."

이윽고 나는 해변에 닿았다. 바다 위에 뜬 배가 환한 불빛을 밝히고 있었다.

그리고 몇 분 후 원래 장소로 돌아간 나는 힘없이 그 자리에 쓰러져 있는 호리키타를 일으켰다. 아름다운 얼굴이 진흙으로 더러워져 있었다.

호리키타를 안아 부축했지만 의식이 돌아올 기색은 전혀 없었다.

나는 호리키타를 안고 베이스캠프가 아닌 해변 쪽으로 걸음을 옮기기 시작했다.

그렇게 계속 걸어, 오후 7시가 넘었지만 어떻게든 목적 시간 안에 도착했다.

선생님들이 설치한 텐트도 지금은 전부 철수해, 바람에 날아가지 않게 되어 있었다. 부두에 걸쳐진 트랩을 올라간 나는 배의 갑판에 다다랐다.

한 선생님이 우리의 존재를 알아차리고 달려왔다.

"여기는 출입 금지야. 들어오면 실격 처리가 된다."

"급한 일이에요. 이 애가 열이 많이 나서 지금 의식을 잃었어요. 바로 쉬게 해주세요."

상황을 전달하자 교사는 지시를 내려 들것을 가지고 오게 했다. 나는 거기에 호리키타를 눕혔다.

"이 학생은 기권 처리해도 되겠지?"

"네, 그렇게 해주세요. 다만 한 가지만 확인할게요. 아직 8시 전이니까 얘는 점호가 무효죠?"

시각은 오후 7시 58분. 아슬아슬했지만 틀림없이 세이프일 터.

여기서 선생님의 확인을 받아내야만 한다.

"……그렇구나. 아슬아슬하게 그렇게 되겠네. 하지만 너는 아웃이야."

"저도 알아요. 그리고 한 가지만 더, 이 키 카드를 반납할게요."

나는 주머니에서 키 카드를 꺼내 선생님에게 건넸다.

"그럼 저는 다시 돌아가 보겠습니다."

이 자리에 계속 머물 수도 없는 노릇이라, 나는 비가 쏟아지는 가운데 다시 해변으로 내려왔다.

이렇게 해서 D반은 호리키타의 기권으로 30포인트, 그리고 내 점호 부재로 5포인트를 추가로 잃게 되었다.

이름	이부키 미오
반	1학년 C반
학적번호	S01T004714
동아리	무소속
생일	7월 27일

평가

학력	C
지성	C-
판단력	B-
신체능력	B
협조성	E

면접관 코멘트

협조성이 결여되었고 말수가 적다. 무덤덤한 성격이어서 면접 평가는 낮았지만, 학력과 운동 면에서는 능력이 뛰어나 기대되는 학생이다. 친구를 만들어 소통 능력을 높이길 바란다.

담임 메모

한정적이기는 하나 친구 관계를 구축하고 있는 듯 보인다.

○개막

8월 7일. 길기도 짧기도 했던 무인도 생활이 드디어 끝을 맞이했다.

그나마 위안이 되는 것은 가혹한 서바이벌이 아니었고 적당히 즐기면서 지냈다는 점일까.

종료 시각인 정오가 다 되어서도 아직 주위에는 마시마 선생님을 비롯한 교사들의 모습이 보이지 않았다.

'이제 곧 시험 결과 집계가 있겠습니다. 잠시만 기다려주십시오. 시험은 이미 종료되었으므로, 개인적으로 음료니 화장실을 희망하는 경우는 휴게실을 이용해주시기 바랍니다.'

그런 방송이 흘러나오자 학생들이 일제히 휴게실로 모여들었다. 또한, 가설 텐트 아래에도 테이블이며 의자 등이 준비되어 있어서 충분한 휴식을 취할 수 있었다.

코엔지와 호리키타 등 기권한 학생은 여객선에서 대기하고 있는지 내려올 기색이 보이지 않았다.

늘 이케와 같이 다니는 스도는 여객선을 올려다보며 움직이지 않았다.

"아야노코지. 너는 호리키타랑 같이 잘 다니잖아. ……실제로 어때?"

화내거나 야단법석을 떠는 것이 아니라 진심으로 궁금한 것 같았다.

"아무 사이도 아니야. 그냥 단순한 친구. 그 이상도 그 이하도 아닌데."

"……그것도 부럽군. 난 아직 단순한 친구 취급조차 못 받고 있으니."

호리키타가 상대해주지 않는 것이 답답한지 스도는 분한 표정을 지었다.

"이번 사건으로 호리키타도 조금은 널 인정하게 되지 않았을까?"

특별한 문제를 일으키지도 않고 오히려 호리키타를 도우려 했거나 솔선해서 낚시하는 등 우리 반을 위한 행동을 하지 않았는가. 큰 성장이다.

"그럼 좋겠는데 말이지. 결국 편하게 이름을 부르진 못했다고."

"두 사람 다 그동안 고생 많았어. 일주일 동안 여러 가지로 고마웠고. 정말, 덕분에 살았다."

히라타가 노고를 치하하는 말과 함께 양손에 들고 있던 종이컵 중 하나를 건넸다. 컵을 받아드니 차가운 감촉이 손바닥을 자극했다. 그는 나머지 한 잔을 스도에게 건넸다.

"감사를 표할 사람은 오히려 나야. 반에 잘 섞이지 못했던 나를 도와주었잖아. 그리고 호리키타가 기권한 거랑 내가 점호에 못 간 것도 감싸줬고."

"이유를 들으면 탓할 수 없지. 그리고 호리키타는 중요한 답을 알려줬잖아."

"녀석이 하는 말을 믿어?"

"그 앤 적당히 둘러댈 애가 아니야. 그러니까 너도 사이좋게 지내는 거 아니야?"

이 남자애는 한없이 순수하달까, 친구를 지키려고 노력하는 녀석이다.

"위험이 없다고 하면 거짓말이지만, 호리키타를 위해서라도 행동에 나서야겠지."

그게 친구니까, 하고 작게 대답하는 히라타. 어제 봤던 옆얼굴은 마치 환상이었다는 듯이 말이다.

우리가 나누는 대화 중에 이해되는 않는 구절이 있는지 스도가 고개를 갸우뚱거렸다.

"뭐야, 답이라니. 도대체 무슨 이야기야?"

"그건 이제 곧 알게 될 거야. 그나저나 C반은 참 이상해…… 꼭 자기들만 다른 차원에 있는 것 같아."

C반 학생들은 시험 이틀째 되던 시점에서 거의 다 기권했기 때문에 이 자리에 모습이 보이지 않았다. 이부키마저 기권해버렸는지, 해변의 어디를 둘러보아도 찾을 수 없었다. 그래서 C반 학생은 류엔밖에 없는 기이한 광경이 펼쳐졌다.

"어째서 저 애…… 류엔만 기권하지 않은 거지?"

히라타와 멀리서 상태를 살피자, 그 시선을 알아차린 류엔이 우리 쪽으로 뒤돌아보았다.

그리고 무슨 생각인지 천천히 다가왔다. 살짝 긴장감이 감돌았다.

"어이, 보디가드. 스즈네는 어디 갔어?"

히라타의 존재에는 눈길도 주지 않고, 종이컵을 한 손에 쥔 류엔이 그렇게 물었다.

류엔의 입에서 나온 '스즈네'라는 단어에, 스도가 발끈하며 노려보는 것이 느껴졌다.

"나한테 물어봤자 곤란해."

"네가 스즈네의 뒤꽁무니를 졸졸 따라다닌다는 건 잘 알고 있어. 저번에도 같이 있었잖아?"

류엔은 종이컵 속에 든 내용물을 들이킨 뒤 가볍게 구겨서 내 발밑으로 휙 던졌다.

"나 대신 버려라."

모래에 반쯤 파묻힌 종이컵을 스도가 있는 힘껏 발로 뭉갠 다음 뻥 차버렸다.

"무슨 씨알도 안 먹히는 소리야? 엉? 네놈 쓰레기는 네놈이 버리라고."

"불량품은 쓰레기 처리가 딱 어울리지 않나?"

발끈해서 무섭게 나오는 스도였지만, 류엔은 조금도 신경쓰지 않았다.

"진정해, 스도. 쓰레기는 내가 버릴 테니."

히라타가 당황하며 종이컵을 주워들자 스도가 혀를 차며 모래를 발로 찼다.

류엔은 시시하다는 표정으로 시선을 돌렸다. 상반신은 군데군데 더러워져 있었고, 체육복 바지도 진흙 범벅이었다.

노력이 제일 싫다고 말한 사람답지 않은 모습이군.

"기권 안 했구나. 류엔."

"네놈은 누군데? 그보다 스즈네는 어디 있어? 만나면 엉덩이라도 쓰다듬어주려고 했는데."

세 번째 '스즈네'라는 단어. 더욱 모욕적인 단어가 섞여 있었기에 스도는 모래를 박차고 류엔에게 달려가 멱살을 잡았다.

"뭐지, 이 손은?"

눈썹 하나 까딱하지 않고, 류엔은 스도의 잡아먹을 듯한 시선을 그대로 받았다.

"한 번만 더 웃기는 소리 지껄이면 죽여버린다."

"아아? 뭐지, 이 녀석? 혼자서 뭘 그리 흥분하고 난리야?"

당장 주먹다짐이 벌어질 듯한 상황에 히라타도 뛰어들어 류엔에게서 스도를 겨우 떼어냈다.

"호리키타라면 어제 기권했어. 그래서 여기 없지."

"……기권? 스즈네가? 녀석은 기권 같은 걸 할 여자가 아니잖아?"

"그건——."

삐익, 하고 해변에 확성기 스위치 켜지는 소리가 나더니 마시마 선생님이 등장했다.

1학년들이 허둥지둥 대열을 맞추려고 하자, 마시마 선생님은 손으로 제지하며 말했다.

"그대로 편하게 있어도 좋아. 시험은 이미 끝났다. 지금은 여름방학의 일부나 마찬가지니까, 잠시나마 자유롭게 있어도 상관없다."

그래도 학생들은 당연히 긴장하기 마련이어서, 잡담하는 모습은 순식간에 사라졌다.

"이번 일주일간 우리 교사들은 너희들이 특별시험에 어떻게 임하는지 잘 지켜보았다. 정면으로 시험에 도전한 자. 잔머리를 굴려 시험에 도전한 자. 방법은 다양했지만 종합적으로 아주 훌륭한 시험 결과라고 생각한다. 모두 수고 많았다."

마시마 선생님의 거침없는 칭찬을 받은 학생들에게서 안도의 한숨이 새어 나왔다.

드디어 일주일간의 시험이 끝났다는 실감이 나기 시작했겠지.

"그럼 지금부터 단적이긴 하지만 특별시험 결과를 발표하겠다."

아마도 이 시험 결과를 꿰뚫어 보는 사람은 담임선생님까지 포함해서 아무도 없으리라.

"또한 결과에 관한 질문은 일절 받지 않는다. 스스로 결과를 받아들이고 분석해서 다음 시험에 활용하도록."

"그렇다고 하네? 오줌 질질 싸지 말고 현실을 그대로 받아들여라."

"그건 C반 쪽이겠지. 너희는 모든 포인트를 다 썼잖아? 웃기지 좀 마라."

이미 아는 사실인 C반의 폭거를 바보 취급하는 스도.

"우리는 보너스 포인트까지 포함해서 125포인트를 남겼어. 훌륭했다고 생각해."

류엔의 억지 도발에 히라타도 살짝 열 받았나 보다. 자랑하듯 그가 그렇게 답했다. 풋내 나는 히라타의 말에 류엔은 토하는 동작을 보이며 어이없어했다.

"푸핫. 고작 그 정도 포인트로 만족하다니, 피라미 같은 것들의 신경이 부러울 지경이군."

"무슨 말을 해도 상관없지만, C반이 0포인트라는 사실은 변하지 않아."

"큭, 큭큭. 멋대로 단정 짓지 마라. 물론 우리는 300포인트를 전부 썼지. 하지만 말이야, 이번 시험의 추가 규칙을 잊은 것은 아니겠지?"

"……반의 리더 맞추기를 말하는 건가?"

"그래. 나는 종이에 썼단다. 너희 D반의 리더 이름을 말이야."

나도 히라타도 얼굴에 드러내지 않으려고 노력했지만, 스도는 그 말을 들은 충격이 표정에 그대로 드러났다.

"그리고 A반이랑 B반 애들도 같은 답을 썼지. 이게 무슨 의미인지 아냐?"

"잠깐만. 그게 도대체 무슨 소리야, 엉?! 마, 만약에 진짜라면……."

D반은 답이 들킨 페널티로 100포인트를 잃게 된다.

확성기에서 마시마 선생님의 목소리가 들려왔다.

"그럼 지금부터 특별시험의 순위를 발표하겠다. 최하위 는—— C반. 0포인트."

"푸하하하! 그것 봐라! 역시 0포인트잖아! 배꼽 빠지겠 네!"

스도는 결과를 듣고 류엔을 향해 진심으로 바보 같다는 듯 배를 움켜잡고 비웃었다.

"……0포인트라고?"

류엔은 충격을 받았다기보다 아직 상황이 이해되지 않은 모습이었다.

마시마 선생님은 담담히 발표를 이어갔다.

"이어서 3위는 A반. 120포인트. 2위는 B반. 140포인트다."

주위가 술렁거리기 시작했다. 아무도 예상하지 못했던 순 위, 그리고 포인트였다.

자신들이 계산했던 수치와의 오차에 당혹감을 감추지 못 했다고 할까.

"그리고 D반은……."

순간이었지만, 마시마 선생님의 움직임이 굳었다. 하지 만 이내 말을 잇기 시작했다.

"……225포인트로 1위가 되었다. 그럼 이상으로 결과 발 표를 마친다."

이 사태가 누구보다도 혼란스러운 사람은 히라타를 제외 한 D반 학생들이리라. 유일하게 사정을 알고 있는 히라타조차 절반은 믿어지지 않는 듯 흥분한 미소를 지었을 뿐이다.

"이게 어떻게 된 거야, 카츠라기!"

반대쪽 휴게소에서 그런 목소리가 터져 나왔다. A반 학생들이 카츠라기를 에워쌌다.

"뭔가 이상해…… 어떻게 된 일이지…… ."

"우오오오오! 해냈다! 꼴좋다!"

스도의 외침과 함께 D반 학생들이 일제히 모여들었다.

"야야야, 이게 도대체 어떻게 된 일이야?! 응?!!"

흥분과 혼란이 식을 줄 모르는 이케가 히라타에게 보채듯 설명을 요구했다.

"……저쪽에 가서 설명해줄게. 그럼 류엔, 난 먼저 실례할게."

의미 깊은 말을 남긴 히라타가 이케와 스도를 데리고 배를 향해 걷기 시작했다. 스도는 혀를 쏙 내밀면서 가운뎃손가락을 치켜세웠다. 그 모습을 류엔은 아무 말 없이 지켜볼 수밖에 없었다.

시험이 종료되어 해산하게 된 1학년들. 배는 2시간 후에 출발이어서 그때까지 바다에서 놀거나 배에서 느긋하게 쉬는 등 자유였다. 나도 배에 오르기 위해 걸음을 옮겼다.

"제군들. 일주일간의 무인도 생활은 어땠나?"

갑판 위에서 한 손에 마실 것을 든 코엔지가 D반을 맞이했다.

"코엔지! 네놈 때문에 30포인트나 잃었잖아! 알아, 몰라?!"

"워, 워, 진정해, 이케 보~이. 나는 아파서 누워 있었어. 어쩔 수 없잖아?"

반들반들 윤기가 좌르르. 일주일 동안 배 위에서 일광욕을 즐겼다는 사실을 확실히 알 수 있었다. 건강한 모습으로 그런 말을 해봐야 눈곱만큼의 설득력도 없다.

남자애들의 비난을 한 몸에 받는 코엔지 뒤로 조금 늦게 호리키타도 모습을 드러냈다. 아직 완전히 회복되지 않았는지 얼굴이 창백하다. 호리키타의 존재를 알아차린 학생들의 시선이 자연스레 모였다.

"스, 스즈네. 몸은 좀 괜찮아?"

잠시 머뭇거리다가, 스도가 연습한 대로 호리키타의 이름을 부르며 가까이 다가갔다.

"그럭저럭. 아직 다 나았다고는 할 수 없지만. 그보다 기권해버린 내 실수가 커."

"그런 건 신경 쓰지 마."

호리키타는 자연스레 이름으로 불린 것을 받아들인 듯 보였다. 의외네.

"그런데 스도. 멋대로 나를 스즈네라고 부르지 마. 알겠니?"

"윽…… 아, 알았다."

아무래도 받아들인 것은 아닌 모양이다. 스도도 거스르지 못하고 고개를 끄덕일 수밖에 없었다.

"그런데—— 어떻게 된 거야? 어째서 D반이 1위가……."

리더라는 사실을 들켰고, 내 손에 의해 호리키타는 기권 처리 되어버렸다. 계산상으로 한없이 0포인트에 가까운 종료를 그렸으리라.

"그, 그러게. 어떻게 된 일이야, 히라타! 전혀 짐작도 못 하겠다!"

적절한 대답을 요구받은 히라타였지만 그 전에 해결해야 할 일이 있는 듯했다.

"그건…… 카루이자와. 우선 너부터 호리키타한테 꼭 말해야 하는 게 있지 않아?"

그렇게 말하며 시노하라 일행의 뒤에서 고개를 푹 숙이고 있는 카루이자와에게 말을 걸었다.

이름을 불린 카루이자와는 호리키타에게 다가갔다.

"……호리키타, 잠깐 괜찮아?"

"응. 넌 나한테 할 이야기가 있을 거야. 그렇지?"

살짝 고개를 끄덕이는 카루이자와를 보며 호리키타는 눈을 감았다. 속옷 도난 사건, 마음대로 포인트를 사용한 사건으로 카루이자와를 비난한 주제에 정작 자신은 리더라는 정체를 들켰고 기권해버렸다.

그러니 무슨 소리를 들어도 다 받아들일 수밖에 없다. 그런 표정이었다.

"미안해."

약간 무뚝뚝하게, 그러면서도 진심으로 미안하다는 듯 카루이자와가 사과했다.

"내 속옷을 훔친 사람은 이부키였다며. 아야노코지가 전부 말해줬어."

"뭐?"

욕먹을 것을 각오했던 호리키타는 익숙하지 못한 사과에 당혹스러워했다.

"호리키타는 이부키가 범인이었다는 걸 알고, 이부키가 달아나려 할 때 쫓아가서 따졌지? 그래서 결과적으로 아프게 되었고……."

예상도 못 했던 카루이자와의 말에, 호리키타는 내 쪽을 퍼뜩 쳐다보았다.

나는 왠지 멋쩍어져서 시선을 피했다.

"게다가 아까 히리타한테 들었어. 호리키타가 A반이랑 C반의 리더를 알아냈다는 이야기. 그래서 이번에 포인트가 이렇게 높았던 거지. 그래서, 라고 할까…… 여러 가지로 미안해."

카루이자와는 그렇게 말하자마자 재빨리 여자아이들이 있는 곳으로 돌아갔다.

"잠깐 기다려. 내가…… 리더를 알아냈다, 니? 하지만 난 기권──."

"겸손하게 나올 필요 없어, 호리키타. 이 결과는 틀림없이 호리키타의 답이 적중했기 때문이니까."

지금 호리키타의 머릿속에는 의문에 의문이 꼬리를 물고 이어지겠지. 이 수수께끼로 가득한 시험에서 여하튼 그녀를 제외한 전원에게는 하나의 논리가 통하지 않았는가.

"잠깐만, 아야노코지, 너 무슨——."

아이들이 혼란과 환희에 휩싸여 있는 가운데 내게 말을 걸려고 하는 호리키타.

하지만 이번 시험의 주역인 호리키타는 순식간에 반 아이들에게 둘러싸여 버렸다.

"호리키타, 정말 대단해! 진짜 천재 아냐?!"

"기권했다는 말을 들었을 때는 어떻게 되나 했는데, 완전 쓸데없는 걱정이었어!"

"자, 잠깐만?!"

남녀 불문하고 질문공세가 이어졌다. 나는 합장하듯 두 손을 모아 무사를 기원하며 뒤로 물러났다.

이야, 잘됐네, 잘됐어. 우리 반은 1등이 되었고 호리키타는 인기인이 되었고.

녀석이라면 잘 헤쳐 나갈 수 있겠지.

나는 휘말리기 전에 얼른 방으로 돌아가 푹 쉬어야지.

그렇게 생각하고 있는데, 또 사신과 조우해버렸다.

"잠시 나 좀 보자?"

"꼭 깡패가 부르는 것 같은 말투네요, 차바시라 선생님. 거절해도 되나요?"

"싫으면 여기서 말해도 난 상관없는데. 주목받아도 괜찮나?"

"……날이 더우니 간략하게 부탁드립니다."

나는 차바시라 선생님의 뒤를 따라 배의 반대쪽으로 걸어갔다. 그리고 인기척이 완전히 끊겨 정적에 휩싸인 곳에서 먼저 말을 꺼냈다.

"우선 이걸로 만족하셨다고 생각해도 될까요?"

"그래. 일단은 훌륭했다고 말해주지. 솔직하게 말해서 감탄했어."

"그럼 지금 당장 말해주세요. '그 남자'가 저의 퇴학을 요구했다는 게 사실입니까?"

차바시라 선생님은 울타리에 등을 맡기고 고개를 들어 하늘을 올려다보았다.

"……그 이야기가 사실이라고 단언할 증거가 있나요?"

"나는 너에 대해 자세히 알고 있어. 그거야말로 가장 큰 증거라고 생각하지 않나? 다른 교사들은 네 진짜 실력을 몰라. 의심조차 하지 않지."

하긴 그 부분이 의문이긴 했다. 입시 문제에서 내가 눈에 띄는 짓을 저지른 것은 사실이지만, 그것만으로는 모든 교사가 내 속사정을 눈치채지 못했다.

하지만 그렇다고 하면 이번에는 순서가 이상해진다. 차바시라 선생님은 최근에 그 남자가 접촉해왔다는 식으로 말했다. 역시 아직 이 사람은 뭔가를 숨기고 있다.

"유명한 신화를 너도 들은 적 있겠지. 이카로스의 날개 말이야."

"그게 뭐 어쨌다는 거죠?"

"이카로스는 자유를 얻기 위해 갇혀 있던 탑에서 뛰어내렸다. 하지만 그건 혼자 힘으로 해낸 것이 아니야. 아버지 다이달로스가 날개를 만들도록 지시해 뛰어내리게 한 거지. 자기 의지로 뛰어내린 게 아니라. 딱 지금의 너 같지 않아?"

"무슨 말씀이신지 전혀 모르겠는데요."

"그 남자…… 아니, 네 아버지는 이렇게 말씀하셨다. 키요타카는 언젠가 스스로 퇴학의 길을 선택할 거라고. 햇빛에 날개가 녹는 바람에 망망대해에 빠져 죽은 이카로스와 같은 결말을 맞이할 거란 소리지."

그래서 이카로스의 날개인가.

"앞으로 어쩔 셈이지?"

"선생님도 아시잖아요. 이카로스는 다이달로스의 충고와 조언을 듣지 않았죠."

날개를 녹이면서도 이카로스는 있는 힘을 다해 날았다. 자유를 갈망하면서.

1

선내에 들어온 나는 곧 내 방으로 돌아왔다. 방 안에는 지칠 대로 지친 히라타가 누워 자고 있었기 때문에, 깨지 않도록 조용히 옷을 갈아입고 다시 복도로 나갔다. 휴대전화 전원을 켜자 반복되는 전자음이 울리면서 착신 기록이 채워졌다. 전부 호리키타에게서 온 것들이다. 무서워라.

일단 메일을 보내고 라운지에서 휴식이라도 취하며 기다

리기로 하자.

언젠가 설명해주지 않으면 받아들이지 못할 테니까.

몇 분 후 머리끝까지 화가 난 호리키타가 무언의 압박을 풍기며 나와 합류했다.

"이번 시험 결과, 뭐야? 도대체 어떻게 된 거야?"

"도무지 모르겠다는 표정이군?"

"그래, 이건 도저히 있을 수 없는 일이야. 처음부터 끝까지 있을 수 없는 일이라고. 묻고 싶은 게 산더미야."

눈앞에 앉아 점원에게 음료수를 주문한 호리키타는 내 반응을 기다리지도 않고 말을 이었다.

"전부 털어놔. 그게 이번 일에 입을 다물어주는 최소한의 조건이야. 양보는 없어."

호리키타의 의사로 기권한 것이 아닌 시점에서, 일이 이렇게 되리라는 것은 예상했다.

어물쩍 넘어갈 수 있는 일이 아니다. 그것보다 이 이야기는 퍼져서는 안 되는 것이다.

"뭐부터 듣고 싶은데?"

"네가 이번 시험에 무슨 짓을 했는지. 그걸 알려줘."

생각보다도 훨씬 좋은 질문이다. 모든 것을 다 담은 한마디니까.

"이번 특별시험이 발표됐을 때 나는 추가 규칙 말고는 안중에 없었어. 300포인트로 어떻게 꾸려갈지 따위야 어차피 다들 비슷비슷할 테고, 개인적으로 조작할 수 있는 것도 아니니까."

"하지만 추가 규칙은 아주 곤란한 내용이었잖아. 보통 방법으로 해도 리더를 맞추는 건 불가능해. 안 그래?"

"응. 그래서 일단 나는 베이스캠프를 정하기 위한 탐색조에 손을 들었지. 그렇게 자유행동을 할 수 있는 상황을 만들어서 남들보다 스팟 지점에 먼저 갈 계획이었어."

"그렇게 쉽게 말하지만 스팟 위치 같은 건 아무도 몰랐을 텐데."

"아니야. 너는 몸이 안 좋아서 배 안에 있었으니까 몰랐겠지만, 학교 측은 스팟에 관한 힌트를 배 위에서 이미 줬거든."

카츠라기도 알아차렸듯 배가 섬 주위를 부자연스럽게 고속 선회했던 이야기를 들려주니, 호리키타는 입을 다물었다. 통상적인 유람선보다 세 배 가까이 빠른 속도였었다. 게다가 관광 목적만 있었다면 방송에서 '매우 의미 있는 경치를~' 하는 이상한 말은 보통 하지 않으리라.

어디서 보고 있었는지는 모르겠지만, 코엔지도 이 힌트를 눈치챘었다.

뭐, 코엔지에 관해서는 생각하면 할수록 시간 낭비니까 지금은 그냥 넘어가도 되겠지.

"그래서 나는 동굴에 도착했어. 그곳이 제일 중요한 거점이라고 생각했으니까."

"동굴이 제일 중요한 거점이라고? 강이나 우물 쪽이 더 편리할 것 같은데?"

"중요한 건 스팟 그 자체가 아니야. 그게 어디에 있는가, 이지."

강가도 우물도 그 주위에는 다른 스팟이 하나도 존재하지 않았다. 하지만 동굴은 근처에 오두막과 탑, 두 곳이나 스팟이 있었다. 즉, 스팟을 관리하기에 안성맞춤인 장소였다는 것이다. 그렇게 설명하니 호리키타도 일정 부분 이해했음을 표시했다.

"하지만 키 카드가 없는 네가 동굴에 먼저 가서 얻는 이점이 뭔데?"

"뭐, 그냥 여러 가지 살펴보기만 하려던 계획이, 리더의 정체를 알아버리는 결과가 되었을 뿐이지만 말이야."

"카츠라기가 방심해서 리더라는 사실을 들켜버린 거네?"

그게 아니야, 하고 나는 부정했다.

"야히코라는 남자애가 있었잖아? 카츠라기한테 달라붙어 다니던 남자애, 그 녀석이 리더였어. 난 카츠라기와 야히코가 동굴을 점유하는 걸 목격했지. 말은 이렇게 하지만, 직접 그 순간을 본 건 아니고, 두 사람이 동굴에서 사라진 직후에 점유 여부를 확인했을 뿐이지만."

나는 그때 상황을 다시 설명했다. 목격한 순간, 입구에 선 카츠라기가 카드를 가지고 있었던 것, 안에서 나온 야히코와 함께 사라진 것까지.

"그 상황만 보면 보통 카츠라기가 리더라고 생각하지 않나?"

"정말 그럴까? 리더가 남들 앞에서 카드를 꺼내는 짓을 정말 할까?"

호리키타는 리더로 있어 봤으니, 그것이 얼마나 어리석고 말도 안 되는 행동인지 알겠지.

"하지만 어떻게……? 그럼 왜 일부러 카드를 손에 쥐고 있었던 거지?"

"그건 그럴 수밖에 없었기 때문이야. 카츠라기라는 남자는 내가 알아본 바로 아주 이성적이고 침착한 성격으로, 돌다리도 두드려 보고 건너는 타입이거든. 그런 녀석이 스팟을 발견하자마자 점유하는 게 얼마나 리스크가 높은지 몰랐을 리 없지. 즉 점유한 것은 바로 눈앞의 욕망에 낚인 인물."

"그게── 또 다른 한 사람의 존재네."

그렇다. 동굴을 찾았을 때, 카츠라기는 당연히 점유 따위 할 생각이 없었을 것이다. 그런데도 동굴을 차지한 이유는 멍청하게도 야히코가 점유해버린 것이 원인이었겠지. 아직 아무도 못 봤으리라고 여기면서도 녀석은 보험을 들어두었다. 스스로 카드를 쥔 채 주위에 모습을 노출함으로써, 만에 하나 목격자가 있더라도 리더를 오해하도록 수를 쓴 것이다.

"A반은 거점을 제외하고 스팟 두 곳을 더 차지했는데, 최종적으로 얼마나 점유했는지까지는 확인하지 않았어. 어차피 리더만 맞추면 포인트는 전부 무효가 되니까."

야히코로 좁혀진 시점에서 거기에 수고를 할애하는 만큼 시간 낭비라는 소리다.

"난 조금 이해가 안 가. 그렇게 빠른 단계에서 스팟 위치를 대략적으로 알았다면 말이야, 여럿이 같이 움직였다면 그런 문제가 일어나지 않고 끝나지 않았을까? 누군가에게 동굴을 지키게만 했어도 충분한 점유 어필이 됐을 텐데. 어째서 점유 따위를⋯⋯."

"그게 A반의 결점이었던 거지."

A반은 테스트의 총점이 높고, D반처럼 수업 태도 때문에 마이너스를 받지도 않았다.

하지만 녀석의 반은 내부에서 대립하고 있었다. 다수로 움직일 수 없는 이유가 있었던 것이다.

"언뜻 완벽해 보이는 반이라도 지금은 큰 구멍이 뚫린 상태라는 거야."

그렇기 때문에 이번에 내 공격이 A반에 완전히 먹혀들었다.

뭐, 하지만 이건 단순한 행운이다. 실수를 기회로 삼아 얻은 점수 같은 것.

경계하지 않은 머리 위로 날아온 기습 공격에 A반은 속수무책으로 당한 셈이다.

"그래서 난 이 단계에서 A반을 제외했고, C반의 움직임에 경계를 돌렸지. 카츠라기는 알기 쉬운 타입이지만, 류엔은 전혀 미지수였거든. 실제로 녀석은 나보다 더 많은 정보를 모아, 모든 반의 리더를 간파하고 있었어."

"자, 잠깐, 모든 반을 간파했다니⋯⋯ D반뿐만이 아니라

B반이랑 A반의 리더도 알고 있었다는 거야? 하지만 그럼 이상해. 우리는 페널티를 받기는커녕 큰 차이로 1위가 되었잖아. 거기에 대한 설명은 어떻게 할래?"

"그 이야기는 좀 설명하기 어려운데, 내가 널 기권시킨 이유가 답이야."

"기권이, 답……? 도대체 무슨 짓을?"

"아아, 그러고 보니 아직 학교에 반납을 안 했네."

나는 주머니에서 카드 한 장을 꺼내 호리키타에게 건넸다.

"이건 키 카드잖아. 왜 이걸 네가……?!"

그 카드에 새겨진 글자를 본 호리키타는 경악했다.

"어째서, 이렇게……?"

카드에 새겨진 글자, 그것은 '아야노코지 키요타카'였다.

"시험은 공평해야만 해. 그래서 규칙은 기본적으로 공평하게 만들어져 있지."

그것은 지극히 당연하다. 그러니 추가 규칙을 꼼꼼히 확인하면 눈에 보이게 된다.

리더는 딱 한 사람밖에 못 한다. 바꿀 수 없다. 즉 정해진 리더에게만 점유권이 있다.

"리더가 컨디션 난조 등을 이유로 기권했을 경우에는 어떻게 될 거라고 생각해?"

"그럼…… 리더 자리가 비겠지. 그래서 점유권도 사라지는…….'

"틀렸어. 매뉴얼에는 이렇게 적혀 있었지. '정당한 이유

없이 리더를 변경하는 것은 불가능하다'라고. 그런데 기권은 정당한 이유에 해당한다고 생각하지 않아?"

아파서 혹은 부상 때문에 리더가 없어지게 된 시점에서 추가 규칙이 붕괴해버리게 만들었을 리가 없다. 따라서 새로운 리더를 세울 수 있다는 점을 예측할 수 있었다.

이 사실은 다른 규칙을 통해서도 짐작할 수 있었다. 이를 테면 베이스캠프는 한번 정하면 정당한 이유 없이 바꿀 수 없다고 되어 있는데, 여기에도 분명한 이유가 있다. 예컨대 강가를 점유한 우리가 방심해서 다른 반에게 강가를 빼앗긴다면 그 '정당한 이유'에 해당하게 된다. 거점 자체에 머무를 수 없게 되었으니 새로운 베이스캠프를 찾아 나서도록 되어 있지 않으면 시험은 파탄 나고 말리라.

"그래서 넌, 나를……?"

호리키타 스즈네라는 리더가 기권하고, 대신 내가 그 자리에 올랐다. 당연히 시험 종료 시에 맞춰야 할 리더는 내가 된다. 리더는 한 사람밖에 존재하지 않으니까.

"이것이 C반에 리더의 정체를 들켰으면서도 피해를 면한 이유야."

"하지만 잠깐만. 내가 이부키에게 카드를 도둑맞아서 일이 이렇게 된 거니까, 만약 철저하게 카드를 지켰더라면──."

그 순간 호리키타는 사건 당일에 일어났던 일을 떠올렸다.

"그때 일부러 카드를 떨어뜨린 거네? 그럼 설마 그때 야마우치가 한 짓도, 이부키에게 키 카드를 훔칠 기회를 마련해준 것도 전부 계획……."

나는 호리키타를 진흙투성이로 만들어, 키 카드를 내버려
둘 수밖에 없는 상황을 만들었다.

"하지만 그건 이부키가 처음부터 그걸 노렸다는 사실을
몰랐으면 불가능한 일인데……."

그렇다. 이부키라는 소녀가 우연히 D반에 온 것인지 아
닌지. 우선은 그 부분을 알 필요가 있었다. 하지만 나는 카
네다라는 남자애가 B반의 도움을 받았다는 이야기를 들었
을 때 거의 확신했다. 그들은 류엔이 보낸 스파이라는 사실
을. 우연히 두 사람이 각각 다른 반의 도움을 받았다는 말
을 순진하게 믿을 정도로 사람 좋은 내가 아니다.

"그리고 이부키는 거짓말할 때 상대방의 눈을 빤히 보고
말하는 버릇이 있어."

거짓말이 크면 클수록 그 버릇이 현저해졌다고 할 수 있으
리라.

"거짓말을 할 때 상대방의 눈을 본다고……? 보통은 반대
아니야?"

"일반적으로는 뒤가 켕기면 눈을 못 마주치지. 하지만 녀
석은 반대야. 거짓말이 진실이라고 믿게 하려는지 똑바로
눈을 보고 말해. 아마 본인은 모르겠지만."

속옷 도둑 이야기가 나왔을 때도 녀석은 내 눈을 똑바로
보며 말했었다.

"아마 키 카드를 찾으려는 목적으로 물색하고 있었겠지

만, 겸사겸사 D반 분위기를 흐리게 하려는 목적도 있었던 건지도 모르지."

상대가 카루이자와였던 것, 속옷이 이케의 가방에 들어 있었던 것은 단순히 우연으로 봐야 하리라.

"하지만 왜 굳이 키 카드를 훔친 걸까? 내 이름을 확인하기만 했으면 아무도 몰랐을 텐데."

"처음에는 그럴 작정이었겠지, 이부키도. 그런데 예상하지 못한 문제가 일어난 거야."

그리고 그것이, C반의 리더를 밝혀내는 계기가 되어버렸다.

"이부키 가방 안에 디지털카메라가 있었어. 아마 키 카드를 찍어가기 위해서였겠지."

"디지털카메라로…… 촬영……? 왜 그런 수고를?"

"사진이 있으면 누가 봐도 명백하잖아? 리더의 존재가. 확신을 얻음으로써 생기는 이익이 있었다는 소리지."

"잘, 모르겠어…… 류엔이 이부키를 믿지 않았다는 거야?"

"그게 아니야. 이 이야기가 C반 안에서만 해당하는 것이었다면 굳이 디지털카메라로 촬영하거나 훔칠 필요가 없었을 거야."

즉 이부키의 발언만 가지고는 믿지 못하는 인물이 확실한 증거를 요구했던 것이다.

"여기서부터는 아무 증거가 없어. 시험 결과로 이끌어낸 내 추측이라고 생각하고 들어줘. 이번 시험 종료 시점에서 A반은 270포인트를 가지고 있었어."

그것은 다시 말해, 시험 중에 1포인트도 쓰지 않았다는 의미다.

"A반과 C반은 뒤에서 손을 잡고 있었어. C반은 자기 포인트를 희생해서 A반에 필요한 물품을 대줬어. 게다가 C반이 쓴 도구를 전부 양도했기 때문에 A반은 포인트를 하나도 안 쓰고도 일주일을 보낼 수 있었지. 그렇게 된 거 아닐까?"

그 관계의 연장선으로 이부키가 증거를 입수해서 A반의 누군가에게 정보를 흘렸다.

"참고로 내가 C반 리더를 맞출 수 있었던 건, 그 반 애들이 거의 다 기권했기 때문이야. 그럼 섬에 남아 있는 학생 중 누군가가 필연적으로 리더가 되잖아?"

"그렇다고 해도 마지막 날 아침에 누가 남았는지까지는 몰랐을 거 아니야."

"아니, 거의 100퍼센트 류엔이 남아 있다는 걸 알았지."

그것은 이부키가 땅에 묻어 숨긴 무전기를 발견했을 때 이해했다. 류엔이 이부키와 서로 연락을 취하기 위해 준비한 무전기라는 사실을. 기권한 사람이 무전기를 쓸 수 있을 리는 없다. 즉, 연락을 취하기 위해 틀림없이 무인도에 있다, 라고 증명한 셈이다. 실제로 무전기는 녀석이 바캉스를 즐기고 있었을 때, 테이블 위에 아무렇게나 놓여 있었다. 다른 누군가 관리하는 것도 아니고 자기가 직접. 아무도 믿지 못하는 남자의 실수다.

"정말…… 말이 안 나오네."

사실을 마주한 호리키타가 그렇게 말했다. 이 시험을 내 나름대로 총괄한다면 A반은 최초의 실수가 끝까지 영향을 미친 데다가 내부 분열 때문에 제대로 기능하지 못했다. B반은 독도 약도 안 되는 철저한 수비 중심으로 시험을 운영했다. 물론 그 방법은 옳았다. 하지만 유일한 실수는 마음씨 착한 아이가 많아 카네다라는 존재를 내부에 들어오도록 쉽게 허락해버린 것. 그리고 믿어버린 것. 어떤 방법을 썼는지는 모르지만 카네다는 증거를 입수해 류엔에게 알려줬으리라. A반이 포인트를 얻지 못한 것을 보면 물적 증거를 구하지 못했기 때문으로 짐작된다.

그리고 C반. 마지막에 내가 리더가 됨으로써 피해는 면할 수 있었지만, 스파이를 보내 모든 반의 리더를 맞추는 기예를 펼친 데다가 A반과는 어떤 교섭을 해서 이익을 얻었을 것이다. 제일 경계해야 할 인물은 류엔인지도 모르겠군.

"마음에 안 들어. 나를 말로 삼아 이리저리 움직이고 이용했다는 거잖아."

"아아. 그건 부정 못 하겠다. 두 번 다시 가까이 오지 말라고 해도 안 놀랄게."

그럴 만한 짓을 했다는 자각은 있다.

"그럼 난 방으로 돌아가야겠어. 너무 피곤하다."

"기다려. 아직 이야기 안 끝났어."

"뭐야. 할 수만 있다면 나도 방에서 편하게 쉬고 싶은데."

"그건 나한테 모든 설명을 끝낸 후야. 아직 할 이야기가 있을 텐데?"

"글쎄…… 뭐가 더 남았나?"

"네가 이번 특별시험에 임한 이유. 혼자서 싸웠다든가, 나를 이용한 건 이번엔 아무래도 좋아. 무사안일주의자인 네가 시험에 덤벼든 이유를 알고 싶어."

"……그렇군."

어쩌면 지금까지의 설명은 호리키타에게 그리 중요하지 않았을지도 모른다.

"이번 일로 네가 대단하다는 사실은 의심할 여지도 없이 이해했어. 네가 도와준다면 A반을 노리는 것도 충분히 현실적이게 될 거야. 하지만 행동이념이 뭔데? 왜 그렇게 한 거지?"

역시 내 개인적인 문제를 호리키타에게 말할 마음은 생기지 않는다.

이번에는 차바시라 선생님으로부터 언질을 끌어내기 위해 행동했을 뿐이니까 말이다.

"몸도 아픈데 혼자서 헤쳐 나가려고 하는 널 보니 마음이 흔들렸어."

"……보통은 말 안 하지. 그런 뻔한 거짓말은."

"다시 말해서 알려줄 생각이 없다는 거다."

나는 의자를 밀고 자리에서 일어나 손을 내밀었다.

"A반에 올라가기 위해 널 돕는 건 상관없어. 하지만 조건이 하나 있어. 나에 대해 깊이 파고들지 않는 거야. 앞으로 절대 건드리지 않겠다고 약속하면 도와줄게."

어쩔래? 하고 확인하듯 묻자 호리키타는 망설임 없이 내 손을 잡았다.

"네가 말하고 싶지 않다면 어쩔 수 없지. 파고들지 않는 걸로 날 도와준다면 거부할 이유가 없어. 무사안일주의자의, 무사안일한 과거에는 흥미도 없고."

그 손에, 호리키타가 힘을 꽉 주었다.

나는 나를 위해. 너는 너를 위해.

이런 밑바닥에 가라앉은 반을, 위로 끌어올리기 위한 싸움이 시작되려 하고 있었다.

작가 후기

안녕하세요, 건강 지향남으로 거듭난 키누가사 쇼고입니다.

최근에는 식초 붐이 일어났습니다. 식초 하루 한 컵으로 건강에 신경 쓰고 있답니다.

본론으로 들어가서, 3권에서는 특별시험을 중심으로 각 반의 목적과 방침을 알 수 있는 스토리가 전개되었습니다.

주인공의 생각, 반 아이들의 생각 등이 조금씩 드러나는 내용입니다. 남녀간의 가치관 차이로 문제가 발생하는데, 이건 실제 사회에서도 많이 일어나는 문제죠. 인류가 번영하는 한 완벽한 해결책은 나오지 않을 거라고 생각합니다. 그야 성별이 다르잖아요?

그나저나 여러분, 기억하고 계시는지요? 2권에서 제가 토모세 슌사쿠 씨에게 회를 얻어먹는 목표를 세웠던 것 말입니다. 물론 저는 기억하고 있습니다.

참치! 맛이 정말 환상적이었습니다. 잘 먹었어요. 앞으로도 사이좋은 파트너가 되어주세요. 다음에는, 그렇지, 해삼 먹으러 갑시다.

그리고 여러분께 보고합니다! 모두 주목!!

네, 《어서 오세요 실력지상주의 교실에》의 코믹스가 결정되었습니다!

출판사로부터 이야기를 전해 들었을 때, 심하게 감격한 나머지 오줌을 지렸다는 건 비밀입니다.

만화를 그려주시게 된 이치노 유유 님. 모쪼록 잘 부탁드리겠습니다.

열심히 오래 살아야겠다고 생각했습니다. 2016년 1월부터 시작되는 연재, 진심으로 기대합니다!

후. 그럼 이번 작가 후기는 이 정도로 할까요.

……아니, 또 한 가지 여러분께 보고해야 할 것이 있습니다.

사실 저번 작가 후기에서 스시 이야기 말고 또 하나 쓴 것이 있었죠. 여러분은 전혀 신경 쓰지 않았겠지만, 저는 떠올릴 때마다 고개가 절로 겸손해지는 이야기입니다.

'원고가 계획보다 빨리 완성되었답니다?' 따위의 말을 진심으로 내뱉을 생각이었냐, 넌?!

바보! 멍청이! 얼간이! 그 말, 도로 전부 쓸어 담아라! 넵! 이번에도 영 아니었습니다!! 이제 완전히 아웃인 것 같습니다! 네, 저는 이번에도 편집자님께 크나큰 민폐를 끼치고 만 것입니다. 후기를 쓰고 있는 지금도, 열심히 작업하시는 편집자님의 검게 그을린 뒷모습이 보입니다. 눈물이 멈춰지질 않습니다. 정말 답이 안 나오는구나, 키누가사, 너! 반성해라!

……후우. 이렇게 해서 나쁜 키누가사는 반성하고 사라졌

습니다. 안심하세요.

그러니 반성한 키누가사가 다시 한 번 말합니다. '다음번에는 반드시 빨리 끝낼게욧!' 하고.

그리고 이렇게도 써둡니다. 또 늦어지면 그땐 미안요☆ 하고.

그럼 여러분, 다음 권에서 또 결과를 보고 드리겠습니다. 이왕이면 희소식이라는 형태로요!!

YOUKOSO JITSURYOKUSIJYOUSYUGI NO KYOUSITSU E 3
©Syogo Kinugasa 2016
First published in JAPAN in 2016 by KADOKAWA CORPORATION, Tokyo
Korean translation rights arranged with KADOKAWA CORPORATION, Tokyo

어서 오세요 실력지상주의 교실에 3

2017년 1월 15일 1판 1쇄 발행
2023년 12월 1일 1판 10쇄 발행

저   자 키누가사 쇼고
일 러 스 트 토모세슌사쿠
옮 긴 이 조민정
발 행 인 유재옥
이   사 조병권
출판본부장 박광운
편 집 1 팀 박광운
편 집 2 팀 정영길 조찬희 박치우 정지원
편 집 3 팀 오준영 이해빈 이소의
디자인랩팀 김보라 박민솔
디지털사업팀 박상섭 김지연 윤희진
라이츠사업팀 김정미 맹미영 이윤서
영업마케팅팀 최원석 박수진 박소연
물 류 팀 허석용 백철기
경영지원팀 최정연
인쇄제작처 ㈜코리아피엔피
발 행 처 ㈜소미미디어
등   록 제2015-000008호
주   소 서울시 마포구 토정로222, 403호 (신수동, 한국출판콘텐츠센터)
판매 및 마케팅 (070) 8822-2301

ISBN 979-11-5710-664-6 04830
ISBN 979-11-5710-286-0 (세트)